W0224798

FRANCK THILLIEZ

Né en 1973 à Annecy, Franck Thilliez, ingénieur en nouvelles technologies, vit actuellement dans le Pas-de-Calais. Son premier roman, *Train d'enfer pour Ange rouge* (La Vie du Rail, 2003) a été nominé au Prix SNCF du polar français 2004. Il est également l'auteur de *La chambre des morts* (Le Passage, 2005), *Deuils de miel* (La Vie du Rail, 2006), *La forêt des ombres* (Le Passage, 2006) et *La mémoire fantôme* (Le Passage, 2007). *La chambre des morts*, classée à sa sortie dans la liste des meilleures ventes et saluée par la critique, a reçu le prix des lecteurs Quais du Polar 2006 et le Prix SNCF du polar français 2007. *La chambre des morts* a été adaptée au cinéma en 2007.
Son dernier roman, *L'anneau de Moebius*, a paru aux éditions Le Passage.

Retrouvez l'actualité de Franck Thilliez sur :
www.auteursdunord.com

LA FORÊT DES OMBRES

DU MÊME AUTEUR
CHEZ POCKET

TRAIN D'ENFER POUR ANGE ROUGE
DEUILS DE MIEL
LA CHAMBRE DES MORTS
LA FORÊT DES OMBRES

FRANCK THILLIEZ

LA FORÊT DES OMBRES

LE PASSAGE

Le papier de cet ouvrage est composé de fibres naturelles, renouvelables, recyclables et fabriquées à partir de bois provenant de forêts plantées et cultivées durablement pour la fabrication du papier.

ISBN : 978-2-266-16296-8

À cet ange lointain, tout là-haut,
qui m'accompagne…

Pas d'aile, pas d'oiseau, pas de vent, mais la nuit,
Rien que le battement d'une absence de bruit.

Eugène Guillevic, *Sphère*

1

La femme fracassa le test de grossesse contre une poutre du grenier.

Résultat positif. Son monde s'écroulait.

Tête baissée, pieds nus, elle errait sur le plancher, s'écorchant les talons sur des échardes. Peu importait le sang. La douleur était ailleurs.

Trahison.

Le vent hurlait sous les tuiles du toit, les flammes des bougies s'essoufflaient avant de s'étirer plus fines, happant les reflux d'oxygène. Sous les tourbillons invisibles, une lettre parfumée, lacérée à coups de ciseaux, sur une vieille table en bois. Une lettre d'amour. La soixante-troisième qu'elle lui écrivait. Celle-là, il ne la recevrait jamais. Pas après cet affront. Non, non, jamais !

Son regard tomba sur le test usagé, sa rage décupla encore.

Des bruissements d'ailes emplissaient le grenier. Une colombe s'agitait frénétiquement sous un couvercle. Dans moins d'une heure, elle serait morte, par manque d'air. Derrière la fenêtre, la nuit déroulait ses spectres filiformes, le givre s'accrochait aux vitres en étoiles translucides.

Les pupilles noires contemplèrent un temps le mouvement des nuages. Au loin, le tas gris des habitations… Rouen.

La femme serra le poing. Dans l'orage de ses traits se lisait l'histoire de ce que nous avons toujours été : des prédateurs. Quand ses membres impatients se départirent quelque peu de leur nervosité, elle s'installa auprès de la table et déversa sur une feuille vierge :

Tu es aveugle. Elle se sert de toi. Alors un gosse ne suffisait pas ? Il fallait remettre ça et l'engrosser ? Pourquoi ? Pour t'éloigner de moi ? Ne te laisse pas faire. Nos sangs sont mêlés, personne n'y pourra rien, même pas elle.

Les tremblements agitaient à nouveau l'extrémité de ses doigts squelettiques. La mine du stylo bondissait d'une ligne à l'autre, pareille à un sismographe déréglé.

Ses ongles crissèrent sur le bois et vinrent effleurer le canon d'un revolver.

Je ne sais pas si je vais encore t'écrire.

Tu n'es pas à la hauteur. Prends mon silence comme une punition.

À mon tour de te faire souffrir. En t'ignorant.

Miss Hyde

Le stylo explosa contre la charpente. La lettre fut pliée sans soin, puis enfoncée au fond d'une boîte bien trop volumineuse pour cette poignée de mots.

Il y manquait encore quelque chose.

Cette colombe, achetée dans une animalerie.

La femme se précipita au rez-de-chaussée, l'oiseau de paix serré entre ses mains furieuses. Aucune porte à pousser pour traverser les pièces obscures, elle les avait toutes ôtées, méticuleusement, les unes après les autres.

L'ombre glissa devant un miroir, puis revint, à reculons, abandonnant sous ses pas les traces sanglantes de ses talons abîmés.

Elle fixa alors la trotteuse de sa montre et porta le volatile à hauteur de son nez.

— Si tu clignes sept, non, huit fois des yeux en moins de dix secondes, c'est que David m'aime à la folie. Sept fois, il m'aime, mais un peu moins. Ne descends pas en dessous de six, OK ?

Et elle compta, pressant la pauvre bête de plus en plus fort. Des piaillements s'élevèrent jusque dans les combles.

— Cligne des yeux, putain de bestiole !

L'oiseau sursauta une dernière fois.

Face à l'échec, la femme essaya de trouver des excuses. Ce pari-là n'était pas valable, elle en avait déjà fait un autre dans l'heure, perdu lui aussi. On ne peut pas réaliser deux paris trop rapprochés ! Bien sûr !

Elle considéra le miroir. Derrière elle, punaisé au mur, un article de journal agrandi à taille humaine : David... De près, qualité exécrable, malgré la retouche informatique de chaque pixel du visage, mais de loin, en tamisant la lumière... la subtile illusion que David l'enlaçait. Souvent, elle se pâmait là, dans le flux des heures blanches, à disséquer leur couple dans la glace. Ils formaient un duo tellement parfait. Si seulement sa sale garce de femme...

Elle pensait constamment à eux. Dans son lit, dans son bain, et même au théâtre, sous les traits des personnages qu'elle interprétait. David avait arrosé sa vie de soleil, comme tant d'autres auparavant. Eux n'étaient plus que poussière. Mais lui... Il était différent. Un homme bien, instruit et intelligent. Il lui avait écrit des mots si profonds, si touchants ! Il l'aimait. Il l'aimait vraiment.

Soudain attendrie, elle faillit lui pardonner et déchirer la lettre. Après tout, il avait probablement engrossé la garce avant leur première rencontre par e-mails interposés. Comment pouvait-il savoir ?

Ses doigts ne tremblaient plus. Tout allait bien. Oui. Du calme. Juste souffler un bon coup.

Le miroir, face à elle. David, David, David, là, tout près.

Peut-être faudrait-il enfin se soumettre à son regard. Se rendre à Paris et le rencontrer, pour de vrai, sans se cacher cette fois. Voir ses yeux noirs plonger en elle. Sentir ses mains la caresser…

Elle secoua la tête, ses mâchoires se crispèrent. Tout cela n'aurait pas lieu. Demain, très tôt, prendre à nouveau la route pour la capitale. Et livrer à David et Cathy Miller une surprise de taille.

2

Dans l'intimité du petit matin, David Miller remonta d'un doigt délicat la chemise de nuit de Marguerite, trois fois plus âgée que lui. Il ne la connaissait pas et il n'y aurait jamais entre eux que cette ultime fusion charnelle. Puis il disparaîtrait comme il était arrivé, dans le courant d'air de janvier. Deux heures de communion parfaite. À la vie, à la mort…

Allongée sur le lit, Marguerite dégageait une agréable odeur d'eau de Cologne. Un peu en retrait, dans cette chambre étroite, son mari les observait, David et elle, l'œil triste. Bien plus jeune, lui aussi. Quoique… Ces photographies cornées ne devaient pas dater d'hier…

Tout en enfilant ses gants et sa blouse par-dessus son costume sombre, David examinait le corps de la défunte. Il ne releva ni traces de perfusion, ni escarres. Les lividités sur l'oreille gauche s'estompèrent d'une simple pression du pouce. Sa température, encore élevée, augurait un travail facile. Tant mieux. Contrairement à Gisèle, une collègue un peu hargneuse du scalpel, David abhorrait les complications, surtout pour son premier défunt de la journée.

Il désinfecta le nez, la bouche, avant de mettre en place les paupières, puis les lèvres. Trouver le sourire juste était la plus grande difficulté de ce métier. Éviter l'artificiel, l'exagéré. Résumer tout ce qu'elle avait été par la position de deux morceaux de chair blanchie. Jamais évident, même après sept années de pratique et pas loin de cinq mille cadavres traités.

À présent, il allait attaquer ce qu'il ne racontait jamais. Il incisa précisément au creux du cou, de gauche à droite, parvint à extraire l'artère carotide et la veine jugulaire du même roulement habile des phalanges. L'une par laquelle il injecterait dix litres de solution artérielle, l'autre servant à refouler les fluides corporels. Une vidange, une purge, une absolution.

Avec l'expérience, il avait appris à paralléliser les tâches et, ainsi, à raccourcir le délai des soins de conservation. Ce qui lui permettait, au terme de ses longues journées – il rentrait rarement avant vingt et une heures, embouteillages obligent –, de traiter un défunt de plus. Financièrement, avec une femme au chômage et une enfant en bas âge, ces quinze euros supplémentaires n'étaient pas à négliger.

Avec une attention particulière, il coupa les ongles bien à ras, étala une crème hydratante sur les mains, tandis que les liquides circulaient dans les tuyaux transparents. Après avoir ôté son gant droit, il caressa le front plissé du dos de la main et, étrangement, ne ressentit pas le froid cadavérique. Il aurait tant aimé la connaître, elle, les autres. Juste discuter un peu, partager ne serait-ce qu'un sourire ou une tasse de café. Se présenter, tout au moins. « Salut, moi c'est David. Et vous ? »

Croiser tant de monde, et ne connaître personne. Juste un embaumeur, comme on l'appelait. « L'embaumeur » ou, pire, « Le croque-mort ».

Avant de recoudre, il termina par l'injection d'un astringent.

Plus que les formateurs, c'était Cathy, sa femme, qui lui avait appris à maquiller un visage. « David, ou l'art de transformer un visage en carrière de craie ! » avait-elle plaisanté la première fois où il s'était exercé sur elle, avant son examen d'admission. Pourtant, il avait fait du maquillage un précieux atout. Étaler les crèmes, poudrer les pommettes, redonner aux lèvres leur couleur… S'appliquer, du mieux possible. Car s'il y avait une image qui rayonnerait de Marguerite, plus précise que les autres dans la mémoire de ses proches, ce serait celle-là. Une vieille dame qui dort paisiblement.

David ouvrit la fenêtre. Le froid cinglant s'engouffra dans la pièce. La nuit reculait sur le manteau de brouillard, laissant présager une journée mortelle. « Encore une belle brochette d'accidentés en perspective », songea-t-il dans un soupir. Les blessés ou les autopsiés étaient ce qu'il redoutait le plus. Il détestait les puzzles. Et puis, comment affronter les pupilles vitreuses et stupéfiées d'un enfant déchiqueté ?

Adorer et détester son art. Triste antagonisme.

David referma avant de jeter un œil sur sa montre. Plus de huit heures, Cathy n'avait toujours pas appelé. Peut-être n'y aurait-il pas de lettre, ce matin.

Ces courriers anonymes qui inondaient leur boîte aux lettres, « David & Cathy Miller », depuis presque un mois. Malgré lui, il ne cessait d'y songer.

Il rangea le matériel et les bocaux de déchets organiques dans ses deux valises en aluminium. Les relents de formaldéhyde – une véritable puanteur pour les non-initiés – s'étaient en partie dissipés. Marguerite serrait son chapelet en bois entre ses mains jointes, elle paraissait en paix, dans sa robe la plus élégante. Belle comme un sou neuf. Sa fille pouvait entrer.

— Je dois encore lui brosser les cheveux, mais vous pouvez le faire, si vous le souhaitez, murmura-t-il sur le ton du respect.

La femme s'emmitoufla dans son gilet, avec un léger mouvement de repli. Puis elle s'avança vers sa mère.

David perçut le voile intime du soulagement derrière les larmes, certificat d'un travail bien fait. Il aurait préféré un pourboire, mais bon, un mot, un regard, un sourire discret, ça pouvait suffire. Et puis, de l'argent dans un instant si grave… Il faut savoir rester digne… professionnel…

— On dirait qu'elle s'est assoupie, finit-elle par chuchoter, saisissant la brosse avec douceur.

David se pencha et accompagna son geste. Il fallait toujours aider un peu, au début. Approcher un défunt n'est jamais facile, l'effleurer, moins encore. Puis les mouvements revenaient d'eux-mêmes. Dernier échange entre une mère et sa fille. Peut-être le moment le plus intime et émouvant de toute une vie.

Une fois à l'extérieur, David s'empara de son portable pour appeler Cathy. Il voulait savoir. Qu'est-ce que Miss Hyde allait encore inventer dans sa prochaine lettre ? Lui joindrait-elle un billet pour qu'il se rende à une pièce de théâtre « en pensant à moi » ? La photographie d'un coucher de soleil, « une destination où nous irons un jour ensemble » ? Ou alors, comme souvent, simplement des menaces ?

Finalement, il se ravisa. Mentionner ces lettres mettrait à nouveau le feu aux poudres. Ces derniers temps, Cathy était à fleur de peau, une véritable anguille électrique, proche et fuyante à la fois. Glissante, dès qu'il l'enlaçait. Depuis combien de temps n'avaient-ils pas fait l'amour ?

Tout compte fait, prévenir la police n'était peut-être pas une mauvaise idée. Histoire de crever l'abcès.

Aujourd'hui, Miss Hyde ne l'impressionnait pas. À vrai dire, elle ne l'avait jamais impressionné, mais elle l'intriguait. À l'élégance de sa plume, il l'imaginait plutôt mûre, cependant ses mots brûlaient d'une fougue adolescente. Jamais elle ne parlait d'elle, toujours d'eux. Curieuse créature. Un bon personnage de roman, en tout cas.

David remonta le col de sa veste polaire, enfouit son nez dans son écharpe et s'enfonça dans les épaisseurs obscures. Un bail qu'il n'avait pas erré dans ce coin du 19e, sur les pavés de la butte Beauregard, dans ce tissage étroit de constructions étagées aux toitures écrasées par la brume. Un endroit intéressant pour un prochain thriller, qui sait ? Une terre à l'histoire ensanglantée, truffée de galeries souterraines. Pas une âme dans ces boyaux escarpés. Oui, une idée pas si stupide. Des kilomètres de tunnels se jetant dans une carrière de plâtre. Facile d'y cacher l'antre d'un psychopathe, d'y sceller de folles atrocités. Tout un programme pour Jack Frost, son flic de plume.

Car David écrivait. Quand il ne recousait pas, quand il ne dormait pas, quand il ne s'écroulait pas de fatigue, il écrivait.

Au bout de la rue de Compans, il marqua une pause. Sa gorge sifflait, le manque de sport sûrement. Tant d'années de tennis pour finir sans même avoir le temps de courir une demi-heure par semaine…

Heureusement, il ne s'en sortait pas trop mal, côté silhouette. À trente ans, David avait gardé un physique d'adolescent, avec ses iris et ses cheveux d'un noir éclatant, ses dents bien plantées. Son front droit, par contre, cultivait ses premiers sillons, mais il ne s'en souciait absolument pas. On finit tous par y passer, crèmes antirides ou pas. Et il le savait mieux que quiconque.

Ce fut au moment de repartir qu'il la remarqua, juste à l'angle de la rue. L'énorme BMW aux vitres teintées.

Elle lui arracha un ressac d'adrénaline. Trop grande coïncidence… David était sûr de l'avoir déjà repérée hier, garée en bas de chez lui. Et aujourd'hui, à trente kilomètres de là…

Il devait passer devant pour récupérer son épave.

Il avança au milieu de la rue, ralentit le pas, puis accéléra à nouveau.

Alors, une masse gigantesque jaillit de l'habitacle et se précipita dans sa direction.

3

Enroulée dans un châle à grosses mailles, Cathy Miller courut jusqu'à sa boîte aux lettres. Une heure déjà qu'elle patientait à la fenêtre de son petit pavillon de banlieue, à guetter le facteur.

En général, depuis le début du mois, Miss Hyde leur envoyait deux lettres par jour. L'une écrite aux alentours de vingt-deux heures, la seconde bien plus tard, dans les replis de la nuit. À croire que la folle qui rédigeait ces âneries, prenant toujours soin d'y noter les heures et les minutes, ne dormait jamais. Quant à la fragrance qui berçait ces phrases absurdes, elle provenait du meilleur cru. Du Chanel n° 5, Cathy en aurait mis sa main à couper.

Un peu de parfum, quelques mots d'amour adressés à son mari suffisaient à lui gâcher la journée. Et savoir qu'une inconnue se masturbait dans son bain de mousse en pensant à David lui donnait l'envie de tout casser.

Elle fit défiler la pile de courrier sous son nez. Pas d'odeur. Malgré le froid mordant, la jeune femme ne put s'empêcher de le dépouiller, en remontant lentement l'allée du jardinet. Factures, réponses négatives aux annonces d'assistante médicale auxquelles elle postulait… D'un autre côté, pas de missives de l'illuminée.

Aberrant d'en arriver à se réjouir devant tant de mauvaises nouvelles, quand même !

Elle fila à l'étage pour contrôler les e-mails de David. Elle cliqua sur le bouton « Recevoir », inlassablement, certaine que, d'un instant à l'autre, une déclaration enflammée ou un poème allait apparaître. Mais toujours rien. Alors il faudrait revenir, dans une heure, puis vérifier, encore et encore. Ça devenait réellement insupportable.

Siméon, l'un des deux chats qu'elle avait arrachés des cages de la SPA, se faufila entre ses jambes alors qu'elle entrait dans le salon. Il serrait un oiseau mort dans sa gueule.

— Viens donc ici ! Sale bête !

Il déguerpit. Elle le traqua jusqu'à ce que la trappe de la porte d'entrée émette ce tintement qui amusait la petite Clara. Cathy répondit à sa fille par un sourire forcé, son cœur n'était pas à la fête. Car, même si le calvaire des lettres cessait, restait le second abcès à percer.

Ce machin, qui tissait sa toile dans son utérus.

Elle sortit Clara de son parc et la pressa sur sa poitrine, comme le dernier rempart contre sa détresse.

— Oh ! Ma chérie ! Si seulement tout pouvait être à refaire…

Face au regard de l'enfant, Cathy serra les dents pour ne pas pleurer. Non, elle ne craquerait pas. Elle n'avait jamais racheté ni ses erreurs, ni ses défaites avec des larmes.

Elle reposa sa fille et lui caressa la nuque, tendrement. Elle allait devoir affronter une terrible épreuve, seule. L'ultime punition pour ses faiblesses passées.

Arracher cet embryon de son organisme.

Son deuxième rendez-vous à l'hôpital était dans une heure. La première fois, elle y avait signé son consentement pour l'avortement. Il avait alors fallu attendre huit jours, huit longs jours. Pire qu'une torture. Ce matin, on lui administrerait de la Mifépristone, qui détacherait l'embryon et amorcerait la dilatation du col. Puis elle recommencerait, samedi très tôt, avec des comprimés de Misoprostol. Dans quarante-huit heures, elle l'expulserait de son corps, dans l'anonymat d'une chambre d'hôpital. Sans que David ne le sache jamais.

Elle habilla chaudement la petite, l'emmitoufla dans une écharpe avant de plonger elle-même dans une longue veste en daim. Si quelqu'un téléphonait, elle prétendrait être allée proposer son aide au refuge de la SPA. Son abri à elle, en définitive, contre ses irrépressibles envies de se jeter sur le réfrigérateur et d'y dévorer tout ce qui s'y empilait. Loin, très loin de la sportive svelte et acharnée d'autrefois.

Elle cherchait les clés de la vieille Ford quand on frappa avec insistance à la porte.

— Deux secondes !

Elle empoigna Clara.

Un enfant, sur le pas de porte. Le petit Jérémie, le fils des voisins.

— Oui ?

Il lui tendit un paquet-cadeau.

— C'est pour vous.

— Comment ça ?

— Ben oui ! C'est une dame qui m'a dit de vous l'apporter. Elle m'a même donné dix euros !

Cathy lâcha brusquement sa fille et s'élança à l'extérieur. Rien, hormis le tissu terne du brouillard.

— Qui ! Qui t'a donné ça ?

— Ben… Une femme, je vous ai dit. Enfin, j'crois. Elle est vite partie. Excusez-moi m'dame, mais je dois y aller !

Cathy claqua la porte, rouge de rage.

Ainsi rien n'était fini. Après les lettres, les cadeaux. Et cette teigne se déplaçait en plus ! De Rouen ! De

Rouen pour amener un cadeau à son mari ! Si seulement elle pouvait l'avoir là, à portée de poings ! Sûr que l'autre passerait les trois minutes les plus longues de sa vie.

— Attends-toi à une petite surprise, toi aussi, maugréa-t-elle, plaquant sa paume à plat sur le colis.

Cette fois, c'était décidé, elle irait au front. Tout déballer à la police. Cet après-midi…

Le papier-cadeau fut réduit en lambeaux.

Une enveloppe, une boîte en carton. Cathy souleva le couvercle.

L'horreur eut pour unique expression le cri qui émergea de sa gorge. Elle s'écroula sur une chaise.

Clara, tétine au bec, sursauta.

Cathy se releva lentement, se pencha au-dessus du carton.

Du sang.

Des coulées pourpres coagulaient sur la poitrine d'une colombe. Le regard de Cathy s'assombrit, l'éclat précieux de ses iris vira au vert-noir.

Un test de grossesse était enfoncé dans l'anus de l'oiseau.

La sonnerie du téléphone la fit tressaillir. Elle ne bougea pas, paralysée sur sa chaise, presque KO, tandis que Clara tirait sur le nœud de son bonnet Oui-Oui, criant des « Maman, téléphone ! Maman, téléphone ! »

Cathy ignora les sonneries, sa fille. Direction le jardin. Tout tournait. Ce test… Était-il possible que… « Oh non, faites que ce ne soit pas ça ! Ce n'est pas possible ! » Elle rapporta la poubelle à l'intérieur, plongea le nez dans les odeurs écœurantes tout en repoussant Clara, qui se mit à pleurer. Le test. Il fallait retrouver ce foutu test, enroulé dans trois feuilles de papier journal, elles-mêmes enfoncées dans une vieille boîte à chaussures. Comment aurait-on pu…

Les ordures sur le carrelage. Lait, graisses, sauces.

Pas de boîte à chaussures.

Accroupie au milieu des déchets, Cathy peinait à retrouver son souffle.

On venait de la violer. De la manière la plus brutale qu'il soit, en inspectant ses détritus. Avec une minutie de prédateur.

Son secret, un morceau d'elle-même, dans les bras d'une folle.

Cathy tira sur son écharpe, jeta son bonnet, arracha presque les boutons de sa veste. Hermétique aux cris de son enfant, elle extirpa de sa poche un pilulier et avala un demi-cachet de Lexomil. Dans quelques minutes, tout irait mieux. Ses mains tremblaient si fort.

Que faire ? Que faire ? Le rendez-vous à l'hôpital. Déposer Clara chez sa grand-mère. Remettre les ordures dans la poubelle. Se débarrasser du paquet ensanglanté. L'autre savait, mon Dieu, l'autre savait ! Elle ouvrit l'enveloppe :

Alors un gosse ne suffisait pas ? Il fallait remettre ça et l'engrosser ?

Tu n'es pas à la hauteur. Prends mon silence comme une punition...

À mon tour de te faire souffrir. En t'ignorant...

Cathy se plia en deux. La nausée revenait, sa tête tournait.

— Tais-toi, Clara, merde !

Réfléchir... Chiffonner le papier en boule, le jeter dans la cheminée avec la boîte en carton. Des allumettes maintenant. De l'alcool à brûler. Tout faire disparaître. Ces horreurs.

Le feu gonfla dans une large effluence d'ambre. Cathy y plaça trois bûches, qui craquèrent à la rencontre du brasier. Au retour, il n'y aurait plus que des cendres à ramasser. Ombre et poussière...

Face à la ronde des flammes, la jeune femme se prit la tête dans les mains. « Un bilan… Un bilan, vite ! »

Primo… Miss Hyde… Miss Hyde pensait que le bébé était de David. Évidemment… Comment aurait-elle deviné qu'il ne pouvait pas avoir d'enfant naturellement ? Trop peu de spermatozoïdes, Clara était arrivée par insémination artificielle, avec du sperme enrichi. Cette Miss Hyde, qui avait connu David à un salon du livre, le mois dernier, ignorait donc la réalité de leur histoire.

Secundo, et peut-être le seul point positif de ce cauchemar, la folle avait décidé de ne plus écrire. Tu parles d'une bonne nouvelle ! Pour combien de temps ? Et si elle se remettait à envoyer des e-mails, des courriers, dévoilant son secret, sa grossesse ? Elle le ferait, c'était sûr ! Et David finirait bien par découvrir qu'elle, Cathy Miller, avait couché avec son meilleur ami.

C'était il y a six semaines. Six longues semaines à s'emmurer dans le mensonge…

Le téléphone sonna à nouveau. Sa mère.

— Je sais, tu attends !… Oui, je serai prudente… Mais non, je ne suis pas bizarre ! Arrête, tu m'énerves ! Mais j'entends bien que Clara est en train de pleurer ! Je… J'arrive, maman !

Détritus dans la poubelle, passage de serpillière. Cathy aperçut son reflet dans le miroir. Ses si jolis yeux, métamorphosés en deux pierres mortes. Et ses lèvres, sèches, si sèches.

À présent, il était hors de question de prévenir la police. Bien trop dangereux. Parce que, évidemment, la cinglée raconterait tout, y compris cette histoire de test de grossesse…

Elle était piégée, condamnée à se calquer sur le cycle des tournées postales, à essayer de contrer les moyens que la névrosée inventerait pour éperonner leur couple.

Le duel psychologique commençait.

Elle décrocha le combiné et exigea la fermeture immédiate de leur messagerie électronique. Impossible sans envoyer un recommandé. Que faire ? Abandonnant Clara à ses pleurs, elle fila à l'étage, démonta le modem ADSL, fit sauter un composant minuscule avec un tournevis avant de revisser minutieusement le tout.

« Connexion impossible. » Le temps que David reçoive un nouveau modem, ça demanderait des jours. Une solution temporaire, pas définitive. Juste de quoi sortir la tête des cordes.

Son acte la répugnait, mais elle ferait tout pour préserver son couple. Parce qu'elle l'aimait, David. Elle l'aimait à tout rompre.

Avant de partir, elle avala un comprimé de Primperan. Un comble, elle avait les grossesses ultra-mauvaises. Des grossesses ponctuées de vomissements et de suées.

Elle prit Clara dans ses bras et referma la porte derrière elle. Une nuit, sûrement, Miss Hyde avait franchi le portail pour se cacher dans son jardin. Les avait-elle observés, tapie dans l'ombre, pareille à une veuve noire guettant sa proie ? Depuis combien de temps cela durait-il ? Jusqu'où irait la passion dévastatrice de cette folle ?

Très vite, le froid fit place à une autre piqûre, à la puissance décuplée. La peur.

Elle ne remarqua pas la femme installée dans sa voiture, au bout de la rue, un revolver sur le siège passager…

4

Au milieu de la rue pavée, David relâcha son trop-plein de tension. Le colosse qui avait surgi du véhicule n'avait rien d'agressif, hormis sa carrure de tour Montparnasse. Costume noir, gants blancs, chaussures derby à bouts pointus, cheveux gris gominés, plaqués vers l'arrière : le stéréotype du parfait majordome.

— Mon patron souhaiterait s'entretenir quelques instants avec vous, monsieur Miller. Nous avons conscience que cette manière de vous aborder est un peu abrupte, mais… monsieur Doffre pensait que cette rencontre originale ne déplairait pas à un auteur d'intrigues policières tel que vous…

David eut un mouvement de recul, ahuri.

— D'intrigues policières ? Mais… Qui êtes-vous ? Comment savez-vous que…

— Nous avons essayé de contacter votre éditeur, qui a refusé de nous donner votre numéro personnel, et comme vous êtes sur liste rouge… Mais monsieur Doffre est un enquêteur dans l'âme. Avec les informations glanées à votre propos sur Internet, et quelques coups de fil, nous avons réussi à obtenir votre adresse…

Il baissa la voix.

— Mon patron est très admiratif de votre travail,

mais aussi très… comment dire… capricieux. Il était tellement impatient de vous rencontrer qu'il a décidé de venir vous attendre devant chez vous, hier soir. Une interminable attente, puisque nous ne vous avons pas vu rentrer…

David posa ses lourdes valises sur le trottoir.

— Qu'est-ce qui vous empêchait de venir sonner à la maison ?

— C'est que… Monsieur Doffre a perdu l'usage de ses jambes. Et, pour une première rencontre… il ne voulait pas se montrer à vous cloué dans son fauteuil roulant. Dans sa voiture, il se sent… bien, et en sécurité…

David promena son regard sur les vitres teintées.

— Il est venu là, maintenant, uniquement pour discuter de mon roman, vous dites ?

— Précisément.

David n'en revenait pas. Un individu qui se déplaçait en voiture de luxe pour parler de son premier livre. Puissante berline, avec chauffeur. Insistant, qui plus est. Après tout, peut-être fallait-il lui accorder une minute ou deux ? La bonne coopération de Marguerite lui avait permis de prendre de l'avance sur le programme chargé de la journée.

— Bon, eh bien… d'accord, rétorqua David. Mais à une condition.

— Laquelle ?

— Ne touchez pas à mes valises, s'il vous plaît…

Le chauffeur acquiesça et lui ouvrit la portière.

— Installez-vous, monsieur Miller, prononça une voix posée.

David lança un bref coup d'œil à l'intérieur et s'engouffra dans le paquebot. Tour Montparnasse se figea dans le brouillard, entre les valises. Dans cet univers de cuir, deux yeux intensément noirs fixèrent David. Un vieil homme au crâne lisse et au visage ridé, d'une expression plutôt rassurante.

— Pardonnez-moi de ne pas vous avoir accueilli en personne, dit-il avec ce même ton tranquille, mais…

— Je… Je sais, répliqua David. Votre chauffeur m'a… m'a parlé de vos difficultés à vous déplacer.

— Christian est parfois très maladroit dans sa manière de présenter les choses.

Un long trois-quarts en fourrure couvrait ses jambes jusqu'au sol. Il tendit sa main gauche. Ongles soignés, doigts très fins.

— Je m'appelle Arthur Doffre.

— David Miller, mais… mais je pense que… que vous le savez déjà.

Doffre répondit par un léger sourire.

— Je vous sens nerveux… Cette façon peu commune de se rencontrer, certainement… J'en suis désolé, mais je ne pouvais attendre plus longtemps, je devais vous voir ! Peut-être préféreriez-vous un lieu public ? Je peux bien faire l'effort de…

— Non, non… ça ira, monsieur.

— Très bien… Un ami m'a transmis votre roman qui, je l'avoue, m'avait échappé. Je suis pourtant à l'affût des nouveautés littéraires, mais là…

— C'est qu'il a été noyé dans la masse. Un simple livre, parmi huit cents autres parus le même mois. Pas facile de se faire une place, surtout pour un inconnu.

Doffre sortit l'ouvrage de la poche de son manteau et le feuilleta rapidement. Vu l'état de la couverture, il devait l'avoir lu et relu.

— Un simple livre, dites-vous ? Une véritable réussite, oui ! Je suis un énorme lecteur de polars, et je dois dire que vous m'avez littéralement bluffé !

— Vous me flattez… Mais ça me fait plaisir. Vous savez, on m'a beaucoup reproché son caractère… glauque… « glauquissime » même, m'a-t-on dit.

Doffre plaqua sa nuque contre l'appuie-tête. Dans la lueur du plafonnier, sa main droite luisait. Prothèse.

— Les lecteurs sont de bien étranges créatures, répliqua-t-il. Ils s'abreuvent de sang, se délectent devant les pires atrocités que leur servent les thrillers à deux sous… tant qu'ils ne se sentent pas concernés. Ils se croient extérieurs à tout cela. Mais vous, vous avez frappé là où ça fait mal, vous les confrontez à ce qu'ils repoussent sans cesse, par tous les moyens. Leur propre mort, cette réalité du corps pourrissant.

David approuva la remarque. Enfin un lecteur qui le comprenait.

— C'était peut-être une erreur, enchaîna-t-il d'une voix qui ne tremblait plus. Je n'ai pas réellement tenu compte du côté détente, évasion du livre. Ces pages qu'on tourne au coin d'un bon feu, après une pénible journée de travail… Je voulais le pire, tout le temps, derrière chaque page. Et du réalisme. Trop de réalisme. Je vais essayer d'y remédier, pour le prochain.

— Y remédier ? Mais il ne faut surtout pas ! En tout cas, vous feriez un malheureux ! Je n'ai plus que ça… les livres…

Il inspira, le regard incliné vers le bas.

— Malheureusement, il faut bien que je tienne compte des critiques, que j'essaie d'aller dans le sens du public… C'est la seule façon d'y arriver.

— Écrire contre votre nature ? Hmm… Je ne sais pas si c'est une bonne solution… On devine tout de suite à votre manière de raconter les histoires que vous êtes habité, hanté devrais-je même dire… Mais je me trompe peut-être…

— Pas vraiment, non. Habité, oui… Je crois que c'est le mot… Des images un peu noires, qui trottent dans ma tête.

— Des morts ? Tous ces hommes, ces femmes, ces enfants que vous videz chaque jour de leur substance ? Ils vous harcèlent ?

— Vous savez, la mort est laide, elle répugne, elle

réclame qu'on hurle quand on la croise. Moi, je la contiens, j'en fais abstraction. Mais, en définitive, tout reste enfoui en moi. Alors, la plume, c'est comme…

— Votre paratonnerre. Vous l'utilisez pour déverser sur le papier votre trop-plein de souffrance.

— Exactement. Mon… paratonnerre… Très jolie comparaison. Mais je vous rassure, mon quotidien n'a rien d'épouvantable ! J'ai une femme que j'aime, un enfant en bonne santé, et je ne suis absolument pas attiré par le morbide !

— Ou si peu ! plaisanta son interlocuteur.

David se fendit d'un sourire, tout en caressant tranquillement la petite cicatrice en forme de boomerang, accrochée à son arcade sourcilière droite.

— Désirez-vous boire quelque chose ? lui proposa Doffre.

— C'est que… je suis un peu pressé. J'ai beaucoup de travail. Mais peut-être pourrions-nous nous revoir ?

Doffre s'empara d'un jus d'abricot dans le minibar.

— J'ai un rêve, David. Un rêve qui me suit depuis plus de vingt-cinq ans… Et je crois que vous pouvez enfin le réaliser…

— Je ne vous comprends pas.

— Je veux marcher à nouveau. Il me reste mon bras gauche et, comble de malchance, j'étais droitier. Je veux retrouver l'usage de ce membre disparu, de mes jambes, qui ne me transmettent plus que des sensations fugitives et désagréables quand le kiné me les torture avec ses appareils. Je voudrais courir, sauter, faire l'amour. Et tout l'argent du monde, les voyages, les voitures, les maisons que je possède ne pourront malheureusement jamais exaucer ce souhait. Mais vous, vous avez ce pouvoir…

— Je ne crois pas que…

Le vieil homme se recroquevilla légèrement, l'air nostalgique.

— Je suis comme Tantale. Je voudrais boire l'eau qui m'entoure, mais elle se retire dès que je me penche. Tout ce luxe qui m'environne n'est pour moi qu'imagination et supplice. La lecture, elle, reste ma seule réalité. Je la sens, je la palpe, je la renifle. Les mots glissent sur mon palais, me retournent le cerveau, semblables aux drogues les plus puissantes.

Il marqua une pause, avant de fixer David.

— Écrivez pour moi ! Donnez-moi un rôle dans votre roman, faites-moi revivre au travers de vos métaphores ! Je vous paierai plus que vous ne pourriez le souhaiter pour chaque journée de travail. Je connais du monde. Je pourrai vous épauler, vous aider à percer. Je vous offrirai le moyen de choisir enfin votre vrai métier !

Il posa sa main tiède sur celle de David, ses doigts tremblaient… De l'émotion éruptive.

— C'est que… balbutia David. Ouah !

Il secoua la tête, comme s'il venait de recevoir une claque.

— C'est si… inattendu ! Mais… pourquoi moi ? Je veux dire… Pourquoi ne pas vous offrir un nègre ou un écrivain plus réputé ?

De sa main valide, Doffre écarta les pans de son manteau, dévoilant ses jambes d'une extrême maigreur.

— Encore une fois, regardez-moi attentivement. Les trois quarts de ce corps ont passé l'arme à gauche. Je suis cette frontière que vous décrivez si bien dans vos livres. Je suis mort et, en même temps, vivant. Votre roman est venu jusqu'à moi, il ne peut s'agir d'un hasard. Je vous veux, vous, et personne d'autre. Un spécialiste de la mort, un thanatopracteur-écrivain. Vos mots sont le reflet de ma propre histoire. Je sais que vous ferez les choses bien…

David respira le compliment à pleins poumons. Cet homme enfermé dans la prison de sa charpente délabrée, aux traits mornes, malheureux, lui parlait comme le faisaient toutes ces familles endeuillées. « Je sais que vous ferez les choses bien… »

— Je… Que dire ? Je dois en parler à ma femme, d'abord, puis… C'est tellement fou !

Déjà, David sentait l'excitation le gagner, lui qui, chaque jour, ne laissait paraître qu'une face monolithique, lui qui encaissait, qui prenait sur sa personne, sans jamais se relâcher, même avec sa famille, sauf quand… oui, quand il se mettait derrière son ordinateur pour écrire. Le paratonnerre… Après tout, pourquoi pas ? Pourquoi ne pas tenter ? Essayer, au moins ? Être payé pour écrire… Oui, ça ne lui coûterait rien, absolument rien. Bien au contraire.

— Co… Comment procéderait-on ? Je veux dire : si on concluait un accord… Le thème, les lieux, l'époque… C'est vous qui choisissez, et moi j'écris ? Combien de pages ? Roman policier ? Thriller ? Je ne sais pas si…

Doffre tempéra de la main.

— Pas si vite, pas si vite ! Évidemment, j'ai certaines idées. Mais… prenez ceci. Vous verrez, j'y ai glissé quelques clichés de notre lieu de retraite, ainsi qu'une première indemnisation…

— Notre lieu de retraite ? répéta David en s'emparant de l'enveloppe que lui tendait Doffre.

— On ne forge pas dans une cordonnerie. Disons que je vous offre un décor d'ambiance, celui qui stimulera au mieux votre imagination, selon mes souhaits. Je veux obtenir le meilleur de vous. Pour notre bien, à tous les deux. Par ailleurs, vous le verrez, ce chalet est très agréable. Et la nature environnante, absolument magnifique.

David essayait de garder la tête froide tandis que Doffre continuait :

— De toute façon, ne vous inquiétez pas. Si finalement vous refusez, vous conserverez tout simplement l'argent et n'entendrez plus jamais parler de moi… Mais, de tout cœur, j'espère pouvoir vous séduire.

David voulut ouvrir l'enveloppe, mais Doffre l'en empêcha d'un geste de la main.

— Venez ce soir, vers dix-sept heures, à l'hôtel Saint-Pierre, à Vincennes. Christian, mon chauffeur, vous y remettra mes instructions pour le livre et il vous expliquera la manière dont notre séjour va se dérouler. Si vous êtes partant, je m'occuperai de tout, vous serez mes hôtes. Vous n'aurez pas à vous soucier de la logistique. Vous penserez seulement à prendre quelques vêtements chauds : blousons, pulls, après-ski. Là où nous allons, il peut faire très froid. Nous partirons dans quatre jours, le premier février, pour une durée d'un mois.

— Quoi ? Quatre jours ? Et… Un mois, vous dites ? Ma femme et ma fille m'accompagneraient ? Mais… Quitter la maison un mois complet ? Avec mon job, mes chats ? Non, mais… attendez !

Doffre but une gorgée de jus d'abricot, avant de répliquer :

— Je sais, je sais, c'est très abrupt. Mais… Pourquoi attendre plus longtemps ? Attendre, c'est perdre du temps et de l'argent. Et puis, votre « job » va vite devenir très secondaire, avec ce que je vais vous proposer.

David palpait sa cicatrice plus nerveusement.

— On doit pouvoir s'arranger différemment ! Je pourrais tout aussi bien travailler chez moi !

— Écoutez, David, ne vous inquiétez pas, prenez ce séjour comme des vacances. Est-ce si compliqué ? Je vous veux simplement à mes côtés, afin de pouvoir suivre vos écrits, réagir, bondir chaque jour. Vibrer sous votre plume, dans un endroit tranquille. Vous savez, je vous paierai grassement pour ce petit sacrifice, si tant est que l'on puisse parler de sacrifice. Et, dès notre retour, je ferai ce qu'il faut pour vous. Il suffit que votre roman soit bon, mais ça, je n'en doute pas. Alors, ne manquez pas cette chance.

— Mais… Un livre, ça se prépare ! Il faut de la documentation, un plan, des idées précises ! Départ dans quatre jours ? Je ne pourrai jamais m'organiser !

— Quel que soit votre choix, je le respecterai. Mais essayez d'être raisonnable. Je vous offre une occasion qui ne se refuse pas : l'argent, et donc le temps pour écrire sans contraintes… Allez, je vous laisse partir. Venez ce soir à dix-sept heures.

Alors que David descendait de la voiture, Doffre l'interpella une dernière fois.

— Quant aux idées, je les ai déjà. Je sais que les énigmes scientifiques vous passionnent, alors notre séjour tournera autour du mystère des nombres. Parce que, comme vous le savez, toutes les vérités se cachent au cœur des chiffres…

La voiture démarra lentement, avant de se fondre dans le brouillard.

Un mirage… Rien d'autre qu'un mirage. Ce vieillard, aux yeux de lignite. La rigidité de son corps. Les muscles atrophiés de ses jambes. Sa main droite luisant sous la lumière du plafonnier. Arthur Doffre…

Un peu sonné, le thanato boutonna son caban jusqu'au cou et ramassa ses valises avant de reprendre sa lente progression. Il sourit, la tête inclinée, piégeant son expression dans le reflet d'un pare-brise. Quatre jours avant le départ ! Une histoire de dingue !

L'enveloppe, dans sa poche !

Il reposa soudain ses valises et déchira précipitamment le papier kraft.

Des photos, des billets. Un, deux, trois… dix, quinze ! Quinze billets de cent euros ! Plus d'un mois de salaire. Il les rempocha aussitôt, mal à l'aise, scrutant autour de lui. Décidément, cette histoire n'avait aucun sens.

« … Notre séjour tournera autour du mystère des

nombres. Parce que toutes les vérités se cachent au cœur des chiffres… » Qu'est-ce que ce charabia voulait dire ?

David jeta un œil aux photos. Sur le papier glacé, un paysage grandiose. Des sommets déchiquetés, une forêt aux troncs noirs. Et un immense chalet, construit autour d'un arbre géant.

David secoua la tête. « Eh, petit ! Sors de tes rêves ! Cette vie, ça peut pas être pour toi ! Métier, maison, famille ! Tu as déjà oublié ? »

Et pourtant, tout ceci était bien réel. En témoignait l'argent, dans sa poche.

Peut-être la chance était-elle enfin venue le percuter, ce matin.

Et cette chance s'appelait Arthur Doffre.

5

— Qu'est-ce que tu fous, Miller ! Dépêche-toi ! Ça se bouscule au funé ! Encore deux soins à boucler, et il est déjà trois heures !

Madelin, directeur des pompes funèbres Roc Éclair. Un beau vautour, au nez courbé comme un bec, qui avait fait du deuil un commerce fructueux sur le Nord parisien.

— Quoi ? Deux autres ? Je vous ai prévenu, je pars dans une heure ! Un problème personnel à régler. J'ai des heures d'avance… et c'était pas prévu !

— Ils choisissent rarement l'heure du départ. Je les veux dans mon bureau, pour ce soir ! Aussi fringants que le jour de leur mariage ! *Comprendo ?*

— Mais Gisèle pourrait me remplacer ! Elle…

Madelin claqua la porte du laboratoire de thanatopraxie sans se retourner.

« Quel vieux con ! grinça David. Demande-leur de t'y rejoindre, dans ton bureau ! Et organisez-vous une fiesta à trois ! Ça te décoincera un peu ! »

Il arracha son masque de coton et le jeta sur le sol. Sept ans qu'il se démenait pour Roc Éclair, besoin de partir plus tôt, et voilà le remerciement ! À croire qu'il le faisait exprès ! Bientôt, tout finirait par exploser.

Assuré que *Kill them all* s'était éloigné, il se laissa glisser contre le mur de catelles blanches et se prit le front dans les mains. Depuis ce matin, sa tête était entre ces murs mais son esprit ailleurs, au milieu des arbres, aux confins de l'isolement, dans ce chalet cerné de montagnes et de précipices. Un monde de féerie.

Il entendit un bruit derrière lui. Panoramique oculaire. Rien de grave. Juste une pince Dieffenbach qui chutait, comme ça, déséquilibrée par le pouvoir des morts. Ça se produisait souvent, sans réelle explication. On s'y habituait, à force.

Une fois debout, David lissa ses cheveux vers l'arrière d'un mouvement nerveux. Il se repassait la scène de la BMW en permanence. Jamais il n'avait été confronté à une proposition si violente, si tranchée, et pour tout dire si attrayante.

Jusqu'où cet être de chair et de plastique le connaissait-il ? Qu'avait-il décrypté dans *De la part des morts*, son thriller ? David se remémorait clairement le physique si particulier du sexagénaire. Chauve, élégant, en dépit de son handicap. Il ne portait pas d'alliance. Qui pouvait bien l'aider à s'habiller chaque matin ? Son chauffeur, aussi âgé que lui ? Comment peut-on vivre avec le seul usage du bras gauche ? Coraco brachial, brachial antérieur, biceps, triceps, carré pronateur, long fléchisseur du pouce… Tout ce qu'il lui restait. Derniers boulons d'une machine désarticulée.

Pupilles qui se rétractent. Le cœur du laboratoire. Scalpels, vidoirs, antiseptiques. Du concret. Trop de concret. Devant lui, le corps d'une jeune femme, étalé sur la table réfrigérante. À peine vingt-cinq ans. Du vomi collé sur son jean, son pull, envahissant la partie gauche de son visage. Bouche grande ouverte, comme si un pavé s'y était engouffré. Les pompiers l'avaient trouvée agrippée au pied de son lit. Sa main droite, crispée, témoignait encore de la violence de sa mort.

Elle s'était mal suicidée. Et personne ne l'avait nettoyée. Ça, c'était son job.

David inspira avec dégoût, les odeurs de produits conservateurs s'infiltrèrent jusque dans ses poumons. N'importe qui aurait gerbé. Comment pouvait-on s'habituer à une puanteur pareille ? Ses doigts effleurèrent le métal bleuâtre, et il grimaça. Parce qu'il se trouvait face à son pire ennemi.

La ressemblance.

Ça arrivait au moins une fois par mois. Nez busqué, front avancé, pommettes saillantes, toujours un détail pour lui rappeler un visage familier… père, grand-mère, voisins, amis d'enfance, camarades de classe. Et lui donner l'impression qu'il vidait sa propre mère.

Sa mère… Il secoua la tête. Cette fille-là, moins grande, plus mince, avec un menton plus prononcé, ressemblait à Cathy. Ses iris panachés, ni verts ni bleus, son nez éclaboussé de taches de rousseur, ses torsades blondes… Il serra le poing. En venir à décrire son épouse dans le reflet d'un cadavre… C'était ça qu'il raconterait à Clara quand elle réclamerait des explications sur son métier ? C'est à cela qu'il penserait en enlaçant sa moitié ?

Il la déshabilla, puis incisa en portant sa conscience ailleurs.

Son rendez-vous.

Il s'y rendrait, avec ou sans l'autorisation de Madelin. C'était trop important. Peut-être une porte ouverte sur un nouvel avenir. Ne plus jamais avoir à regarder la mort en face…

Un bruit d'aspiration brisa le silence. Des couleurs éteintes emplirent les tubes veineux, puis noircirent les tuyaux en silicone.

Mais David s'était fixé une règle, pour cette rencontre. Ne pas s'engager, garder ses distances. Y aller juste en observateur… Il n'avait pas encore mêlé Cathy à l'histoire. C'était sûr, elle tomberait amoureuse du chalet. L'immense cheminée, le chêne géant à la conquête de la charpente, la nature tout autour et les bêtes sauvages... Mais enfin, il fallait quand même lui faire accepter l'idée de tout plaquer pendant un mois.

La vanne de ventilation se mit à gronder. Le drap replié sur la tête de la jeune femme se souleva presque insensiblement avant d'étreindre de nouveau le profil figé.

Le silence se fit.

Le praticien remonta un peu l'étoffe, sans révéler le haut du visage. Puis il saisit une aiguille courbe et se mit à coudre les lèvres d'un geste automatique.

Le froid glissa plus intense dans son cou.

Il continuait à penser à Doffre... à cette idée de muer, d'abandonner son enveloppe charnelle, ce corps en désuétude, pour renaître par l'intermédiaire d'un roman. Une idée géniale, en définitive. Quelle somme le vieil homme allait-il lui offrir, pour que son rêve se réalise ?

David remonta plus haut le drap, affronta la ressemblance et acheva le travail.

La fille ne s'était plus suicidée aux médicaments, elle n'avait plus la bouche obstruée par le vomi. Elle serrait entre ses mains la photographie de ses parents, comme ils l'avaient souhaité. Elle dormait en paix, un sourire serein aux lèvres.

Le thanatopracteur déplaça un chariot porte-cercueil contre le mur. Des écarteurs à jugulaires tintèrent dans leurs coupelles en acier, un écho métallique roula le long des parois. Il éteignit les néons, et le laboratoire carrelé de blanc sombra dans la glace de son silence.

« À présent, se défaire des deux autres clients. Gisèle... »

Gisèle avait élu domicile dans le second laboratoire de Roc Éclair. Derrière la porte de sa chambre nuptiale, comme elle l'appelait, était accrochée une pancarte sur laquelle on pouvait lire : « Je n'ai pas de dons particuliers, ceux qui rentrent ici les pieds devant ressortent les pieds devant. Mais avec le sourire. » Un humour à réveiller un macchabée, la Gisèle.

Elle passait plus de temps avec les morts qu'avec les vivants. Elle n'était pourtant ni nécrophile, ni gothique, ni même tueuse en série – enfin, *a priori* – mais… une force étrange la retenait ici. Sans doute celle qui l'avait poussée à jouer avec des jeux de construction jusqu'à seize ans… Aujourd'hui, elle s'amusait toujours, version plus *hard*.

Elle pointa un tube nasal d'aspiration dans sa direction.

— Toi, t'as un souci avec Madelin ! Je l'ai entendu hurler, ce vieux con !

Elle travaillait sans masque ni gants, transparente aux règles d'hygiène. Une radio diffusait en sourdine un vieux Robert Palmer, *Johnny & Mary*. David s'avança.

— Il faut que tu m'en prennes deux. Je dois m'absenter, c'est important. Tu peux faire ça pour moi ?

Gisèle fit une bulle avec son chewing-gum décoloré, qu'elle plongeait dans un verre d'eau chaque fois qu'elle ne le mâchait pas. Un sacré souci de l'économie.

— Ils sont comment ? Des mecs, j'espère ?

— Crise cardiaque et cancer du poumon. L'un tout neuf, l'autre plutôt… maigrichon.

Elle évalua rapidement la remarque en nombre d'heures.

— Hmm… Avec ce que j'ai déjà sur le tapis, ça va me faire décoller à minuit ton histoire ! Eh, mon poussin ! J'ai des pulsions à assouvir, moi !

Elle lui décocha un clin d'œil.

— Envoie la marchandise…

Piégé dans le flux métallique du périphérique, David avait pris du retard. Il arriva néanmoins presque à l'heure sur le parking de l'hôtel Saint-Pierre, à Vincennes. Façade de verre, matériaux précieux, superbes berlines. La grande classe.

Il pénétra dans le hall où l'attendait Christian, la dernière édition du *Monde* déployée entre ses mains énormes. Christian se leva et l'invita à le suivre dans un salon privé, où des hommes d'affaires fumaient le cigare. Il en proposa un à David, qui refusa. Puis il posa la paume sur son épaule pour l'emmener dans un renfoncement sombre, à l'abri des regards. David nota qu'il lui manquait l'index droit.

— Écoutez, monsieur…

— Appelez-moi Christian…

— Écoutez, Christian. J'ai beaucoup hésité avant de venir. Tout ceci me paraît trop… Comment dire… trop précipité.

— Mais vous êtes venu quand même…

L'homme promena la flamme d'une allumette sous son cigare, avant d'en embraser l'extrémité en pompant goulûment.

— Vous voulez mon avis ? confia-t-il en se courbant légèrement. Vous devriez accepter l'offre de monsieur Doffre. C'est une personne extrêmement généreuse, qui saura vous récompenser pour votre production littéraire. J'ai cru comprendre que cela pourrait correspondre à vos aspirations, non ?

— Si, bien sûr que si, mais… j'aurais aimé disposer de plus de temps, avoir des détails ! Mettez-vous un peu à ma place ! Je ne le connais pas ! C'est quand même une situation originale !

— En effet, mais il faut savoir sauter sur les occasions, lorsqu'elles se présentent.

Christian décrivit un arc de cercle de la main, tandis que son visage disparaissait derrière des nuages de fumée.

— Ce monde pourrait, un jour, être le vôtre… La

lumière, l'éclat… Il suffit juste de sortir du moule, et d'oser… Alors, soyez raisonnable. Gardez l'enveloppe que monsieur vous a donnée, il s'agit d'un présent, et…

Il plongea sa main dans la poche intérieure de sa veste.

— … acceptez également celle-ci. Elle contient une avance plus conséquente sur votre rémunération pour ce travail, ainsi que les instructions de monsieur. Tout y est noté de manière détaillée. Je pense que le programme vous plaira…

David aurait aimé ne pas bouger, refuser et déguerpir. Il tendit pourtant la main.

— Attention, ça ne veut pas dire que monsieur Doffre a gagné.

— Bien sûr, répondit Christian avec un sourire. D'ailleurs ne l'ouvrez pas tout de suite, prenez le temps de la réflexion, discutez-en avec votre épouse. Quel que soit votre choix, ce sera le bon.

— J'aimerais m'entretenir à nouveau avec votre patron. Il loge dans cet hôtel ?

— Non, non… Cet hôtel lui appartient, c'est tout.

— Ah… C'est tout.

— Vous voulez prendre un verre ?

David déclina poliment l'offre et Christian le raccompagna jusqu'à l'entrée.

Au volant de sa voiture, le jeune homme ne parvenait pas à lâcher du regard l'enveloppe posée sur le siège passager. Il quitta le parking et se gara à peine quelques mètres plus loin. Impossible de résister.

Il déchira le papier kraft.

De l'argent. Une somme énorme. Cette fois, difficile de faire abstraction de l'éventail qu'il tenait entre les mains. Quatre mois de salaire, sans avoir écrit une seule ligne. Cinq mille euros…

« C'est pas possible… Un rêve ! Un putain de rêve ! »

Il regarda autour de lui et renfonça rapidement les billets, avant de sortir la lettre.

Il la parcourut de haut en bas, d'abord sans la lire. Mais, avant d'arriver à la dernière phrase, ses pupilles remontèrent, lentement, jusqu'à s'arrêter sur deux mots.

Bourreau 125.

Son cœur s'emballa. Une suée lui traversa le front. Il se mit à lire avec la plus sérieuse attention.

Puis son esprit s'envola loin, très loin d'ici. Là où Doffre avait décidé de les emmener. Le poumon de l'Allemagne. La Forêt-Noire.

Il dévora à nouveau les consignes, s'autorisa une profonde réflexion… Il lut, relut… Le rêve devenait tangible. Le lieu, le thème, la rémunération. Pas une ombre au tableau. Tout lui plaisait. Mais alors, où était le problème ?

« Aucun… Il n'y en a aucun… Ceci est la réalité. Un type plein aux as te propose de l'argent pour lui écrire un livre, c'est aussi simple que ça… »

Il devait saisir sa chance, s'offrir la possibilité de respirer et d'écrire… Écrire à n'en plus finir sur un thème génial. Et en plus, gagner sa pitance pour ça…

Il ne restait plus qu'à convaincre Cathy.

Il passa un coup de fil à la maison. Pas de réponse. Sans doute partie à la SPA…

Il relut la lettre une dernière fois avant de démarrer.

Le Bourreau 125.

L'arracheur de chair.

6

Cher David Miller,

Si vous lisez ces mots, c'est qu'une partie de moi est déjà entrée en vous. Je ne peux être que flatté par ce début prometteur.

Cathy retira ses lunettes et se frotta les paupières. David était contre elle, dans le canapé du salon. Clara, dans son parc de jeu, s'amusait à lancer des fruits en plastique en criant.

— Mais fais quelque chose ! Elle est insupportable depuis son réveil ! Tu ne peux pas t'en occuper un peu !

— Oui, bien sûr. Excuse-moi, ma chérie. C'est que j'ai eu une drôle de journée.

— Et ma journée, à moi, tu y penses ? Tu me dis à peine bonjour, tu te moques de ce que j'ai à raconter, mais toi, par contre ! Tu me plaques cette lettre sous les yeux ! Je n'y comprends rien ! Qu'est-ce que c'est ?

— Une surprise ! Continue à lire, tu verras !

— Une surprise ? Tu parles ! La vraie surprise, ce serait que tu te lèves et que tu embrasses enfin ta fille !

David se redressa et se dirigea vers le parc.

— Comment va son œil ?

— Tu le vois bien ! Un coquard c'est un coquard,

et il est pas près de partir. Tu as des questions plus constructives ?

David ramassa la feuille qu'elle avait jetée sur le sol.

— Mais lis-la, tu vas comprendre !

— La lettre, la lettre, la lettre ! Tu te moques vraiment de tout !

Elle soupira. Quand il ne s'agissait pas de ses romans ou de cadavres à recoudre, c'était autre chose. Peut-être devrait-elle lui avouer sa grossesse. « Tiens ! Chéri ! Tu sais, Greg ! Eh bien, on a couché ensemble, pendant que toi, tu partais pour tes salons et tes dédicaces ! Et puis, j'allais oublier… Dans la matinée, je suis allée à l'hôpital. Tu vois, là, je suis en plein processus d'avortement. J'ai des saignements et j'ai super mal au crâne. Alors, s'il te plaît, évite de me gonfler ! »

Elle le mitrailla du regard avant de reprendre sa lecture.

La règle est très simple. Je vous demande de m'écrire un livre, un thriller, dans lequel je tiendrai le rôle principal, moi, Arthur Doffre. Ah ! Bien sûr, vous aurez tout intérêt à me rajeunir, je vous donnerai des photos de l'époque où j'étais un beau jeune homme, elles vous inspireront, j'en suis certain…

Elle ôta une nouvelle fois ses lunettes, se massa les tempes avant de poursuivre.

Pour cette aventure commune, nous partirons la totalité du mois de février, soit vingt-huit jours. Notre lieu de retraite ? Un splendide chalet, dont vous avez les photos en votre possession. Vous verrez, il s'agit d'un théâtre absolument féerique, planté dans le cadre magnifique du Wildseemoor, dans l'isolement absolu de la Forêt-Noire. Ma compagne sera à mes côtés ; quant à votre épouse et votre enfant, elles sont, bien entendu, les bienvenues.

— Mais qu'est-ce que c'est que cette histoire !

David reposa Clara dans son parc.

— J'ai eu exactement la même réaction que toi. J'aurais peut-être dû commencer par… Tralalala ! Roulements de tambour !

Il sortit les liasses de sa poche, qu'il lança sur la table basse. Son épouse en resta bouche bée.

— Mais…

Elle soupesa les billets.

— David ?

— Juste un peu d'argent de poche. Cinq mille euros.

— Quoi ?

— Auxquels on ajoute les mille cinq cents euros qu'Arthur Doffre m'a remis ce matin…. Une broutille…

Cathy retira brusquement sa main.

— Là, il va falloir que tu m'expliques, et sérieusement ! C'est quoi ce délire ?

David reprit l'histoire en détail. L'entretien du matin, dans la BMW. Le cadeau des mille cinq cents euros. Le rendez-vous à l'hôtel. L'argent dans l'enveloppe avec les instructions. Le départ dans quatre jours.

Cathy essayait de garder son sang-froid, l'œil rivé sur les photos.

— C'est complètement dingue…

— Je sais, je sais ! Mais regarde tout ce fric !

Elle secoua la tête, essayant de faire abstraction de la petite fortune.

— Attends, tu es en train de me dire que toi, tu es prêt à plaquer ton job et à t'engager comme ça avec quelqu'un que tu connais même pas ?

Elle se pencha vers lui, à dix centimètres de son visage.

— Tu as perdu la tête ?

Elle se dirigea vers la cuisine d'un pas de fantassin. David lui collait aux talons.

— Mais pourquoi pas ? Dis ? Pourquoi pas ?

— Il suffit qu'on te parle de bouquins et tu délires complètement ! Arrête tes conneries, d'accord !

— Et ces billets, c'est quoi ? C'est des conneries aussi ? Tu n'as pas l'air de bien te rendre compte ! Merde, il m'aurait fallu presque six mois pour gagner ça !

David reprit, plus calmement :

— Je pose juste quatre semaines de congés sans solde, il est hors de question de tout plaquer ! Et puis, tu te rends compte, Doffre me paiera trois mille euros par jour ! Vingt mille francs ! Multiplie par vingt-huit ! Réfléchis, pour une fois.

— Pour une fois, oui. T'es gentil…

— Dans un mois, la maison est presque payée, et on aura devant nous un horizon complètement nouveau. Peut-être que grâce à ce type je serai enfin reconnu dans le milieu littéraire ! Il m'a dit qu'il me lancerait. Tout peut changer pour nous, tu ne peux pas en faire abstraction !

Elle fit mine de ne pas écouter et sortit des cuisses de poulet du frigo. Cette histoire était ahurissante. Et pourtant… Les billets étaient bien réels. Six mille cinq cents euros…

Lorsqu'elle se redressa, elle sentit les mains de David glisser sur sa poitrine.

— Arrête… Clara est juste à côté.

La chaleur de son corps se fit plus intense. Cathy se crispa.

— Mettre les voiles, ça nous permettrait de respirer, tous les deux. Se retrouver loin d'ici, en pleine nature. Ne plus penser aux délires de Miss Hyde, au boulot, au chômage… Juste oublier un peu le quotidien et se vider la tête. De vraies vacances, aux frais de la princesse.

Il chuchota :

— Pour toi, je bâtirai un logis de bois au cœur des fougères, de mes mains d'ouvrier. Avec les meilleurs arbres, pour la plus belle des femmes.

Cathy retrouvait le *bad boy*, cheveux courts, barbe naissante, qui l'avait fait chavirer. Cette déclaration... sa demande en mariage. Elle ferma les yeux. Pourquoi la lui sortir maintenant ? Il voulait la faire craquer ? Un simple artifice ? David se mit à lui caresser le ventre. « Pitié... Pas maintenant... » Et s'il devinait ? La jeune femme retint sa respiration. Ses doigts se rétractèrent sur les poignets de son mari. Elle ne pouvait pas. Pas ce soir. Ni demain. Ni après-demain.

— Chéri... Je t'en prie... Clara... Je l'entends arriver...

— Moi, je n'entends rien... Imagine, là-bas, au calme, on aurait le temps d'y réfléchir.

Le sang qui gonfle les artères.

— Réfléchir à quoi ?

David fit pivoter son épouse. Les yeux dans les yeux. Il allait lire le mensonge. Lire...

— Tu le sais très bien, répondit-il en lui effleurant la joue. Un petit être, dans ton ventre...

— David... Que... Je...

— Un deuxième enfant ! On en a déjà parlé. Maintenant qu'on va avoir de l'argent ! Plein d'argent ! Il n'y a plus d'excuses !

Elle se serra contre lui. Fuir ses prunelles. Ne pas craquer.

« Pense à un truc qui te dégoûte. Réfléchis ! Un chien écrasé... Un berger allemand écrasé. »

Elle avait les larmes aux yeux.

— Tout ça va trop vite.

— Mais c'est dans quatre jours, pas demain ! Et puis, on l'a déjà fait, non ? Partir à l'aventure ! Confier les chats à ta mère et tout oublier ! Rappelle-toi avant, la tente dans le sac ! La *Miss petits nichons*, envolée pour la grande vadrouille !

— Oui, mais avant il n'y avait pas Clara ! Et ne m'appelle pas comme ça, j'ai toujours eu horreur de ça !

Tout s'emballait dans sa tête. Quatre jours... Samedi... Son rendez-vous à l'hôpital, après-demain. L'expulsion de l'embryon... Non !

— Je... Comment tu veux que je te réponde maintenant ? Arrête un peu avec ça, OK ?

Ils dînèrent presque sans un mot. Malgré elle, Cathy ne cessait de penser à cette somme incroyable qu'ils pouvaient accumuler, en si peu de temps. Départ samedi, pour la Forêt-Noire... Elle avortait jeudi. Si elle décidait de partir, elle ne pourrait pas passer l'échographie de contrôle, quinze jours après... Et si la chose n'était pas expulsée ? Elle tenta de se rassurer. Tout se déroulait bien dans quatre-vingt-dix-huit pour cent des cas. Et puis, pas besoin d'échographie. Non, pas besoin, l'embryon se décrocherait, du premier coup.

Elle regarda David. Il y croyait vraiment. Si elle lui cassait son rêve, leur couple risquait de morfler.

— J'ai encore besoin de réfléchir un peu, fit-elle en lui prenant la main. Tu peux comprendre ça ? Ce n'est pas le fait de partir qui m'inquiète. Mais cette histoire est tellement bizarre. Je veux dire : pourquoi toi ? Pourquoi tout cet argent ? Pourquoi une telle urgence ?

Il lui caressa doucement la main.

— Je me suis déjà posé toutes ces questions. Il a réussi à réserver ce chalet pour le mois de février, pas un jour de plus. C'est expliqué dans la lettre. Pour l'argent, c'est énorme pour nous, mais pour lui... De la rigolade ! Tu aurais vu l'hôtel dans lequel j'avais rendez-vous ! Il en est propriétaire...

— Mais tu ne trouves pas ça complètement dingue, toi ? Si... Et s'il ne te paie pas, finalement ? En plus, on ne connaît même pas l'adresse ! Il faut un médecin à proximité ! Si Clara tombait malade !

— Tu sais, Doffre est infirme, il est âgé, sa compagne doit l'être tout autant, ils auront sûrement pensé au médecin. Quant à l'argent… Il dit dans la lettre qu'il me remettra des bons au porteur. Un par jour. J'ignore à quoi ça ressemble, je vais me renseigner sur Internet.

Internet… Le modem trafiqué… L'estomac de Cathy se tordit.

— N'y songe pas trop. J'ai essayé de me connecter, impossible.

— Qu'est-ce qui se passe ? Tu as l'air bizarre.

— J'ai un peu mal au ventre, je sais pas… Le froid, l'humidité, le contact des bêtes, à la SPA…

David désigna une tablette vide de Lexomil.

— Tu devrais éviter ces saletés.

Elle se leva et partit s'allonger sur le canapé.

— Tu peux coucher Clara ? Je commence à avoir la migraine.

David lui palpa le front.

— Tu n'as pas l'air d'avoir de fièvre. Repose-toi, j'emmène la puce en haut. Je jetterai un œil au modem, il est peut-être HS. Tu as essayé avec le modem interne ?

— Quoi ?

— Il y a un modem intégré à l'ordi. Il est moins rapide, mais il fonctionne.

David se dirigea vers le parc.

— Allez, Clara, donne-moi la main.

Cathy se redressa et lui demanda :

— Tu veux pas me lire la fin de la lettre ? J'arrête pas de penser à ton histoire… Tu as peut-être raison… Fuir loin d'ici, quelques semaines… Tente et fringues mouillées.

— Et épaules qui pèlent !

Elle laissa éclore un sourire sur ses lèvres.

— On s'est un peu ratés, ces derniers jours, non ?

David acquiesça. Il lui posa un baiser sur la joue.

— Et puis c'est une chance qui n'arrive qu'une fois, ajouta-t-elle. Tu… On ne peut pas rater ça. Ça fait si longtemps qu'on n'est pas allés en vacances.

— Presque trois ans… Attends, je te lis la suite. Bon, je te passe le baratin sur les titres au porteur et sur le fait qu'il se charge de toute la logistique, y compris, je cite, « des instruments pour écrire le livre ». Bref, il va me filer la grosse artillerie, portable, imprimante, scanner… OK… Voilà le passage intéressant, le roman à venir : « Vous vous arrangerez pour rédiger dix pages par jour que vous me remettrez le lendemain avant midi. Libre à vous d'organiser vos horaires, tant que le contrat est rempli. »

— Attends, là ! Dix pages ? Tu en écris deux d'affilée, au meilleur de ta forme !

— Ouais mais après dix heures de boulot, et complètement crevé. Dix pages, à plein régime, c'est jouable ! Il faut le prendre comme un défi. Je continue, écoute bien : « Vos connaissances en criminologie, entomologie, sciences forensiques, ainsi que votre goût pour le mystère vous seront utiles. Car vous allez ramener à la vie, et transposer dans notre époque un être dont le seul nom fait encore trembler les lèvres de ceux qui en parlent. Le Bourreau 125… »

Cathy rabattit ses genoux contre son torse.

— Le Bourreau 125 ? C'était pas…

— Chut ! Attends, attends ! « Je ne vous ferai pas l'affront de vous le présenter, car, si je ne m'abuse, vous en connaissez un rayon en matière de tueurs en série, même si celui-là n'est pas de votre temps, mais plutôt du mien. Ressuscitez-le, faites qu'il ne se soit pas suicidé, laissez-le s'exprimer de sa lame la plus violente et, surtout, confrontez-le à un digne adversaire. Le meilleur des flics. Un type sans croyances, sans interdits, un chien de rue de la pire race, un prédateur. Je le veux ténébreux, secret, et néanmoins terriblement séduisant, à votre image, à la mienne, il y a si longtemps… Pour le reste, bien évidemment, je fais confiance à votre imagination. Donnez-moi le meilleur de votre plume. Notre paradis, fait d'arbres et de silence, vous inspirera, je n'en doute pas. Bien à vous, dans l'impatience de vous revoir, et surtout de vous lire. Arthur Doffre. »

David replia la feuille et la reposa délicatement sur la table.

— Alors, qu'en penses-tu ? Le flic Arthur Doffre, confronté à…

— Stop ! Je trouve le sujet affreusement glauque. Drôle de thème pour un type qui souhaite remarcher. Pourquoi pas une histoire d'amour, ou un roman d'aventures ? Il y a tellement de possibilités ! Pourquoi sortir de sa tombe cet être… abominable ?

— J'en sais rien, Doffre a peut-être toujours rêvé d'être flic. En tout cas, il a vu sacrément juste. Le Bourreau 125, c'est un thème que j'adorerais traiter. J'ai lu un tas de trucs sur lui. C'est l'occasion ou jamais !

— Super-thème ! Franchement, il n'y a rien de plus gai ?

David leva les yeux au plafond.

— Je vais taper « Arthur Doffre » sur Internet ! Verdict dans deux minutes.

Il s'élança dans l'escalier, et cette fois, ce fut Cathy qui lui emboîta le pas, laissant Clara seule dans son parc.

— Excuse-moi d'insister, mais pourquoi cet endroit si isolé ? Pourquoi pas en France ? Nous aussi, on a des forêts !

— Les bons écrivains ont besoin d'un environnement de mystère, et Doffre en est conscient, plaisanta David en paramétrant son modem de secours. Cette ambiance me paraît idéale. Imagine les randonnées, les paysages… Vacances, vacances ! Quant au vieil homme, attends de le rencontrer. C'est quelqu'un d'étonnant !

Le bruit de la connexion. Clic sur la messagerie, par réflexe. Une petite enveloppe… L'arrivée de messages.

— Ça y est, ça marche. Qu'est-ce que c'est long !

La jeune femme crut qu'elle allait s'évanouir. Tout pouvait s'écrouler. Là, maintenant.

— Rien de Miss Hyde, s'étonna David.

Il garda un instant le silence.

— Bon, tant mieux… Et maintenant, Doffre.

Cathy se recula légèrement et souffla sans bruit. La menace Miss Hyde, plus lourde que jamais… Tout compte fait, s'ils pouvaient s'envoler là, tout de suite !

— Tiens, c'est bizarre, il n'y a rien sur lui.

David fronça les sourcils. Un riche anonyme ? Pourquoi pas, après tout ? Avec son handicap, Doffre devait sûrement fuir la publicité.

Recroquevillé devant son écran, il s'enfonça dans les méandres d'Internet. Bons au porteur… Forêt-Noire… Bourreau 125…

Cathy redescendit chercher Clara pour aller la coucher.

— Toi aussi, tu cherches après ton papa, ma puce, chuchota-t-elle à sa fille. Tu vois, il n'est plus avec nous…

Avec ses recherches, son mari resterait plaqué à son ordinateur ce soir, jusque tard dans la nuit. Tant mieux. Inutile de trouver des excuses pour ne pas faire l'amour.

7

Du bout des doigts, Arthur Doffre poussa la porte de sa chambre, un large sourire creusant plus encore les sillons entrecroisés sous ses yeux noirs. Dans trois heures environ, les Miller – l'homme, la femme, l'enfant – allaient le rejoindre ici, en pleine Forêt-Noire. Il se dirigea vers la fenêtre. Dehors, la neige s'était remise à tomber. Bientôt, les chemins, les routes s'effaceraient. Le chalet se rétracterait alors en un minuscule îlot, coupé du monde, perdu dans l'infini des arbres.

Il actionna la manette plantée dans le manche gauche de son fauteuil roulant, le petit moteur propulsa la tête chauve à travers un long couloir en direction du salon.

Au centre de cette large pièce aux tons tièdes, ambrés, la curiosité de l'endroit : un tronc noueux, couvert de rainures et de coulées de sève durcies, transperçant la charpente comme pour répondre à un besoin irrépressible de puissance et de liberté. Le chalet, soigneusement isolé du froid et de l'humidité, avait été bâti autour d'un chêne rouge, tricentenaire.

Doffre contourna l'arbre prudemment, puis stoppa net face à la table basse sur laquelle il saisit un vase en porcelaine rose, rapporté d'un voyage en Chine, et dont il ne se séparait jamais. Sans plus bouger, l'objet sur les genoux, il s'abandonna à de lointaines pensées, puis s'approcha de la cheminée où crépitaient de hautes flammes rouges. Des bouffées ardentes vinrent lui caresser les pommettes. Il se sentait bien.

À sa gauche, posées sur un fauteuil, des centaines de feuilles et de fiches cartonnées, enserrées dans des pochettes colorées.

Un dossier, classé secret d'État.

Celui du Bourreau 125. Les secrets de son histoire. Et ceux de son esprit.

Arthur Doffre s'empara d'une pochette bleue à élastiques, l'ouvrit, et baissa lentement les yeux. Il connaissait le moindre cliché par cœur. L'expression d'agonie des visages. Les stries des liens tailladant la peau. La chevelure blonde des femmes s'engouffrant dans leur bouche hurlante. Les numéros, tatoués à l'encre noire sur les crânes de leurs enfants épargnés. 101703… 101005… 98784… 98101… 98067… 97878… 97656… Le mystère des nombres, jamais résolu.

Doffre termina par le cliché du Bourreau, étranglé au bout de sa corde.

Les poils de son avant-bras gauche se hérissèrent, il en perçut chaque infime vibration. Il lui arrivait rarement de frissonner, mais, à chaque fois que ça se produisait, c'était comme si on lui plantait des épines dans le dos.

Quand il sortit de ses pensées, il vit sa main crispée sur le bras du fauteuil roulant.

Soudain, ses doigts se durcirent. Arthrite. Et elle serait fulgurante, selon l'annonce de son médecin.

Il porta sa paume devant son regard et serra le poing de toutes ses forces, les phalanges rétractées comme les serres d'un aigle. La douleur était atroce, mais il la supporta. La maladie ne l'abattrait pas. Pas lui.

Le vieil homme desserra un peu le nœud de sa cravate, sur son front perlaient des gouttelettes de sueur. Il rangea soigneusement les clichés, puis appela :

— Adeline, mon abricot ! Viens me rejoindre, s'il te plaît !

Dans sa chambre, Adeline boutonnait son gilet de laine au ras du cou. Elle avait allumé un feu de cheminée dès leur arrivée, dans la nuit, mais réchauffer un tel volume allait bien demander la journée.

Elle jeta un œil par la fenêtre. À l'extérieur, rien d'autre qu'une violence blanche par-devant les troncs démesurés. Magnifique… et déprimant…

Avant de rejoindre Doffre, elle voulut vérifier sur son portable que Saint-Osier n'avait pas laissé de message. Pas de réseau ! Forcément, si loin du monde !

— Bah, et puis zut ! grogna-t-elle.

Elle lança le téléphone sur le lit. Pourquoi se soucier de Saint-Osier, et des messages d'insultes qu'il lui enverrait ? Ce gros con l'éjecterait à coup sûr, dès son retour. Tant pis, ou plutôt tant mieux. Elle aurait gagné suffisamment d'argent pour enfin plaquer cette agence minable et se lancer dans une aventure plus respectable. Son institut de beauté…

Elle fourra dans une armoire le kimono rouge que son riche client venait de lui offrir. Elle détestait le rouge, à vomir. « Traumatisme d'enfance », disaient les médecins.

Puis elle plaça le bon au porteur au fond de sa valise, qu'elle posa au-dessus de l'armoire. À ce rythme-là, dans un mois, elle serait riche.

Juste avant de sortir, son regard s'attarda sur la malle, casée dans l'angle de la pièce, qu'elle avait eu tant de mal à transporter de la voiture au chalet. L'ouverture était barrée d'un énorme cadenas en U, l'une de ces protections codées à cinq chiffres dont on se sert pour bloquer les roues des motos. Peut-être Doffre entreposait-il là, entre autres, tous ses bons au porteur ? « Drôlement prudent, le vieil homme », songea-t-elle en franchissant la porte.

Elle s'avança dans l'étroit corridor.

— Tu as froid, mon abricot ?

Elle sursauta et fit volte-face.

— Un peu, oui. Vous… Tu… Tu veux que je passe d'autres vêtements ? Une robe courte…

Il l'interrompit d'un signe tranchant.

— C'est comme ça que j'aime les femmes, celles qui suggèrent plus qu'elles ne dévoilent. C'est l'une des raisons pour lesquelles je t'ai choisie. Promets-moi de ne rien changer, et de te comporter ici comme tu le ferais chez toi.

Adeline acquiesça.

— Tu veux peut-être manger un morceau ? demanda-t-elle sans vraiment trouver la juste repartie.

— Il paraît que tu es une excellente cuisinière. Prépare-moi un bon déjeuner. La nourriture est stockée dans l'arrière-cuisine. Tu décides du repas, mais évite la viande saignante, j'ai horreur de ça.

Après lui avoir caressé les cheveux, il recula vers la chambre des Miller, située en face, en ne cessant de la fixer de ses yeux noirs. Claquement de porte, bruit de serrure.

Adeline resta un temps interloquée. Drôle de manière de se comporter, pour un type de sa classe, mais bon, elle avait l'habitude. Lunatiques, capricieux, grincheux, son pain quotidien…

En remontant le couloir, elle plissa le nez. Ces affreuses odeurs d'antiseptiques ! Elle voulut ouvrir une porte latérale, pour voir d'où elles provenaient, mais n'y parvint pas. Fermée à clé…

Le salon, à présent. Quel silence ! Dire qu'elle n'avait

même pas pensé à emporter un lecteur de CD. Trente ans, seule avec un vieux paraplégique à cinq cents kilomètres de chez elle. La maison de retraite de sa grand-mère, à côté de ça, c'était le carnaval…

Elle remit une bûche dans la cheminée et s'attarda devant la flambée, les mains ouvertes en regard des flammes. Un mois… Un mois à aller chercher des bûches, allumer des feux, mitonner les repas, satisfaire les caprices de son client… ça risquait de faire long. Heureusement, il n'avait pas trop l'air menottes et cravache, celui-là, handicapé jusqu'à l'os. Quoique… Elle avait quand même embarqué le matériel. Deux paires de bracelets en acier, et le petit nécessaire du plaisir nuptial. Après tout, il était de son devoir de répondre à ce genre d'*exigences*.

Elle leva un peu la tête, son regard s'appesantit sur le fusil, accroché au-dessus de la cheminée. Un Weatherby Mark. Elle s'en approcha et glissa son index sur le canon. Une poudre noire se déposa sur le bout de son doigt, elle la porta sous son nez et renifla. L'arme avait servi récemment. Curieux, estima-t-elle, car il s'agissait d'un équipement lourd, avec lunette de visée, conçu spécialement pour chasser l'éléphant ou le rhinocéros, et capable de percer un mur de parpaings. Il existait de si gros animaux, dans la région ? En tout cas, les précédents locataires devaient être des chasseurs.

La jeune femme se frotta les doigts, détournant son regard du fusil, essayant de chasser cette odeur de poudre.

D'un coup, sa respiration se fit sifflante, ses bronches se rétractèrent. La brusque sensation de respirer avec une paille. Adeline piocha en catastrophe l'inhalateur dans la poche de son gilet et envoya une bruyante expiration au fond de sa gorge. Bronchodilatation. Délivrance. Elle jeta un œil derrière elle et dissimula rapidement le petit objet en plastique.

En se dirigeant vers la cuisine, elle s'attarda devant la porte d'entrée. Elle se souvenait de son épaisseur ahurissante, à leur arrivée. Tout juste si elle avait réussi à la pousser ! Un gros verrou en barrait le chambranle. Le vieux avait fermé à clé. Pourquoi tous ces verrous, même en travers des fenêtres, dans les chambres ? La peur des vols ? Pourtant, venir ici pour un cambriolage, il fallait le vouloir ! Ceci dit... Avec tous ces bons au porteur...

Adeline n'était pas rassurée. Finalement, personne ne savait précisément où elle se trouvait. Pourquoi avait-elle fait confiance à un homme qu'elle connaissait si peu ? Parce qu'il était handicapé et, à première vue, inoffensif ? « Un incroyable don pour t'embarquer dans les coups fourrés », songea-t-elle avec regret.

Une chose, surtout, la préoccupait depuis son arrivée. Tous ces détails que Doffre semblait connaître sur elle. Il avait dû consulter son dossier, à l'agence. Mais comment s'était-il procuré son adresse ? Comment avait-il réussi à biaiser avec le requin Saint-Osier et à contourner le circuit de location classique des filles ?

Et surtout, pourquoi l'avoir fait, lui qui était plein aux as ?

8

David ne décollait plus le front de la vitre du puissant 4×4, sauf pour noircir son calepin de notes. Il situerait l'action de son roman dans la Forêt-Noire, c'était décidé. Le Bourreau 125, en Allemagne. Une forêt vaste, mythique et énigmatique, au service d'un thriller… L'idéal… Il imaginait déjà les hurlements que personne n'entendrait, pourquoi pas une longue course poursuite sous la brûlure de l'hiver, la fuite d'une victime qui n'aurait, pour s'en sortir, d'autre choix que de se jeter dans un ravin. Bref, les idées foisonnaient à mesure que la petite famille et le chauffeur aux gants blancs s'enfonçaient dans le labyrinthe de branchages.

Après Baden-Baden, puis Hilpertsau, la route avait commencé à se tordre, s'effiler pour éventrer les vallées puis épingler le col de Kaltenbronn. Pendant quelque temps, ils avaient croisé des auberges fermées et des refuges déserts, puis plus rien. Des arbres, rien que des arbres. David était fasciné par le spectacle de cette forêt, à la fois possessive, dense et intime. À certains endroits, le soleil ne filtrait que par gouttelettes dorées, l'obscurité donnait alors l'impression d'une seconde nuit.

Les roues du 4×4 traçaient à présent de profonds sillons dans la poudreuse. David s'étonna de la soudaine quantité de neige. Il se pencha vers l'avant du véhicule et observa le thermomètre. Un degré, alors qu'il en affichait dix de moins il y avait à peine un quart d'heure ! « Peut-être un microclimat, songea-t-il, à cause de ce relief particulier, ou de la densité arboricole. » Il en prit note et considéra le GPS. D'après les indications, ils n'allaient pas tarder à arriver…

Dans l'enceinte d'une minuscule clairière, le chalet se dessina enfin, son toit en rondins recouvert de neige, resplendissant sous les rayons inclinés du soleil. Il était bien plus imposant que sur les photos. Les fûts empilés, enchevêtrés et à peine écorcés donnaient une impression de matière brute, taillée à même la forêt.

Cathy leva les yeux, plaquant son nez sur la vitre arrière. Le chêne majestueux, qui surgissait de la toiture, semblait être né de la demeure elle-même. Quant aux fenêtres de la façade, un peu arrondies, elles ressemblaient à de grands yeux curieux.

— Comment peut-on construire un truc pareil autour d'un arbre ? Tu as vu la hauteur de ce chêne ? Et l'épaisseur de ses branches ?

David se pencha par-dessus son épaule.

— Alors ? Première impression ? Tu t'attendais à ça ?

— Pas vraiment, tout est tellement… démesuré. Ces arbres, ce chalet, cette forêt… Cette tranquillité… Je crois que je vais adorer… Quand je me sentirai un peu moins nauséeuse…

Christian se gara à proximité d'un autre 4×4. Clara émergea progressivement de son sommeil lorsque le moteur cessa de ronfler. Même à moitié endormie, la gamine amena sa tétine entre les dents. David la serra dans ses bras et l'embrassa dans le cou.

— Si tu es heureux, alors je le serai aussi, confia Cathy en ouvrant la portière.

— Tu as bien fait d'accepter. Tu ne le regretteras pas…

Clara s'agitait comme un asticot.

— Neize… Neize ! Neize ! Neize !

David la libéra de son siège. La môme se mit à courir et s'enfonça rapidement jusqu'aux tibias. Elle avait repéré un piquet surmonté d'un globe rouge, semblable au nez d'un clown. Yoyo le clown !

— Regarde comme elle est contente ! reprit David, une fois sorti de la voiture.

Il fit une grosse boule de neige qu'il jeta vers son épouse.

— Arrête, chéri ! Je me sens pas bien… J'ai été malade à crever tout le long de la route, alors sois gentil…

Arme au poing, David s'approcha encore, prêt à récidiver.

— Il faut te le dire en quelle langue ? Arrête, t'as compris !

En une fraction de seconde, son visage s'était assombri.

— Bon sang ! C'est quoi ton problème ? chuchota David en explosant le projectile contre un tronc. Dans le temps, c'est toi qui les commençais, les batailles !

— Mon problème ? Tu veux le connaître, mon problème ?

Une voix grave, autoritaire, brisa subitement leur querelle.

— La petite ! Allez chercher immédiatement la petite ! Vite ! Avant qu'elle n'atteigne le piquet !

Doffre hurlait depuis le perron, l'index pointé vers Clara. L'enfant progressait à bon rythme, en dépit de la neige qui s'accumulait sur ses vêtements. Qu'il avait l'air amusant, ce nez de clown ! Et il y en avait tout le long ! Des dizaines de Yoyo le clown, rien que pour elle ! Mieux que dans un grand cirque !

Cathy retint un cri.

Ça y est, la fillette atteignait son objectif. Elle tendait déjà le bras.

Ses deux pieds décollèrent brusquement de terre. Elle se mit à hurler.

David venait de l'attraper, il l'emmena avec lui vers le chemin, la respiration courte. Il regarda Cathy sans comprendre. Le couple s'approcha de Doffre, silencieux et gêné. Le vieil homme les salua chaleureusement, tandis que Christian déchargeait leurs bagages. Puis il jeta un œil sur Clara, qui sanglotait encore, avant de désigner les piquets.

— Désolé d'avoir été aussi abrupt. Mais ces vingt-neuf repères, dispersés autour du chalet, indiquent l'emplacement de pièges à loups, et votre enfant aurait pu se retrouver avec le tibia broyé. Christian aurait dû vous prévenir.

— Christian n'y est pour rien, corrigea David. Nous avons manqué de vigilance.

— Des pièges à loups ? répéta Cathy.

Arthur Doffre pivota, libérant le passage vers l'intérieur.

— Oui. Des lynx rôdent dans la région. Ils viennent du Nord. Plusieurs individus ont été repérés, ces derniers temps. Le jour, ils sont inoffensifs, plutôt craintifs, mais la nuit, ils deviennent de redoutables chasseurs. Il vaut mieux éviter les sorties une fois l'obscurité installée, on ne sait jamais. Et surtout, n'approchez pas de ces repères, car la neige a rendu les pièges invisibles. Il y en a partout. Devant, derrière, ils jalonnent aussi le sentier qui mène à la réserve à bois, sur le côté.

— Des lynx… Ça commence bien, ironisa Cathy en bloquant sur la silhouette longiligne qui se tenait penchée devant la cheminée.

Adeline posa le tisonnier sur son support et se frotta les mains sur un torchon avant de venir saluer les Miller.

— Adeline est la tendre dévouée qui nous accompagnera dans notre grande aventure littéraire, expliqua Doffre en lui caressant le bout des ongles.

Cathy tira ses cheveux en arrière, le sourire crispé. Alors c'était ça, la « vieille compagne » de Doffre ? Une tendre dévouée ? Ça signifiait quoi, une tendre dévouée ? Elle n'avait pas l'air d'une pute, pourtant. Plutôt l'inverse, d'ailleurs, genre rouquine un peu coincée, limite *Petite maison dans la prairie*. Vachement mignonne avec ses prunelles d'un bleu perçant, sa plastique à éblouir un aveugle. Apparemment, le danger n'était pas que dehors. Cathy prit David par la taille et se serra contre lui. Doffre l'arracha à ses pensées.

— Je vous souhaite donc, à tous les trois, la bienvenue ! Adeline va vous mener à votre chambre, afin que vous puissiez vous installer. Vous voudrez manger un morceau ?

— Ça ira, merci, répondit David. Nous pourrons attendre le repas du soir, nous avons grignoté en route.

Doffre fit jouer un trousseau de clés entre ses doigts.

— D'accord. Nous ferons ensuite une courte visite des lieux, puis vous pourrez vous reposer, si vous le souhaitez. Adeline, tu leur montres le chemin, s'il te plaît ?

Le long corridor au tapis rouge. Toilettes, salle de bains. Puis l'odeur des antiseptiques, enfer d'hôpital qui fit faire la grimace à Cathy. Ensuite, une porte fermée, suivie de deux autres, au fond, sur la droite.

— Je vous en prie, fit Adeline en ouvrant.

— Merci, répliqua David avec un sourire de politesse.

Avant d'entrer, Cathy tourna la tête vers la rouquine, qui s'éloignait.

— Elle a besoin de rouler des fesses comme ça, celle-là ?

— Oh ! Je t'en prie. Pas ici…

— On pouvait se retrouver qu'à deux, mais non…

Une autre fille… Y a toujours un truc qui cloche. Ça promet…

— Pour une fois, j'espère que tu mettras de côté ta jalousie.

David posa Clara, son sac à dos, inspira un grand coup. Puis il s'élança sur le lit. La petite l'y rejoignit en piaillant.

— Alors ! Géniale la chambre, non ?

Cathy tourna sur elle-même. Lambris, parquet, poutres. Tons chauds. Nid douillet au cœur de la forêt.

— Plutôt pas mal, ouais. Un peu rudimentaire, mais… elle est grande…

— Et le lit a l'air de ne pas trop grincer !

Cathy se dirigea vers la fenêtre en haussant les épaules. L'obscurité s'installait déjà. Seize heures…

— Même de ce côté-ci, il y a des piquets à bout rouge. Bizarre, quand même… Je savais pas qu'il y avait des lynx en Allemagne.

Elle demanda à David :

— Tu peux me donner les photos ?

— Pour quoi faire ?

— Donne, c'est tout !

David fouilla dans la poche de son caban, en sortit les clichés et les lui tendit. Cathy les observa attentivement, en retournant vers la fenêtre.

— Je m'en doutais… À l'époque, pas de pièges à loups !

— Peut-être pas de lynx, tout simplement. Ils ne débarquent sans doute que l'hiver, puisqu'il a dit qu'ils venaient du Nord.

Cathy fronça les sourcils.

— Et… Attends… Oui, c'est bien ça ! Il y a quelque chose qui me tracassait, quand on est arrivés, mais je n'arrivais pas à trouver quoi.

— Quoi ?… soupira David.

— Les grandes vitres, sur la façade !

— Et alors ?

— Des vitres, mais pas de volets ! Or, il y en avait, sur les photos !

Elle voulut ouvrir la fenêtre, mais un verrou l'en empêcha. Elle plaqua son visage contre le carreau.

— Et pareil pour notre chambre, apparemment. Pas de volets.

— Quelqu'un les a peut-être démontés pour les traiter ou pour les peindre ? Ou alors ces photos datent d'il y a plusieurs années ? Qu'est-ce que j'en sais ! Bon ! On retourne dans le salon ?

Cathy frappa doucement du poing sur la vitre. Plexiglas.

— Vas-y avec Clara… répliqua-t-elle. Je vous rejoins. Je voudrais me passer de l'eau sur le visage…

La minute d'après, elle s'enfermait dans les toilettes et baissait son jean. La présence d'abondants saignements l'effraya. Après s'être nettoyée, elle sortit un comprimé blanc d'Exacyl, l'avala sans eau et renfonça la boîte bien au fond de sa poche. Cette boîte, il faudrait la cacher en lieu sûr, ou jeter l'emballage.

Si David tombait dessus… Des cachets censés freiner les hémorragies… Pas besoin d'un dessin pour comprendre.

Elle se rassura, néanmoins. Hormis le sang – elle prétendrait avoir ses règles s'il voulait faire l'amour –, aucune séquelle physique, exceptés les vomissements, durant le trajet. L'avant-veille, l'expulsion s'était déroulée sans douleur et les médecins avaient su trouver les mots justes pour la réconforter.

Là, maintenant, elle aurait dû se sentir plus légère, soulagée. Mais l'avortement n'enlevait rien à la gravité de son acte. Elle avait froidement trompé son mari.

Elle fixa son reflet dans le miroir, sans baisser les yeux.

Dans le salon, les hommes l'attendaient au pied du

chêne. Adeline, installée dans un fauteuil en cuir, ne cessait de regarder Clara.

— Monsieur Doffre vient de me dire que cet arbre avait au moins trois cent cinquante ans, raconta David. Tu imagines ? Trois cent cinquante ans !

— Il s'agit d'un chêne rouge, planté de main d'homme, ajouta Doffre, du temps où la Forêt-Noire abritait encore ses tisseurs, ses boisseliers et ses fabricants d'horloges. Construire ce chalet autour a été, en quelque sorte, un symbole de respect. Et un sacré défi architectural, notamment au niveau de la charpente et du plancher, qui garantissent un isolement total.

Cathy pointa le doigt en direction du plafond.

— Et là-haut, sur le tronc ? Qu'est-ce que c'est ?

Arthur siffla brièvement.

— Excellent sens de l'observation ! Ce sont des inscriptions, gravées en profondeur dans l'écorce, dans lesquelles a été coulé de l'argent fondu. Afin qu'elles ne s'effacent jamais. Il y est écrit « *Oktober 1703* ».

— Et ça signifie ?

— Il faut remonter loin dans l'histoire de ces terres pour en interpréter la signification, conta-t-il sur le ton du mystère. Au temps des sorcières, des sortilèges et des confréries secrètes. Mais chut ! Nous en reparlerons plus tard…

— Et comment deviner qu'un arbre a été planté par un homme ? s'intéressa Adeline en étendant ses longues jambes prises dans son jean moulant.

— Parce qu'il n'y a aucun autre chêne rouge dans cette région, principalement faite de sapins aux aiguilles vert-noir, d'où le nom de « Forêt-Noire ». C'est le seul et unique spécimen.

— D'accord, mais pourquoi l'avoir planté précisément ici, au milieu de nulle part, dans ce cas ?

— Pas au milieu de nulle part. Mais… le plus loin possible de toute forme de civilisation…

Il claqua la main sur le bras de son fauteuil.

— Et maintenant, la visite des lieux ! Prenez votre fille avec vous, j'ai une petite surprise pour elle !

À certains endroits, le tronc se gonflait de déformations hideuses, de tourbillons, de bosses. Cathy frôla l'arbre du bout des doigts et les retira rapidement. L'écorce était glacée.

Doffre les emmena vers le couloir. Adeline resta dans le salon, en compagnie de Christian.

— Rien de pire pour les fauteuils roulants que les virages à angles droits, râla Doffre en bifurquant dans le corridor.

— Vous voulez de l'aide ? proposa David.

— Personne n'a jamais poussé mon fauteuil, trancha-t-il d'un ton subitement froid.

Les Miller échangèrent un bref regard. Au fond du couloir, Doffre enfonça une clé dans un gros cadenas et ouvrit une porte qui donnait sur une espèce d'enclos, à la toiture faite de tôle ondulée. Une petite boule rose s'engouffra à l'intérieur de la maison. David laissa passer le porcelet devant lui, l'air ahuri, tandis que Cathy se baissait pour l'intercepter. Clara se précipita vers l'animal.

— Lui, c'est Grin'ch, fit Doffre en s'amusant devant l'expression câline de l'enfant.

Il mima un cercle, autour de l'œil.

— À croire que votre fille et lui étaient faits pour se rencontrer… Peut-être un signe ?

— Une mauvaise chute, s'empressa de justifier Cathy, accroupie devant le petit cochon qui ne cessait de grogner.

Doffre acquiesça avec un sourire.

— Pour en revenir à notre cher Grin'ch, il est tout jeune et ne pèse que cinq kilos. Nos prédécesseurs nous ont chargés de nous occuper de lui. Le nourrir, en fait… Mais je vois qu'il a un certain succès auprès de vous, Cathy !

— Elle et les animaux, c'est une véritable histoire d'amour, précisa David. Si je l'écoutais, chez nous, ce serait une véritable arche de Noé !

— On pourra le laisser entrer de temps en temps ? demanda la jeune femme sans lever les yeux. Ce serait bien, pour Clara…

— Je ne suis pas contre, répondit Doffre. Mais ne vous y attachez pas trop. Grin'ch ne nous appartient pas, et il pourrait partir, très bientôt…

— Juste une question… Qu'est-ce qu'il fait ici, en pleine Forêt-Noire ? l'interrogea David.

— Vous n'allez pas tarder à comprendre…

Doffre signifia à Cathy de replacer Grin'ch dans l'enclos. Clara protesta un temps, puis ils firent demi-tour dans le couloir.

— Désolé pour ces odeurs désagréables, mais nous n'avons pas réellement eu le temps d'aérer, expliqua le vieil homme en déverrouillant une autre porte. Et nos prédécesseurs ne se sont pas vraiment occupés de notre confort.

— Qu'est-ce qu'ils ont bien pu faire avec ces antiseptiques ? fit David.

— *Calliphora vicina*, *Hydrotaea pilipes* sont des termes qui vous inspirent ?

— Des mouches, me semble-t-il…

— Très bien ! Les propriétaires de cet endroit sont des entomologistes…

— Des ento quoi ? questionna Cathy.

— Des entomologistes. Des spécialistes des insectes, expliqua David.

Les gonds grincèrent légèrement.

Cathy eut un mouvement de recul, tant les odeurs lui fouettaient les narines.

Puis ils pénétrèrent dans la pièce, juste derrière Doffre, qui allumait la lumière.

La jeune femme n'en crut pas ses yeux.

Partout, des mouches. Des centaines de mouches d'un vert luminescent, grosses comme des billes en porcelaine, plantées par des aiguilles sur du contre-plaqué. Mêlés à ce vert organique, des rouges rubis, des bleus améthyste, sur des ailes de papillons. Puis l'ambre des flacons d'antiseptiques, et des transparences, celles des loupes, des lentilles de microscopes, des objectifs photographiques.

Un laboratoire. Ils venaient de mettre les pieds dans un laboratoire.

Elle se retourna vers David, qui tenait Clara par la main. Ils restèrent là un temps, sans rien dire, elle légèrement écœurée, lui intrigué, avant que Doffre n'annonce :

— David, voici l'endroit où vous passerez le plus clair de votre temps. Et, prêts à être utilisés, vos outils…

Il désignait une machine à écrire et deux ramettes de papier, au milieu des scalpels, des larves desséchées, des tissus cellulaires conservés entre des lamelles. L'ampoule, juste au-dessus, diffusait une faible lumière.

— Ici ? tressaillit Cathy.

— Une machine à écrire ? hallucina David. Mais comment voulez-vous ? J'ai l'habitude de corriger, de revenir en arrière ! Je ne sais pas utiliser cette chose ! Je vais perdre un temps fou !

Doffre agita lentement la tête.

— Non, non… Les lettres ont une force, elles ne doivent pas être posées au hasard. Vous en aurez ainsi conscience à chaque fois que vous enfoncerez ces touches… Je suis persuadé que votre texte n'en sera que meilleur. Et puis les ratures, ce n'est pas réellement un problème… Ce qui compte, c'est l'intrigue. Vous ne croyez pas ?

— Si, si… Bien sûr.

Doffre fit à nouveau couiner le moteur de son fauteuil, s'orientant cette fois vers un large drap noir, accroché devant la fenêtre, au fond du laboratoire. À sa droite, sur une étagère, une boîte de cartouches.

— Je vous parlais d'un endroit d'ambiance, David, vous vous rappelez ? Un endroit qui stimulerait au mieux votre imagination. Un lieu permettant d'obtenir le meilleur de vous-même… Approchez, je vous en prie…

David sentit les doigts moites de Cathy se glisser dans la paume de sa main. Clara était repartie dans le couloir, seule, profitant de l'inattention de ses parents.

— Je… Je me rappelle, répondit David en s'avançant, Cathy serrée contre lui.

— Qu'est-ce qu'il nous fait, là ? chuchota-t-elle à son oreille. Tu étais au courant pour le labo ?

Il secoua discrètement la tête.

Doffre empoigna le drap.

— Pour dire la vérité, vous ne vous trouvez pas réellement dans un chalet, confia-t-il.

— Vous pouvez préciser ?

— Monsieur, madame Miller, je vous présente la *TotenBauernhof*… La ferme des morts…

Et il tira le drap d'un geste sec.

Instantanément, le visage de David se plissa de dégoût.

Cathy eut un haut-le-cœur.

Là-bas, entre les sapins, dans l'obscurité du soleil couchant…

Jamais, de toute sa vie, la jeune femme n'avait vu pareille horreur.

9

Tout se mit à tourner. Cathy eut tout juste le temps d'atteindre le lavabo des toilettes pour y vomir un filet de bile.

Resté dans le laboratoire, David fusillait Doffre du regard. Il explosa :

— Mon Dieu ! Mais à quoi jouez-vous ? Vous… Vous êtes malade ou quoi ?

— La science, répondit Doffre. La science. Et c'est la nature elle-même qui a créé ces monstruosités. Pas l'homme…

Dehors, éclairées par les tout derniers rayons, six carcasses de porcs, suspendues par le train arrière à deux mètres au-dessus du sol, présentant différents degrés de décomposition. Certaines, juste entamées par la putréfaction. D'autres en lambeaux, décharnées, percées par leurs propres os. Recouvertes de colliers blancs d'œufs et de pupes.

Une nécropole suspendue.

Cathy rentra à nouveau dans la pièce, livide.

— Mais… mais à quoi ça rime ? Vous… Vous êtes ignoble !

Doffre se tassa un peu sur lui-même.

Elle agrippa son mari, les traits déformés.

— On… On fiche le camp d'ici ! Tout de suite ! Co… Comment peut-on…

— Je suis sincèrement navré, fit Doffre. Je ne pensais pas que cela vous mettrait dans un état pareil. Il s'agit uniquement d'un programme scientifique, dont le seul but est de sauver des vies… Des vies humaines…

— Peu importe ! intervint David. Vous auriez dû nous prévenir ! Ce n'est pas le genre de spectacle que n'importe qui peut supporter ! Vous comprenez ça ?

Doffre essaya de remettre le drap, mais n'y parvint pas. Il finit par l'abandonner sur le sol.

— Mais ni votre épouse, ni votre fille n'auront à le supporter ! Ils ne sont visibles que depuis ce laboratoire, ma chambre et une autre chambre vide, juste à côté. Je voulais simplement vous mettre au courant, voilà tout !

Il fixa Cathy.

— Je vous avoue que j'ai eu peur que vous refusiez de venir, à cause de ce détail… Mais… Je vous en prie, excusez-moi…

— Un *détail*, oui !

David voulut enlacer Cathy pour tenter de la rassurer, mais elle le repoussa, hors d'elle, avant de disparaître dans le couloir.

— Clara ! Clara !

David se retourna alors vers le vieil homme :

— Expliquez-moi ! Je ne comprends pas !

— L'entomologie forensique, David ! Huit escouades successives d'insectes, qui se relaient sur les carcasses suivant le degré de décomposition des chairs. L'influence des températures, de l'humidité, de la flore avoisinante, sur la rapidité de la putréfaction ! Un moyen imparable de dater le jour et l'heure de décès d'un cadavre !

— Je sais tout ça ! Mais je ne pensais pas qu'on… étudiait ça sur des porcs ! Qu'on les exposait de cette manière, volontairement, à l'air libre !

— Justement, ce ne sont que des porcs ! Vous savez

que la même chose existe, dans le Tennessee. Sauf qu'il s'agit… d'êtres humains, dont le corps a été légué à la science… Abandonnés aux carnages du temps, à la chaleur, aux nécrophages… Exposés par dizaines sur des planches de bois, au cœur d'une ferme, comme ici… Disons que, en ce qui nous concerne, il s'agit d'une version allégée… Mais tout aussi passionnante…

Doffre s'approcha et vint lui attraper le bras.

— J'ai besoin de vos écrits, David. Inventez-moi une histoire… Ne m'abandonnez pas maintenant… Ce… Cet environnement doit vous inspirer ! Dites-moi que je ne me suis pas trompé en vous faisant confiance ! Dites-le-moi ! David !

Il semblait maintenant abattu et faisait presque pitié à voir, dans son costume immaculé, avec ses jambes atrophiées et sa prothèse droite gantée, qui amplifiait son handicap plus qu'elle ne le dissimulait.

David jeta encore un regard vers l'extérieur. Des entomologistes… Sauver des vies… Un lieu d'ambiance… Doffre avait cru bien faire…

— Cathy risque d'être très difficile à convaincre, murmura-t-il.

— Je sais, je sais ! Mais elle comprendra, j'en suis certain ! Et puis, vous n'allez pas repartir ce soir ? La neige, la nuit. Les routes sont probablement verglacées, ce serait de la folie ! Faites qu'elle accepte, je vous en prie… Pensez avant tout à l'argent…

David entendit des clameurs, dans le salon. Des voix de femmes. Ça chauffait…

— Je vais essayer, dit-il finalement. Mais, s'il vous plaît, ne nous faites plus une surprise comme celle-là. Parce qu'à mon avis, ce serait la dernière…

10

La ferme des morts. Rien que le nom faisait frissonner Cathy. Seule devant la fenêtre de sa chambre, elle se pelotonna sous son pull. Après le dîner, elle avait pris prétexte de sa fatigue pour s'éclipser rapidement, espérant que David la suivrait. Une heure déjà qu'elle l'attendait.

Une nuit d'un noir intense drapait la forêt. Elle se frotta vigoureusement les mains. Le radiateur électrique peinait à réchauffer la pièce, et cette Adeline n'avait pas rentré assez de bois pour la nuit. Bien évidemment, personne n'avait osé aller jusqu'à l'abri, à l'arrière de la ferme. Les lynx, chasseurs nocturnes… La Forêt-Noire portait bien son nom, finalement.

Elle s'était persuadée d'avoir fait le bon choix, en restant. Repartir, avec une météo pareille et une telle obscurité, aurait été du suicide. Et puis, briser le rêve de son mari, à cause de ce programme entomologique… Finalement, David avait raison. Ces porcs expliquaient l'isolement du chalet, et l'absence complète de civilisation, des kilomètres à la ronde. Il suffisait juste d'oublier les charognes. Pas facile…

— Déjà ? fit-elle quand David franchit le pas de porte.

Elle jeta un bref regard au-dessus de l'armoire en pin, où elle avait soigneusement caché la boîte d'Exacyl, plaquée contre le mur du fond.

— Franchement, tu aurais pu faire un effort, pour le dîner. C'était vraiment limite de te barrer comme ça… Bon, je suis juste passé te dire bonne nuit, Arthur veut me voir dans dix minutes, dans le laboratoire. Je pense que nous allons enfin discuter du roman.

Il ôta la tétine des lèvres de Clara, qui dormait à poings fermés dans le lit à barreaux.

— Il ne faut pas m'en vouloir, lui dit Cathy d'une voix plus douce. Je n'ai pas emporté mes Lexomil, histoire de me sevrer, mais là… Je suis plutôt stressée. Demain, ça ira mieux. Le temps de m'habituer à cet endroit et à ce couple bizarre…

— Pourquoi bizarre ? Il arrive souvent que des types fortunés se paient une *escort girl* pour les accompagner dans leurs voyages. Même des hommes mariés, pour tout te dire !

— Je me doute ! Je ne parlais pas du couple en lui-même… Mais par exemple, Lèvres de feu, qui n'a pas arrêté de dévisager notre fille du coin de l'œil, et qui n'a pas dit un mot de la soirée… Qui est-elle ? Où habite-t-elle ? On l'ignore, en fin de compte. Parfois elle vouvoie, l'instant d'après, elle tutoie. Agréable, puis d'un seul coup super-sèche… J'ignore où Doffre est allé la chercher, mais, premièrement, elle doit avoir un problème sérieux avec les enfants, et deuxièmement, elle ne m'inspire pas.

— Les femmes qui se trouvent dans la même pièce que moi t'inspirent rarement. Je l'ai trouvée très simple, très accessible.

— Accessible, bien sûr… Ouverte, tant que tu y es ? Qu'est-ce que t'attends ?

— Je t'en prie… Arrête…

— En tout cas, à voir sa tête, il avait certainement oublié de la prévenir pour les carcasses, elle aussi !

Elle avança au fond de la pièce.

— Alors comme ça, c'est toi qui vas dénombrer, chaque jour, les larves sur ces charognes ? C'était pas prévu au programme ! Et puis, en plus d'être répugnant, c'est hyperpassionnant ! Tu vas me dire, ça ne te changera pas beaucoup.

— Qui le fera ? Toi ? Adeline ? Christian, qui repart demain ? Doffre a pu obtenir la ferme parce qu'il finance ces recherches, et il avait juste besoin d'une main experte pour effectuer les relevés. Je suis cette main experte ! Ça explique peut-être en partie pourquoi il m'a choisi, moi. Un spécialiste de la mort, qui, en plus, écrit… Et puis, je trouve ça plutôt honorable de sa part de mettre de l'argent là-dedans. C'est sérieux, tu sais. Ça peut vraiment contribuer à faire progresser la criminologie.

— Oui, oui, bien sûr, mais…

— Ne pense plus aux porcs. Ils sont de l'autre côté, enfoncés entre les arbres. Ni toi, ni Clara ne les verrez. Et, avec le froid qu'il fait, vous ne sentirez aucune odeur.

Elle croisa les bras.

— J'ai accepté de venir ici pour toi, pour que nos rapports s'améliorent. Je pensais que quitter ton environnement morbide te ferait le plus grand bien… Et, finalement…

Elle se retourna et lui embrassa le bout du nez.

— En tout cas, j'espère que tu prendras le temps de t'occuper de ta fille et de ton épouse, et de respirer autre chose que de la matière en décomposition.

David acquiesça, un œil sur sa montre.

— Promis, ma muse. Je… Je vais y aller, il m'attend…

— N'oublie pas que si tu ne tiens pas ta promesse…

— Alors mes dents tomberont et des poils pousseront sur ma langue.

Elle l'agrippa, juste avant qu'il franchisse le seuil, le tira à l'intérieur et chuchota :

— Ne traîne pas trop, il est minuit passé. J'ai besoin de toi, ce soir… C'est important pour moi. Je t'attendrai, OK ?

Il posa un baiser sur ses lèvres.

— Je ne traînerai pas.

— Et, s'il te plaît, demande-lui s'il a la clé de la porte. Je me vois mal dormir sans verrouiller.

— Tu as peur qu'il te saute dessus ? lui répondit-il dans un sourire.

David remonta le couloir. Malgré le tapis rouge, le plancher craquait sous ses pas. Avant de pénétrer dans le laboratoire, il jeta un œil dans le salon.

— Bonne soirée… dit-il en agitant les doigts.

Adeline était assise en tailleur face à la cheminée. Elle portait un kimono en soie noire, serré à la taille par une ceinture grenat. Elle tourna lentement la tête vers cette voix apaisante.

— Oui, bonsoir…

— Où est Christian ?

— Il est allé se coucher. Demain, il repart tôt…

David se mit à parler plus bas.

— Ces anecdotes d'insectes et de carcasses de porcs ne vous ont pas trop effrayée, j'espère ? Désolé pour ce sujet de conversation un peu… particulier, que nous avons eu à table…

— Vous savez, j'ai l'habitude… Et les échanges sont parfois bien plus curieux que ça…

— Arthur ne vous avait pas prévenue non plus pour la nécropole, n'est-ce pas ?

— Pas avant d'arriver ici… Un peu comme vous… La bonne surprise de l'endroit !

Elle fixa le chêne un instant.

— Vous voulez venir près du feu ? C'est très agréable.

— Désolé, mais je dois y aller… Arthur m'attend… Bonne nuit…

— À demain… répondit-elle.

Doffre patientait dans le laboratoire. Dans sa main, deux dés qu'il lançait contre les rebords d'un cadre vide. De profil, sa prothèse droite luisait, noblement posée sur l'accoudoir de son fauteuil. Avec les jeux d'ombres, ses jambes semblaient tranchées, aussi nettement qu'elles auraient pu l'être avec une scie.

Le maître des lieux s'adressa à David :

— Si vous deviez associer une fleur à la mort, laquelle choisiriez-vous ? Répondez sans réfléchir, s'il vous plaît.

— L'arum, fit David en s'approchant.

— Une couleur, qui vous suggère, elle aussi, la mort ?

— Le vert.

— Et pour finir, un outil.

— La scie électrique, répliqua David du tac au tac.

Doffre fouilla dans sa poche et en sortit un papier plié, qu'il tendit devant lui.

— Et à votre avis, que répondent en général les gens à ces questions ?

— Je dirais… le chrysanthème… le noir et… la faucille ?

Doffre approuva d'un hochement de tête.

— Presque cent pour cent, oui. Parfois la pelle, à la place de la faucille, la rose ou la tulipe noires à la place du chrysanthème. Et pourquoi vos réponses sont-elles si différentes ?

David inclina la tête, songeur.

— J'ai dû faire une association inconsciente avec mon métier, avec ce que je rencontre tous les jours. L'arum, qui sent l'ammoniac, l'odeur des cadavres qui se décomposent. Le vert pour la tache verte abdominale, premier signe de la putréfaction qui apparaît en fosse iliaque droite. Par contre, concernant la scie électrique… je ne sais pas trop, c'est la première image qui m'est venue… L'instrument du légiste pour la découpe du crâne, peut-être.

Doffre eut un geste pour inciter David à déplier le papier.

— Arum, vert, scie ! Comment avez-vous fait ?… OK ! J'ai saisi ! Vous cachez plusieurs feuilles dans votre poche, avec différentes combinaisons !

— Judicieux, mais absolument pas. Vous pouvez vérifier.

— Mais j'aurais très bien pu dire… bistouri, marteau, hache, ou bleu, la couleur des lividités !

— Pourtant, vous ne l'avez pas fait. L'influence, mon cher ami, l'influence !

— C'est-à-dire ?

— Quelle est la couleur dominante de cette pièce ? Le vert. Le vert de toutes ces mouches. Quand vous êtes entré, la prothèse de mon bras se trouvait volontairement tournée vers vous, bien luisante. Membre coupé, scie électrique, vous voyez le rapprochement ? Quant à l'arum, une évidence, vous l'avez dit vous-même. Cette odeur que vous respirez chaque jour, comparable à celle qui flotte à proximité des porcs. L'ammoniac.

David n'eut pour toute réponse qu'un silence d'admiration.

— Et qu'en déduisez-vous ? finit-il par demander.

Le sexagénaire fit rouler les dés au creux de sa paume. David fronça les sourcils, les faces ne comportaient que des six.

— L'influence, répéta Doffre en empochant ses cubes blancs. Tout est une question de point de vue, et d'influence.

David s'empara du cadre d'une photographie, posé à gauche d'un crâne animal. Pris de loin, un colosse barbu, pull moisi, grosses bottes en caoutchouc, masque chirurgical sur le visage, planté au milieu des suidés aux poitrails ouverts. Un entomologiste au travail.

— Bon ! Le Bourreau, à présent ! proposa Doffre. Attaquons-nous au Bourreau, et à ses motivations secrètes !

— Ses motivations secrètes ? Elles sont aujourd'hui précisément connues par les analystes comportementaux, les psychiatres, les psychologues et les policiers ! Et même par n'importe quel lecteur lambda ! *Idem* pour son rituel, la manière dont il… contraignait ces pauvres femmes à accomplir l'impensable… L'encre a tellement coulé depuis…

— Alors pour vous, le Bourreau ne cache plus de secrets ? Avez-vous étudié sérieusement son histoire ?

— Oui… plus que de raison.

— Certainement pas autant que moi. Voilà plus d'un quart de siècle que je m'acharne sur son cas, comme…

Il rétracta ses doigts devant son visage.

— … une maladie, qui me gangrène. Avez-vous, par exemple, compris pourquoi il n'avait pas commis le huitième massacre, censé clore la série ? Pourquoi s'être donné la mort la veille de la date fatidique ?

— Passé de suicidaire, frustrations, tendances schizophréniques. Il se sentait prisonnier de son délire, incapable d'assouvir ses pulsions, même dans les actes de réification ou de mise à mort, devenus insuffisants. En s'ôtant la vie, il s'est délivré.

— Verbiage de bouquins ! Connaissez-vous un autre tueur en série qui ait essayé de se suicider ?

— John Wayne Glover et David Birnie, par exemple.

— Vous citez là les exceptions…

— Le Bourreau en était une.

Doffre expira bruyamment par les narines, comme subitement exaspéré.

— Parlez-moi donc de la signification de ces nombres, qu'il tatouait à l'encre noire sur les crânes des enfants épargnés. 101703… 101005… 98784…

— Vous savez parfaitement que personne n'a jamais compris. Il a emporté ce mystère dans sa tombe…

David marqua une pause, avant de poursuivre :

— Dans la voiture… vous m'aviez dit que notre séjour tournerait autour du mystère des nombres… Auriez-vous été meilleur que les mathématiciens qui se sont penchés sur le problème ?

— Oh non, malheureusement ! Mais… le mystère de ces chiffres n'est pourtant pas complètement enterré. Car ces enfants tatoués, ils existent, aujourd'hui. Ils portent sur eux les stigmates du criminel. Ils ont assisté à l'exécution de leurs parents. Certes, ils n'avaient que deux ou trois ans, mais ce tatouage, c'est comme si… comment dire… le Bourreau vivait encore, par leur intermédiaire. Le nom de Frédéric Brassart vous dit-il quelque chose ?

— Brassart ? L'ouvrier qui a assassiné sa femme et son fils d'une balle dans la tête, avant de se supprimer ?

— Exactement. C'était l'un des sept. Le fils des Potier, la troisième famille massacrée.

— Qu'est-ce que vous racontez ?

— La pure vérité…

David se recula.

— Mais… Mais ces mômes avaient été placés dans des orphelinats, des familles, certains ont été adoptés ! Comment les avez-vous pistés ? Comment avoir la certitude de leur identité ?

— Quand on s'acharne, et que l'on a les contacts qu'il faut, on finit par trouver… Prenez la fille Böhme, pour ne citer qu'elle. Elle ignore complètement qui elle est… Moi, je sais… Un lourd, très lourd secret à porter, croyez-moi…

David fit un geste pour marquer son incrédulité.

— Ça paraît fou. J'avoue que j'ai du mal…

— Vous ne me faites pas confiance ? Une réaction toute naturelle, ma foi... Mais vous voyez bien que vous êtes loin de connaître toute la vérité. Maintenant, David, entrons dans le vif du sujet... Vous allez me raconter... non, pas me raconter, mais me faire vivre le dernier massacre du Bourreau. Le double meurtre de Patricia et Patrick Böhme, en 1979. Il y a presque vingt-sept ans... Glissez-vous dans la peau du Bourreau, des Böhme, faites la caméra, soyez précis, très précis dans votre récit... Surprenez-moi à nouveau, comme l'a fait votre livre.

David s'installa sur un siège de cuir noir. Les sept enfants... Brassart, devenu un meurtrier. Les stigmates du criminel, gravés sur leurs crânes et dans leurs esprits...

— David ?

— Oui, pardon... C'est... C'est un test ?

Doffre tira sur une longue chaînette. La pièce sombra dans les ténèbres. On ne percevait plus que le tic-tac de l'horloge, avec, par-devant, la respiration creuse du vieil homme. Et ces abdomens de mouches, phosphorescents, démoniaques.

— Pas un test, mais plutôt... une mise dans l'ambiance.

— J'ai carte blanche ?

— Carte blanche... Du réalisme, de la précision. Voilà tout ce que je demande...

David eut une pensée pour Cathy, impatiente sous la couette.

Puis ses pupilles se dilatèrent, pareilles à celles des félins. Plus rien n'existait. Hormis le feu roulant de son imagination.

— L'orage craque juste au-dessus de moi, la pluie me trempe jusqu'à l'os. Une pluie froide d'hiver, qui court le long de mon torse et me gonfle d'envie. Ce que je ressens cette nuit, devant la fenêtre de ce pavillon, est unique, inexprimable, comme à chaque fois avant l'acte. Mon sexe me fait mal… Il me la faut, il me la faut ! Des semaines à t'observer. Bientôt, c'est moi que tu vas supplier ! Tu vas gémir ! Je vous possède pour la nuit, toi et ton mari. Et cette fois, ce sera encore mieux que les précédentes. Atteindre la perfection.

David s'orienta à tâtons vers la fenêtre. Il avait les mains moites, sa lucidité s'exacerbait. La scène s'esquissait dans son cerveau, tissée de sang et de hurlements. Ces tonnes de livres dévorés… Ces reportages sur les tueurs en série… Scènes de crime, rituels, carnages… Ses cauchemars récurrents, cette terreur irrespirable.

— Les Böhme sont d'origine allemande. Une famille tranquille, qui vit au bord du Rhin, à proximité d'un village appelé Schoenau, me semble-t-il… L'homme, la femme, l'enfant dorment. Le Bourreau sait que cette maison, en lisière de forêt, n'est pas sous alarme. Des restes de nourriture, des canettes, à proximité, ont prouvé qu'il étudiait ses victimes pendant plusieurs semaines, voire des mois. Il aimait se les approprier du regard, connaître leurs forces et leurs faiblesses, s'imaginer des scénarios. Le Bourreau n'enfile pas de gants, pas besoin. Il s'est raclé les doigts avec du papier de verre, presque jusqu'au sang, pour effacer ses sillons digitaux. Il pénètre en brisant une vitre à l'arrière, étouffant le bruit avec de l'adhésif. Patrick Böhme est svelte et bel homme. Son épouse, Patricia, blonde, mignonne, travaille dans un office du tourisme, à quelques kilomètres de là. Sundhouse, je crois.

— Ne croyez pas. Soyez sûr !

— Les… les Böhme ont une fillette. Un critère décisif dans le choix du Bourreau…

— Quel âge, l'enfant ?

— À peu près deux ans.

Les images qui enflent, les sens gonflés de bruits, d'odeurs. Senteurs de sève et de pommes de pin, mêlées à la puanteur bien présente des antiseptiques. La maison des Böhme, vingt-sept ans plus tôt… La forêt… L'orage…

— Le Bourreau monte l'escalier le plus doucement possible. Sur son dos, un sac. À l'intérieur, une bougie, une balance de Roberval, une plume de Maât, des instruments tranchants. Ciseaux, scalpels, tenailles. Des menottes, des cordes. Un Smith & We…

— Quel type de corde ? La précision des chiffres, s'il vous plaît ! Corde blanche, neuf millimètres. Un Smith & Wesson calibre quarante-quatre, six coups.

Des froissements de cuir témoignaient de l'agitation de Doffre.

— Je… Excusez-moi…

— Continuez, et tâchez d'être meilleur !

« Corde neuf millimètres ? Comment savoir ? » Brève déconcentration, avant d'être de nouveau happé par le récit.

— Je… Je me dirige vers la chambre de l'enfant, je la sors délicatement de son lit. Je ne veux pas la réveiller. Elle inspire, palpite, mais sombre à nouveau lorsque je la plaque contre mon torse. C'est la septième fois que j'agis de la sorte. J'embarque aussi la couverture. On y est. Leur lit. Je vais te transpercer ! On me croise et on m'ignore ? Pas assez intéressant pour toi ? Trop laid ? Mon strabisme te dérange, hein, c'est ça ? À partir de maintenant, je deviens celui qui décide. L'homme le plus important de ta vie. Tu m'appartiens ! Je vais te détruire… Te détruire psychologiquement avant de te broyer physiquement…

David rouvrit les yeux. Éclipse de la pupille sur l'œil. Mâchoires douloureuses. Le tic-tac. Le souffle de Doffre. Son fauteuil qui grince. Des craquements de plancher, incessants. Malgré le froid, de la sueur, grasse et piquante.

— Il sort le revolver de son sac et assène un coup violent sur la tempe de l'homme, avant d'éjecter la femme du lit et de la gifler de toute sa hargne. Les rapports d'autopsie ont révélé, sur l'ensemble des victimes, la présence d'hématomes et de fractures. Il les assommait quasiment, de la seule force de sa main. N'oublions pas que le Bourreau pratiquait la musculation et que…

— L'action uniquement ! brailla Doffre, l'haleine courte. Ensuite ! Ne t'égare pas ! Enchaîne ! Enchaîne !

— D'accord. Il allume la lumière, traîne l'homme par les cheveux et le menotte au pied avant droit du lit. Il attache les poignets de la femme par…

— Les prénoms ! Utilise les prénoms ! Et fais-les bouger ! Ils vivent, se déplacent ! Ton récit est trop statique ! Pense au paratonnerre ! Décharge-toi !

Doffre était de plus en plus agité. Les deux mains à plat sur la fenêtre, David poursuivit l'acrobatie verbale, tentant de contrôler la justesse de ses idées. Mais les ouragans ne se maîtrisent pas.

— Il attache, avec la corde blanche neuf millimètres, les poignets de Patricia par-devant. Il… « Si tu hurles, je tue la gosse. Tu essaies de fuir, je tue la gosse. *Idem* pour toi, connard. On va jouer ! D'accord ? D'accord pour jouer ? Patricia ! Tu vois, je connais ton prénom ! Patricia, fais taire la gosse ! Fais-la taire tout de suite ! » Patricia gémit, des cheveux rentrent dans sa bouche, ses yeux la brûlent. Elle est plaquée contre un mur, blessée, recroquevillée, amoindrie. La destruction psychologique débute. Elle sait qu'elle va mourir. Non, elle ne sait pas ! Elle ne sait pas ! Impossible ! Elle ne peut pas mourir ! Du sang coule sur le front de Patrick, jusqu'à son menton. Il supplie, supplie encore. Il promet de l'argent. Il ne dira rien. « Pitié ! Pitié ! » Patricia se lève, terrorisée. Chaque pas lui arrache des pleurs. Son enfant ! Elle a envie de hurler, hurler à se rompre les cordes vocales. Mais il faut calmer la fillette. C'est un caractère fort, même dans ces moments terribles elle essaie de gérer. « Calme-toi ! Calme-toi, mon cœur ! » Elle bascule doucement. « Là, là, calme, calme… C'est bien. Tu reviens ici, près de moi. Prends ton temps, ma puce. Prends tout ton temps. » « Ne nous faites pas de mal ! Ne nous faites pas de mal, s'il vous plaît ! » Le Bourreau ne l'écoute pas. Il ouvre son sac, en sort sa balance de Roberval. Les deux plateaux de cuivre, le balancier, les tiges mobiles, les différentes masses. Un, cinq, dix grammes. Lentement, très lentement, il assemble les éléments, sur le sol, face à Patrick. Puis il sort la plume de Maât et ses différents instruments de torture, qu'il étale devant lui. Patricia s'app…

— Stop ! Stop ! Stop !

La lumière. Doffre claqua son poing sur la table.

— « Il monte sa balance, il sort sa plume, ses outils, gna gna gna… » Et que ressent-il, à ce moment-là ? Il s'agit de son rituel, de l'explosion de ses sens ! La salive qui afflue, le cœur qui lui déchire la poitrine, l'adrénaline, ses poils qui se hérissent ! Et ses victimes ? Comment réagissent-elles ? Tu es pressé d'en finir ou quoi ?

— C'est que…

Doffre reprit son souffle.

— Tu as le sens du récit, c'est évident, mais j'espère que tu seras largement meilleur dans le roman ! Comment veux-tu que je m'évade si tu me récites un baratin qui a déjà été raconté des centaines de fois, et que je connais par cœur ? Saisis l'âme, l'instant, la peur de ces personnages ! Sois différent ! C'est si compliqué ? Je t'ai choisi toi ! Toi, David Miller ! Sois à la hauteur !

— Je le serai. Mais ne me forcez pas la main. Obliger quelqu'un à puiser au fond de sa conscience, pour mieux le connaître… C'était bien le but caché de cet exercice, non ? Je ne suis pas quelqu'un qu'on manipule psychiquement, monsieur Doffre.

— C'est pourtant ce que j'ai fait, avec mes petites questions, quand tu es entré.

— Disons qu'il s'agit plus d'un tour de passe-passe que d'autre chose.

Arthur fit claquer ses ongles sur le bras de son fauteuil.

— Tu croyais que ce séjour serait une partie de plaisir ? N'oublie pas que je paie chaque seconde de ta présence ici. Et chèrement. Donne-moi juste un mois, un mois de ta vie, à cent pour cent. Et tu n'embaumeras peut-être plus jamais ces cadavres qui te font si mal au cœur. Tu n'auras plus de cauchemars…

— Mes cauchemars ne regardent que moi. Et vous qui êtes soucieux du détail, sachez que je n'embaume pas. Je pratique des soins de conservation. C'est complètement différent.

Doffre désigna du menton une pile de pochettes colorées et de feuilles, à sa droite.

— Prends ce dossier. Tu as du travail. Dix pages de qualité, pour après-demain, au matin.

David ne bougea pas.

— Je pensais à cette machine à écrire, justement… Nous n'aurons qu'un exemplaire papier, n'est-ce pas ? Pas de disquette, pas de CD-rom ? Et de retour en France, comment procédera-t-on, si le texte doit être publié ? Il faut nécessairement une version informatique !

— Ne t'inquiète pas pour ça. Un coup de scanner à reconnaissance de caractères, et ton texte sera dans la bécane. Je le transmettrai aux bonnes personnes, fais-moi confiance. Mais je te l'ai dit, il faut qu'il soit bon… Très bon… Et maintenant, prends ce dossier, s'il te plaît…

David hésita, puis s'empara du paquet de feuilles.

— Ce trésor de renseignements est pour toi. Imprègne-toi de chaque nuance, de la moindre subtilité.

Le jeune homme se pencha en avant. L'ombre du

crâne qui s'étire sous l'ampoule. Des lèvres qui s'écartent, des horreurs qui claquent au visage, dès les premières pages.

Dans le dossier, les massacres, photographiés. Gros plans des plaies, des incisions. Du sang, à outrance. David perdit ses moyens.

— Le... Mais... On dirait... les photos authentiques des scènes de crime ! Les... Les rapports d'expertise, d'autopsie ! Même celui du Bourreau, de Tony Bourne !

Il releva la tête, la baissa à nouveau, feuilleta... une multitude de documents d'époque.

— Des... Oui, ce sont bien des séances de psychanalyse ! Celles... Celles du Bourreau, couchées sur papier ! Et... Mais comment...

La soudaine mollesse de ses jambes le força à s'asseoir.

— Votre signature ! Vous, Arthur Doffre ! Vous étiez... psychologue ! Son psy ! C'est pour ça que vous connaissez à ce point son histoire ! Tous ces détails ! Tony Bourne avait consulté chez vous avant de commettre ses crimes !

— Non, pas avant... Pendant... souffla Doffre. Pendant qu'il était en activité...

— Quoi ? Pendant ?

— Jusqu'à mon accident, où ma vie s'est arrêtée. Je ne possède plus les enregistrements audio, conservés par la police. Les flics m'ont tout pris. Ne restent que ces fiches, que j'ai réussi à arracher de leurs griffes, ainsi que ces... différents éléments, négociés très chers. Tu as entre les mains l'un des dossiers les plus confidentiels et les plus brûlants de ces trente dernières années...

David palpait sa cicatrice, le minuscule boomerang.

— Son psychologue, répéta-t-il. Son psychologue... Mais...

Sa pensée ne se fixa qu'après dix bonnes secondes.

— On n'y a jamais fait allusion ! Les médias, la justice. Tous ces bouquins. Nulle part, absolument nulle part, on ne trouve votre nom ! Ce n'est pas possible.

— Si, c'est possible, et j'en suis la preuve vivante.

David entendit grincer ses dents. Quel fantôme se dressait face à lui ?

— Cela te paraît inconcevable, n'est-ce pas ? Mais il faut resituer les éléments dans le climat social et politique de l'époque, expliqua Doffre d'un ton à nouveau posé. Fin des années soixante-dix. La peine de mort, au cœur des débats. Des conférences se multiplient en Europe, sous l'égide d'Amnesty International. Valéry Giscard d'Estaing exprime sa profonde aversion pour la sanction capitale, mais, d'un autre côté, le peuple gronde, réclame justice contre les assassins. Buffet et Bontems qui égorgent des otages en 71 et Ranucci qui assassine une fillette en 74 font pencher très largement la balance vers le pour. La condamnation à perpétuité, en 77, de Patrick Henri, meurtrier d'un enfant, fait s'envoler l'indignation. Des groupes de pression se créent, dans lesquels on retrouve des membres des plus hautes instances de la sphère politique. Procureurs, ministres, et même le garde des Sceaux. Giscard est partagé entre sa ligne politique et ces influences qui lui ordonnent de suivre l'opinion publique…

Doffre se tamponna le crâne avec un mouchoir.

— Le Bourreau ne va pas arranger les affaires de l'État. Début 79. Sept doubles meurtres en moins de deux ans, et il court toujours. La police est huée, méprisée, les politiciens s'affolent. « Que ces incapables l'attrapent ! Qu'ils nous apportent sa dépouille ! » Voilà les slogans que l'on entend dans les rues des grandes villes de France. « À mort ! À mort ! » Le trois juillet, Tony Bourne est retrouvé pendu à son domicile. L'autopsie confirmera le suicide. Avec ce qu'ils découvrent chez lui, à la vue de ses doigts rabotés, et après comparaison des traces de pas et des cheveux retrouvés chez les victimes, les policiers comprennent rapidement qu'il s'agit du Bourreau. Ils consultent son compte en banque, découvrent des chèques à l'ordre de mon cabinet, et je les vois débarquer, peu après, alors que je n'exerce plus depuis quatre mois, à cause de mon accident. Ils m'emmènent dans la plus grande discrétion, m'interrogent, font disparaître tout ce qui concernait l'assassin. Dossier, enregistrements. Le Bourreau n'a jamais consulté de psychologue. On me conseille de déménager, « pour ma sécurité », et on me verse chaque mois une somme misérable, censée assurer ma tranquillité jusqu'à la fin de mes jours... Tu parles ! J'ai dû payer trois fois plus en droits de succession, à la mort de mes parents, et je donne chaque année à l'État plus que tu ne pourrais l'imaginer ! Hériter, ça coûte très cher...

— Mais... Mais pourquoi ?

Son interlocuteur rabattit sa main sur ses genoux, d'un mouvement las.

— Tu ne comprends donc pas ? Le Bourreau devait rester, aux yeux des Français, le monstre qu'il avait toujours été ! Quand les flics l'ont retrouvé pendu, le sentiment d'injustice était plus fort encore. Jamais les sondages n'avaient tant prôné la peine de mort ! Le peuple voulait le voir mourir devant ses yeux, mais il était déjà mort ! Il était inimaginable, pour le gouvernement en place, et à l'approche des présidentielles, de présenter le Bourreau comme un malade qui cherchait à se soigner. Car aller à l'encontre du peuple, c'était perdre les élections ! C'est aussi simple que cela !

David se leva brusquement, une main plaquée sur le tas de feuilles.

— C'est une histoire de dingues ! Plus de vingt-sept années de mensonges, de tromperies... Vous n'aviez donc pas de conscience ?

— Si j'en avais eu une, je ne serais plus ici pour t'en parler. La DST m'aurait descendu, ou le peuple lui-même. Les pressions étaient énormes, les enjeux gigantesques. Ils m'ont surveillé, David, de longues années… Et n'oublie pas que tout le temps de ces séances, j'ignorais que Tony Bourne et le Bourreau ne faisaient qu'un. Comment aurais-je pu le savoir ? Il s'est amusé avec moi, et je n'ai rien soupçonné. Les gens n'auraient pas pu comprendre… Ils m'auraient lynché…

David s'effondra sur sa chaise.

— Et vous m'avouez ça, à moi… Vous vous rendez compte de ce que vous me racontez ?

— J'y ai longuement réfléchi, crois-moi. Mais je ne pouvais concevoir que tu écrives sur le Bourreau sans palper la moelle de son âme. Il doit pénétrer en toi autant qu'il a été, et qu'il est encore, en moi. Sinon ton roman deviendra un ramassis de suppositions et de mensonges, comme tout ce qui existe aujourd'hui…

Il pointa l'index.

— Tout cela restera, bien entendu, entre toi et moi… Tu t'es suffisamment renseigné, si j'en crois ton précédent roman, pour savoir qu'« Ils » détestent qu'on remue les affaires classées…

— Vous… Vous m'avez piégé… Vous cherchez à libérer votre conscience, par tous les moyens… Avec ce programme scientifique… Avec le livre, que vous me demandez… Vous le traquez encore, parce que vous n'avez pu le confondre à l'époque…

David laissa tomber son regard sur la photographie de Bourne, pendu au bout de sa corde neuf millimètres.

— Saisis cette chance que je te donne, enchaîna Doffre. Partager un secret d'État, comprendre la façon dont notre cher pays trompe l'opinion pour de simples enjeux politiques. À partir de maintenant, tu vas pénétrer dans le cerveau d'un tueur en série. N'est-ce pas ce que tu recherches, au fond de toi ? Ce moyen d'approcher au plus près les frontières interdites ? La mort ? Le mal ? Quelque chose t'habite, David. Quelque chose dont tu ignores la force. C'est pour cette raison que tu es ici, avec moi.

Le Bourreau, Doffre, la personnalité de l'un venue habiter l'autre, par le biais de séances de psychanalyse. Un transfert de consciences… L'homme au costume immaculé actionna le moteur de son fauteuil roulant, direction la sortie, puis s'arrêta brusquement.

— Ah ! J'oubliais.

Il fouilla dans la poche intérieure de sa veste et en sortit une enveloppe qu'il jeta sur le bureau.

— Des photos de moi, plus jeune, ainsi qu'un premier bon au porteur. As-tu réfléchi à mon personnage ?

Pas de réponse. David se tenait le front dans les mains.

— David ?

— Un personnage ? Euh… Oui… Il faudrait que… je regarde vos photos, mais vous serez le flic que vous avez… commandé. Un… Un commissaire assoiffé de traque, hors norme, hors la loi, incisif… Tout ce que vous voulez… Vous…

Doffre l'interrompit d'un rire franc.

— David, David, David, décidément ! Ai-je fait le bon choix en t'embauchant ?

— Je… Je ne comprends pas bien…

— Ce n'est certainement pas dans la peau d'un flic que je veux me retrouver ! Les flics sont si décevants.

Sel amer sur la langue, David bégaya :

— Le Bourreau… Vous voul… voulez être le Bourreau 125.

Doffre ferma les yeux et pencha la tête vers l'arrière, dans une lente expiration.

— Pouvait-il en être autrement ? C'est le seul moyen pour que son fantôme sorte enfin de moi. Car ce fantôme existe, David. Crois-moi, il existe vraiment… Et tu dois l'exorciser…

Après un court silence, le maître des lieux ajouta :

— Au fait, j'ai constaté à quel point ta fille et Grin'ch avaient… comment dire… sympathisé, tout à l'heure. Mais, comme je l'ai déjà dit, tu veilleras à ce qu'elle ne s'attache pas trop à ce cochon. Personne ne va venir le récupérer, mais… nous devrons le pendre, dehors, avec les autres… Exigence des entomologistes… Et c'est toi qui t'en chargeras.

Et la porte claqua, enfermant David au cœur de la nécropole de mouches.

11

Cathy émergeait avec mollesse de la brume des songes. Un premier réflexe avait failli la précipiter vers la fenêtre, à l'affût du facteur et des lettres de Miss Hyde... Mais elle s'était rendormie, profondément. Lorsqu'elle ouvrit de nouveau les paupières, tout lui revint en mémoire. L'isolement, la nécropole suspendue. Ces dépouilles offertes à l'appétit du temps et aux hordes ailées. Mais, curieusement, elle se sentait bien et n'éprouvait plus aucune tension, ni dans les muscles, ni dans la tête. Elle traîna au creux de la couette jusqu'à neuf heures, à caresser la joue de sa fille endormie. Une belle petite blonde aux yeux noirs. Le plus parfait des mélanges, arrivé par la magie de la médecine moderne.

La lumière du jour, qui filtrait à travers un drap blanc que Cathy avait transformé en rideau, flattait les poutres et les lambris d'un jaune chaleureux. Ce matin-là, loin du monde des pots d'échappement, des factures et des tourterelles ensanglantées, le chalet respirait presque la joie de vivre.

Vacances... Un mot qu'elle n'imaginait même plus dans le dictionnaire.

La jeune femme se glissa hors du lit, enfila un épais peignoir de coton et chaussa ses mules fourrées. Clara manqua de se réveiller, avant de se recroqueviller contre sa peluche *Nemo*. Quant à David, vu l'heure, il devait déjà être rasé, habillé, et imbibé de caféine.

Elle jeta un œil dans le couloir puis revint promener ses doigts sur le dessus de l'armoire, à la recherche de la boîte de comprimés blancs. Elle saisit l'emballage d'Exacyl, plaqué contre le mur, puis avala un cachet, l'oreille attentive aux moindres grincements du plancher.

Elle se dirigea vers la cuisine. Ce qu'elle se sentait légère, à présent ! Elle ne parvenait pas à savoir si elle devait ce bien-être au miracle de l'avortement, ou à ce sommeil réparateur qui l'avait emportée avec la violence d'une marée d'équinoxe. Oui, en définitive, ce serait génial, ici. Rien à prouver, rien à justifier. Plus de lettres, plus d'e-mails de la folle…

D'agréables odeurs de croissants chauds, de chocolat fondu et de beurre tiède planaient dans la cuisine ouverte, séparée du séjour par un mur à mi-hauteur où étaient disposés des brocs en faïence. Dans la cheminée, les flammes grimpaient haut et fort, libérant une chaleur bienveillante.

Adeline était déjà apprêtée, maquillée, le chignon impeccable.

— David m'a dit que vous étiez plutôt lait et cacao.

— Toute ma famille était orientée café. Mais moi, la sportive, je n'y avais pas droit. Alors, en grandissant, mes habitudes sont restées. Je n'ai jamais bu de café de ma vie… Et puis, ce ne serait pas bon. J'évite les excitants, vu ma nervosité naturelle.

— J'avais remarqué ! Et quel sport pratiquiez-vous ? Avec un physique comme le vôtre, je vous verrais bien joueuse de tennis.

Cathy s'approcha de la table, les mains enfoncées dans les poches.

— C'est un compliment ?
— Plutôt, oui.
Sourire timide.
— Vous êtes loin du compte. J'étais boxeuse. Boxe française, poids léger, les 56-60 kilos. J'ai tout arrêté avant de ressembler à un champ labouré.
Adeline siffla.
— Comme quoi, il ne faut jamais se fier aux apparences.
Elle laissa flotter un silence qui mit Cathy mal à l'aise.
— Bref ! Pour les viennoiseries, c'est du congelé ! reprit-elle. À moins que vous n'ayez une boulangerie sympa à me suggérer ?
— Au Croissant paumé, improvisa Cathy sans cacher sa bonne humeur. Huit avenue du Trou perdu !
Adeline lui répondit par un sourire, puis versa le lait chaud dans un grand bol, avant d'y ajouter du chocolat fondu.
— Merci bien, répondit Cathy. Désolée mais… je ne me suis pas habillée, la petite dort encore et je ne voulais pas la réveiller.
— Pas de soucis. Après tout, vous êtes en vacances.
— Vous avez vu David ?
— À peine. Il a juste mis le nez hors du labo pour venir chercher un bol de café, il y a une demi-heure. Il n'est pas allé se coucher ?
— Si ! Bien sûr que si ! Enfin… Je suppose ! J'ai dormi d'une traite. Assez surprenant, d'ailleurs, moi qui suis une lève-tôt.
— La magie de l'endroit, probablement. Coupés du monde, loin du fracas des moteurs…
Cathy fut distraite par un craquement de bois, dans la cheminée.

— Désolée, au fait, pour les bûches. J'aurais aimé vous aider.

Adeline haussa les épaules, apportant une pleine corbeille de viennoiseries encore chaudes.

— Ne vous inquiétez pas, vous aurez l'occasion de vous rattraper. Le bois, ce n'est pas ce qui manque ici.

Elle s'installa à table, le dos bien droit, sa tasse aux lèvres.

— Je n'ai pas vu de traces de lynx, dans la neige. C'est rassurant, on pourra peut-être se promener dans le coin ? Arthur m'a dit qu'il y avait un torrent, vers le sud, du côté des montagnes, et que les tourbières au nord sont très impressionnantes.

Cathy acquiesça.

— Avant la naissance de Clara, je marchais énormément avec David. Question endurance, je m'en sors pas mal. Mais moi et le sens de l'orientation, ça fait deux. Il m'est déjà arrivé de me perdre dans les jardins de Versailles !

Adeline lui adressa un sourire amical.

— Pas bien grave, j'ai appris à me débrouiller. Nous nous compléterons, car l'endurance, pour moi… Si ça vous intéresse, je compte me rendre au village le plus proche, à une heure de voiture, que vous avez dû traverser à l'aller. Enfin, quand le sol sera moins verglacé. Parce que je ne sais pas pour vous, mais ici, impossible de téléphoner !

— *Idem* pour nous. J'avais dit que j'appellerais ma mère à notre arrivée. Elle risque de s'inquiéter. Et… Christian, le chauffeur, il a quand même repris la route, malgré le verglas ?

— On dirait. Il n'y a plus qu'un seul 4 × 4 devant…

— Et si on va au village, Arthur vous laissera partir ? Je veux dire : vu qu'il est handicapé, il doit avoir…

— Besoin d'une assistance permanente ? Au contraire.

Il tient à rester le plus indépendant possible. Il ne supporte pas que je touche à son fauteuil roulant, par exemple. Il ne m'appelle que… pour les choses délicates. Il a l'air un peu froid, comme ça, mais en fait c'est quelqu'un de charmant.

Une clochette tinta au fond du couloir. Adeline défit son chignon et ébouriffa ses cheveux.

— Arthur déteste les coiffures trop ordonnées, confia-t-elle en se levant. C'est son côté maniaque… Au fait, j'ai ensaché les restes d'hier, à côté de la poubelle… Pour le porcelet, le petit grincheux… Arthur m'a laissé comprendre que vous vous en occuperiez… Parce que moi, les cochons, c'est pas trop mon truc…

— Pas de problème ! Je me charge de Grin'ch. Clara l'adore déjà ! Elle n'a pas arrêté d'en parler, quand je l'ai couchée, hier soir. Ils ont un coquard au même œil, j'ai trouvé cette coïncidence assez extraordinaire…

Cathy prit un croissant dans la corbeille.

— Adeline !

— Oui ?

— Excusez-moi pour hier. Je n'étais pas vraiment au meilleur de ma forme. Et cette histoire de nécropole suspendue m'a un peu retournée…

— Nous étions tous déstabilisés… En tout cas, je suis ravie que nous puissions enfin discuter en adultes…

Elle s'éloigna. Cathy avala son croissant, puis un deuxième dans la foulée. Drôlement bon, le chocolat à l'ancienne ! Elle plongea son doigt au fond de la casserole presque vide. Puis, le bol à la main, elle se rendit dans l'arrière-cuisine. Deux réfrigérateurs, deux congélateurs, des conserves, de l'alcool, des packs de lait, des biscuits, des sucreries. De quoi soutenir un siège ! Ça n'allait pas arranger le régime qu'elle avait décidé de commencer…

Après avoir fait un rapide détour par l'enclos pour

donner les déchets à Grin'ch, elle se faufila dans le laboratoire. Les vapeurs d'antiseptiques étaient moins fortes que la veille. David se tenait avachi face à la machine à écrire, la tête entre les mains. À ses côtés, des boules de papier chiffonné, une plaque de chocolat entamée et un bol vide. En fait, une vraie caricature de lui-même. Café, chocolat, écriture…

— Oh la sale tête ! s'écria-t-elle en l'enlaçant tendrement. Mauvaise nuit ? Encore les mêmes cauchemars ?

David referma rapidement le dossier Bourreau et embrassa son épouse dans le cou.

— Je n'y arriverai jamais… C'est impossible.

Cathy s'installa sur ses genoux et lui pinça le menton.

— Toi, tu es en gros manque de mamours… Allez, raconte !

— Je ne sais pas trop… Cette putain de machine, pour commencer. Regarde cette épave ! Je suis obligé de taper un doigt à la fois !

Cathy rajusta ses lunettes, repoussa le chariot, introduisit une feuille vierge et commenta :

— Marque allemande, rien de plus robuste. Tu sais, au lycée on n'apprenait pas sur des Rheinmetall, mais sur des Remington dans un état encore pire ! À l'époque, je croyais que notre prof était un vieux sadique. Il s'appelait Eckmeyer, je m'en souviens encore. Il refusait catégoriquement qu'on utilise les ordinateurs. Mais, avec le recul, j'ai compris qu'il nous avait rendu un service énorme. Qui peut le plus peut le moins…

Elle se mit à taper à un rythme soutenu : « Portez ce vieux whisky au juge blond qui fume. »

— Toutes les lettres de l'alphabet en un alexandrin. Un très bon test pour voir ce que vaut une machine. Celle-là a un excellent caractère, les tiges mordent parfaitement le papier, le son est chantant. Une pure merveille. Où est le problème ?

— Vas-y, moque-toi de moi, Money Penny ! grogna David en lui volant ses lunettes.

— Alors ?

— C'est Doffre...

— Ce vieux rabougri ?

— Il... Comment dire ? Il m'a mis une pression, tu peux pas imaginer. Résultat, je suis stressé, tout se bouscule dans ma tête et je n'arrive pas à démarrer.

Cathy caressa sa cicatrice en boomerang.

— Quoi ? Tu plaisantes ? Tu me l'as raconté dans la voiture, ton début. Une famille, dans un chalet, aux prises avec le Bourreau. Il dégomme tout le monde sauf une femme qui réussit à s'échapper et à se réfugier dans une auberge. Et là, course poursuite dans la Forêt-Noire. J'ai pas vraiment relevé, parce que j'étais malade, mais je trouve l'idée pas mal.

— Pas mal, mais un peu légère.

— Je trouve pas. Imagine la victime qui s'enfuit dans l'inconnu, complètement paumée, affolée, en sang. Au bout d'un moment tu la fais tomber sur un autre chalet, au milieu de nulle part ! Elle pénètre à l'intérieur et là, elle se rend compte qu'il s'agit de l'antre du Bourreau ! Photos de cadavres, mèches de cheveux... Trop tard pour fuir, le monstre revient déjà ! Alors... Elle se cache sous le lit, un placard, ou un truc dans le genre... Tu pourrais même introduire quelques lynx, ou pourquoi pas des carcasses de porcs, pour corser l'intrigue ! Et puis l'hiver, le froid... Sympa comme idée, non ?

— Yes ! C'est ce que je vais faire ! Je vais m'inspirer de ce qui nous entoure pour bâtir la tanière du Bourreau ! L'arbre qui transperce le salon, les porcs, à l'extérieur, que je remplace par ses trophées de chasse... Puis elle, qui croit être sauvée, et qui tombe dans son repaire ! En plus, Doffre sera content. Il veut être le héros du bouquin ? Ainsi soit-il. Je vais lui servir chaque matin des descriptions ignobles de la baraque où on passe nos journées. Il va pas être déçu !

Il leva le regard au plafond, l'air songeur.

— De toute façon, j'ai pas le temps de faire un plan détaillé. Je vais écrire au feeling, j'espère que ça va marcher.

— Mais bien sûr que ça va marcher ! En tout cas, si tu es à la bourre ou si tu as besoin de quatre mains, je peux t'aider pour taper.

— Tu veux me piquer la vedette ?

Il lui mordilla l'oreille.

— Arrête ! Pas ici ! Tu sais, il va encore falloir attendre. J'ai mes règles…

David grimaça.

— C'est pas vrai !

— Tu seras bien capable de résister une semaine de plus, non ?

— Il faudra bien… En tout cas, ça me fait du bien de te savoir à mes côtés.

— Moi aussi, j'ai besoin de toi. Et plus que tu ne le crois… Je t'aime. Passé, présent, futur…

— Par-dessus et par-dessous… Ma chérie… Une idée qui m'a traversé l'esprit, pour le roman… Tu sais, pour l'aspect psychologique de mes personnages…

— Décidément… il n'y a vraiment que ton livre qui compte.

— … Suppose que le policier qui est sur les traces du Bourreau déterre un secret vieux d'il y a, disons, vingt-cinq ans. Une révélation qui, à l'époque, aurait pu tout bouleverser mais qui, aujourd'hui, n'a plus la moindre espèce d'importance… Ce secret, on lui conseille de le garder pour lui, afin de protéger ses proches. Mais lui, il a besoin d'en parler, ça lui pèse sur le cœur… Comment doit-il réagir, à ton avis ?

— Il doit avant tout penser à ses proches, les préserver, coûte que coûte. Moi, à sa place, je le garderais. Et je vivrais avec.

— Tu le garderais ?

— Oui, c'est certain.

Une larme fleurit sous sa paupière. David la cueillit du bout de l'ongle.

— Je t'aime, ma puce. La sensible qui se cache derrière la guerrière… Tu sais, moi aussi c'est ce que je ferais dans une situation pareille. Le mutisme, pour vous protéger.

Cathy desserra légèrement les lèvres.

— Il… Il faut encore que je te demande quelque chose… balbutia David. C'est… C'est à propos de Grin'ch… Il ne faut plus trop t'en occuper… Les entomo…

Les cris de Clara, dans leur chambre, brisèrent leurs confidences.

— Ah ! s'exclama Cathy en se frottant les yeux. Miss Clara au rapport ! Tu y vas ? Je vais préparer le biberon, OK ?

— Je… OK.

Avant de partir, Cathy désigna des clichés en noir et blanc.

— Doffre était bel homme… De loin, on pourrait presque vous trouver une certaine ressemblance, à tous les deux. Le regard, peut-être. Oui… Vous avez quelque chose en commun dans le regard…

Elle lui souffla un baiser.

— Je t'aime, mon chéri.

Elle disparut. Un courant glacial la mordit quand elle pénétra dans le salon. Ses traits se raidirent. Elle tourna la tête. La porte d'entrée, grande ouverte. Elle s'y précipita, les deux mains protégeant sa gorge nue.

— Adeline ? appela-t-elle, sur le pas de porte.

Pas de réponse. Dehors, branches squelettiques, poudreuse éclatante, profondeurs obscures des bois. Sur l'un des piquets à extrémité rouge, un oiseau noir. Il la fixait avec insistance, ouvrant puis fermant le bec sans émettre un son. Cathy frissonna. Elle pensa aux *Oiseaux* de Hitchcock. Au moment de refermer, elle aperçut des petites flaques sur le sol. Des traces de pas.

Elle songea immédiatement à Christian, le vieux chauffeur. Impossible. Dehors, un seul 4×4, celui d'Adeline et Arthur.

Un inconnu venait d'entrer.

— Il… Il y a quelqu'un ?

Froissements de plastique. Raclements de métal. Claquements de pas. Dans l'arrière-cuisine.

— Répondez !

Les bruits cessèrent. Cathy recula, sur ses gardes, en appui sur ses jambes.

— David ! David ! hurla-t-elle.

Brusquement, une masse noire se précipita dans sa direction.

Des bols éclatèrent sur le sol.

Une face barbue, transpercée de deux améthystes, vira sur la droite et disparut dans la neige.

David accourut, suivi par Adeline et Doffre.

— Qui a déverrouillé cette porte ? cria le vieil homme, rouge de colère.

— C'est moi, quand je suis allée chercher du bois, répondit Adeline, sur la défensive. J'ai fait quelque chose de mal ?

— Il… Il y avait un type ! grogna Cathy. Un homme deux fois comme moi, qui fouillait dans l'arrière-cuisine ! Il… Il était coiffé d'une peau de castor !

Doffre roula jusqu'à la porte, la claqua et en tourna les trois verrous.

— Je crains que vous n'ayez plus effrayé Franz qu'il ne vous a effrayée. Il a une fâcheuse tendance à pénétrer ici, à la première occasion venue.

Les trois autres se regardèrent sans comprendre.

— Franz ?

Arthur continua :

— C'est un pauvre type qui vit depuis une vingtaine d'années dans une cabane, à un kilomètre environ, derrière l'abri à bûches. Il n'est pas méchant. Il passe son temps à couper du bois et il apporte même parfois le fruit de sa chasse. Attendons-nous donc à récolter un ou deux présents devant notre porte, qu'il vaudra mieux accepter afin de ne pas le froisser.

— Ça vous aurait étranglé de nous prévenir ? s'emporta Cathy, encore sous le coup de son émotion.

Arthur, surpris de sa réaction, s'approcha d'elle et lui prit la main.

— Je comptais le faire, bien évidemment ! Je n'ai simplement pas eu le temps. Je suis profondément désolé de ce petit incident.

Elle retira ses doigts d'un mouvement sec.

— Décidément, vous êtes désolé de beaucoup de choses !

La jeune femme, en rage, fonça vers la salle de bains.

— Une vraie furie, ton épouse ! constata finalement Arthur.

— Ne vous inquiétez pas, c'est juste qu'elle a eu peur.

— Évidemment, je me mets à sa place… Une forêt où il est censé n'y avoir personne… Franz est l'un de ses… habitants de l'ombre…

— Pourquoi, il y en a d'autres ?

Doffre tira du bout des doigts sur un pli de son pantalon, éludant la question.

— Notre Bourreau adorait les femmes de caractère, sportives de préférence. Tu en connais, bien évidemment, la raison ?

— Parce qu'elles étaient plus combatives. Ce qui ne faisait que prolonger leur calvaire… Il faut d'ailleurs que j'en tienne compte dans le roman.

— Je l'espère bien.

Fermant à moitié les yeux, Doffre caressa la jambe d'Adeline, debout à ses côtés. Puis il tourna son regard vers la fenêtre.

— Ramène-moi le Bourreau, David… Ramène-le-moi, le plus vite possible…

12

Clara avait passé la journée à jouer avec Grin'ch. Une étonnante complicité s'était tissée entre elle et le petit cochon, si bien que la fillette, même à moitié endormie dans son lit à barreaux, ne jurait plus que par lui.

Cathy resta un moment avec elle, puis sortit discrètement de la chambre.

Elle s'attarda devant la porte fermée du laboratoire. Le bruit saccadé de la machine à écrire, couvert par *La Jeune Fille et la mort*… Elle faillit ouvrir, avant de renoncer. Mieux valait ne pas déranger David.

Une fois dans le salon, elle ne put réprimer un généreux bâillement. Le grand air, sans doute, combiné à cette chaleur bienveillante qui avait investi le chalet. Elle dénoua la ceinture de son peignoir, découvrant son pyjama de lin bleu, très fin.

— Je ne vous dérange pas ? demanda-t-elle à Arthur, qui fixait les flammes dans l'obscurité.

— Schubert aimait à s'attarder longtemps à la contemplation d'une seule et même figure, sous toutes ses faces, répondit-il en l'invitant à approcher d'un signe lent. Moi, ce sont les feux qui me fascinent. Tranquilles, puis imprévisibles. Ronflant de puissance, et si destructeurs…

Cathy effleura le tronc, ses bosses curieuses. Toujours aussi glacé.

— Mon père disait qu'il suffisait de se mettre face à un feu pour comprendre ce que l'on avait au fond de soi. Que le feu permettait de voir à l'intérieur des gens.

— Et vous êtes de cet avis ?

— Je n'ai jamais été de son avis.

Il la toisa attentivement, passant la main sous son menton.

— Dans ce cas, pourquoi me parler de votre père ? C'est vous qui m'intéressez, pas lui.

Arthur reposa doucement le vase en porcelaine de Chine, qu'il tenait calé entre ses genoux, sur la table basse. Cathy remarqua que ce simple geste le faisait grimacer.

— Un problème ?

— Non ! Aucun ! riposta-t-il sèchement.

Elle s'installa dans le canapé, après avoir plié avec soin son peignoir à côté d'elle.

— La mère de David, de quoi est-elle morte ? s'enquit-il soudain.

— Pardon ?

Il promenait ses doigts sur le pneu de son fauteuil, le frôlant à peine.

— J'ai lu son roman, il n'est pas difficile de se rendre compte qu'il a perdu un parent très proche, comme son héros. « Il sentait le vide gonfler, là, en lui, ce vide dévorant qui, chaque jour, l'éloignait d'elle. » C'est donc cela la source de ses cauchemars ? De quoi est-elle morte ?

Cathy fixa le crâne de Doffre, qui se nuançait de reflets cramoisis et orange.

— Excusez-moi, mais… en quoi ça vous regarde ?

Doffre déboutonna le col de sa chemise.

— Éclairez ma lanterne… Il a eu le cran de le faire ?

— Je ne saisis pas bien…

— A-t-il ouvert, vidé puis recousu sa propre mère,

sur le métal froid et anonyme d'une table de dissection ? C'est ce geste qui le hante ? Ou le fait que sa mère lui cachait un horrible secret, qu'elle ne lui a jamais révélé ?

— Mais comment vous savez ?

— J'ai simplement lu. Tout est écrit dans son livre, noir sur blanc.

Cathy regroupa ses genoux contre son torse.

— Un instant, j'ai presque cru qu'on pourrait mener une discussion normale…

Arthur sourit. La remarque lui passa par-dessus la tête.

— Je le devinerai, rétorqua-t-il avec un clin d'œil. En persévérant, on finit toujours par obtenir les informations que l'on souhaite…

La jeune femme reprit son peignoir et le déplia sur elle.

— Au fait, vous avez remarqué l'oiseau noir, perché sur le piquet ? demanda Arthur.

Elle hésita, fallait-il poursuivre ce simulacre de dialogue ?

— Effectivement, il est resté là, à nous observer. Un merle noir, avec son beau ramage d'hiver. Avec Adeline et Clara, nous lui avons jeté du pain cet après-midi. En quoi cet oiseau vous intéresse-t-il tant ?

— Connaissez-vous la plume de Maât ?

— Le prétexte d'un oiseau pour me parler d'une plume… Vous vous essoufflez, monsieur Doffre.

Il éclata de rire.

— Oh diable ! J'espère que non !

Cathy sentait le sang battre dans ses veines.

— Je ne connais pas la plume de Maât. Et je ne sais pas si j'en ai trop envie. On ne pourrait pas discuter plutôt de scrapbooking ou de macramé ?

— Pardon ?

— Non, rien. Juste une plaisanterie. Allons-y pour la plume de Maât…

Arthur ne souriait plus.

— Maât était une déesse égyptienne. Elle personnifiait ce qui devait être accompli pour que l'univers continue d'exister. La Maât assurait le fonctionnement de l'Égypte ancienne, ainsi que sa longévité, en éliminant le chaos. Dans le chapitre cent vingt-cinq du *Livre des morts*, on trouve la déclaration d'innocence, qui expose toutes les actions négatives, non conformes à la Maât, relevant de l'Isfet, le Mal…

Il racontait avec un ton, un rythme empreints de fascination. Le sang des flammes se répandait dans ses iris.

— Le chapitre cent vingt-cinq, lâcha Cathy à voix haute… Le Bourreau 125… Cette histoire de plume me rappelle quelque chose, maintenant que vous le dites.

Le vieil homme s'approcha, ses longs sourcils gris ombrageant ses cavités oculaires.

— Cent vingt-cinq, aussi, pour les cent vingt-cinq grammes de chair qu'il faisait prélever par les femmes sur leurs maris.

— C'est effrayant.

Arthur garda le silence un temps, avant de poursuivre :

— Revenons à notre sujet. La plume de Maât servait à peser le cœur du défunt. L'équilibre laissait au Juste l'accès au royaume des dieux. Un cœur trop léger prouvait un manque d'actions dans la vie terrestre, ce qui était punissable. Trop lourd, il signifiait une existence de péchés. Vol, maltraitance, blasphème ou mensonge. Oui, le mensonge…

Cathy se tamponna le front. Ses joues la brûlaient.

— Excusez-moi mais… il fait incroyablement chaud.

Elle regarda vers le foyer.

— Pourquoi me raconter ça ? demanda-t-elle d'une voix troublée.

Elle sentait qu'il l'observait.

— Comme le Bourreau, j'aimerais moi aussi posséder une plume de Maât.

— Et… Et pourquoi ?

— Parce que j'ai l'impression… non, je n'ai pas l'impression, je suis certain qu'Adeline me cache quelque chose, en dehors de son asthme… Et j'ai horreur de côtoyer des personnes qui me mentent.

— Son asthme ?

— Ses disparitions impromptues, aux toilettes ou dans la salle de bains. Le fait qu'elle ne boive pas d'alcool. L'une de ses valises en hauteur, dans ma chambre, bourrée d'inhalateurs je suppose… Vous savez, les petits jeux de chacun se repèrent très vite. Il suffit d'être observateur.

— J'ai passé la journée avec elle à discuter et… je n'ai rien vu. Vous vous trompez sûrement…

— Je ne me trompe pas.

Des crépitements, au cœur de l'âtre.

— Dans ce cas, Adeline a peut-être ses raisons pour ne rien dire, des raisons qui ne concernent qu'elle. Chacun a ses jardins secrets. Mais apparemment, tout ceci vous obsède.

Il soutint son regard.

— Tout me concerne, ici.

Cathy voulut se lever pour couper court à la conversation, mais elle fut interrompue dans son mouvement par l'arrivée d'Adeline.

— Tenez, quand on parle du loup, chuchota Doffre en claquant des doigts. Mon abricot, sers-nous un verre, si tu le veux bien ! Vodka, Cathy ?

— Pourquoi pas ? Ça égaiera un peu.

Adeline versa deux doses d'alcool. Arthur la déshabillait du regard.

— Allergique à la vodka ? la nargua-t-il.

— Non, désolée, mais je ne supporte pas trop, s'excusa Adeline. Je préfère le jus d'orange.

Il lui effleura le dos.

— La plus belle des flammes… Ce kimono te va à ravir… Tu aimes le rouge, n'est-ce pas ?

— Tu as bien choisi. Cet ensemble est… parfait.

Ils trinquèrent.

— Dis-moi, Cathy, cette mélodie en boucle dans le labo, c'est quoi ?

Cathy vida son verre, cul sec. Adeline, asthmatique…

— Cathy ?

— Oui, excuse-moi, répliqua-t-elle en faisant la grimace. *La Jeune Fille et la mort*, de Schubert. À force, je me suis mise à détester ce quatuor. Le pire, c'est que David a oublié ses écouteurs. Je crains qu'on y ait droit tous les soirs.

— C'est vrai que là ça frôle l'obsession !

— La musique de l'écrivain, intervint Arthur. Il trouve son rythme d'écriture et ses idées au son des instruments. Pareil à ces tueurs qui se repaissent du mode de vie de leurs victimes, avant de passer à l'acte.

— Géniale la comparaison, rétorqua Cathy.

Adeline vint s'asseoir près d'elle.

— Tiens, c'est marrant, cette histoire de musique… Quand j'étais gamine, je laissais en permanence un radiocassette sur mon bureau, dans ma chambre. Et quand je faisais mes devoirs, j'avais une chanson pour chaque matière. Je ne pouvais pas terminer mes exercices de maths sans écouter *Heidi*. Pour le français, c'était *Le Manège enchanté*, avec Pollux. Et pour l'histoire, je rembobinais, direction *Capitaine Flam*. C'est fou, parce que ça ne marchait jamais dans un ordre différent. C'était une espèce de rituel. Je n'avais plus pensé à ça depuis longtemps.

— Peut-être parce que tu n'as jamais pris le temps d'y songer, souligna Arthur. Nous sommes aussi là pour ça. Faire ressurgir ce qu'on croyait mort. La nature et ses espaces vierges possèdent cette force cachée de délier les souvenirs. De bien terribles souvenirs, parfois.

— De bien terribles souvenirs, oui… répéta-t-elle.

Elle secoua imperceptiblement la tête, avant de reprendre :

— Tiens, au fait, avec Cathy on compte faire un aller-retour jusqu'au village, demain après-midi. Elle m'a dit que…

Un craquement effroyable la coupa net. La charpente grinça sauvagement. Le chalet trembla, du sol au plafond.

— C'était quoi ce truc !

Recroquevillée, la tête rentrée entre les épaules, Cathy scrutait le plafond avec de grands yeux ronds.

— Le chêne rouge… murmura Doffre.

— Le chêne rouge ?

— Je crains que votre sortie soit compromise, répliqua Arthur en désignant une fenêtre.

Cathy s'approcha de la vitre, pas très rassurée.

— Mince ! Il commence à neiger…

Lorsqu'elle se retourna, elle piégea le regard de Doffre balayant sa silhouette. Gênée, elle détourna les yeux vers l'arbre. Ce tronc torturé, vieux de trois cents ans…

— Cet arbre, Arthur… Quelle… quelle est son histoire ? questionna-t-elle. La date, gravée là-haut, octobre 1703, vous disiez que…

— Allons nous coucher, Adeline, veux-tu ? l'interrompit Arthur.

Adeline écarquilla les yeux.

— Mais on ne va pas laisser Cathy passer la soirée toute seule !

— Ne discute pas, s'il te plaît ! Allez, suis-moi !

Adeline enfonça deux grosses bûches au cœur de l'âtre et s'excusa auprès de Cathy, avant de disparaître, l'air désolée.

Cathy les regarda fondre dans l'obscurité du couloir, elle devant, lui derrière. Culotté, quand même, le Doffre. Pourquoi un tel empressement ? L'appel du lit ? Qu'allait-il lui faire subir ?…

La jeune femme resta seule un moment, en proie à ses interrogations. Ne s'élevaient plus, dans le salon, que les notes étouffées de l'œuvre de Schubert. La respiration du vent, contre la toiture…

Cathy contourna l'arbre, sans oser le regarder. Avec la danse des flammes, le tronc projetait des ombres tout autour. Des mains, sur les murs… On aurait dit que des mains, des dizaines de mains, cherchaient à l'agripper. Tout se mit à tourner. Sol, poutres, parois. Elle s'empara de son peignoir et s'enfuit dans le couloir. Le grincement du plancher. Le long tapis pourpre. Le laboratoire et ses odeurs écœurantes. David, courbé sur sa machine à écrire.

Elle se plaqua contre son mari, le cœur en alerte.

— Tu m'as fait peur ! cria David en baissant le son du lecteur CD. Mais… Tu as froid ou quoi ? Tu trembles.

Elle peina à retrouver sa voix.

— C'est… Comment dire… Adeline parlait… elle parlait à Arthur de notre excursion au village, demain. Alors, le chêne… Il a fait craquer toute la charpente, comme ça, sans raison ! On aurait dit que les murs allaient s'écrouler ! Ne me dis pas que tu n'as rien entendu !

— Non…

Cathy triturait ses mèches blondes. Tout son corps vibrait.

— Au même instant, il s'est mis à neiger, alors qu'il a fait un temps magnifique toute la journée !

David se leva et appuya son front contre la fenêtre. Nuit noire.

— Il neige, tu dis ? Ça m'étonnerait, le thermomètre indique moins huit… Et… Je ne vois pas un seul flocon…

Elle se colla contre lui.

— Mais comment…

— C'est sûrement le vent. Il a fait vibrer la charpente et il a soulevé quelques flocons des branchages.

Elle se recula en secouant la tête.

— Non, non ! C'était comme si le craquement venait de l'intérieur de l'arbre ! Adeline et Arthur aussi l'ont entendu ! Et tu as vu l'écorce ! Ces bosses ! On dirait des visages !

— Mais qu'est-ce que tu racontes ?

— Mince ! Ça t'arrivera, un jour, de savoir ce que c'est que la peur ?

David soupira.

— Tu sens la vodka. Vous avez bu un coup… Tu as dû croire que…

— Toi, c'est le whisky ! Je n'ai rien cru du tout, bon sang ! Doffre ! Il était… bizarre ! Tu aurais vu son regard ! Il n'arrêtait pas de toucher des objets, de promener ses yeux sur mon corps, sur celui d'Adeline. Ou alors il regardait par la fenêtre, comme si… Comme s'il y avait quelqu'un dehors !

Elle avait rabattu ses deux poings sous son menton.

— Il m'a aussi parlé du Bourreau et de cette plume de Maât… je suis sûre que c'était pour me faire peur !

David fronça les sourcils.

— La plume de Maât ? La plume des péchés et du mensonge ?

— Oui…

— Ne te laisse surtout pas influencer par Arthur. Il m'a l'air d'avoir un don certain pour jouer avec les esprits.

Elle se dirigea vers l'armoire à pharmacie et se mit à la fouiller.

— Il n'y a que des calmants pour animaux ou du Valium, reprit David. Rien pour toi… C'est dingue, maintenant, au moindre problème, il te faut des médocs.

— Qu'est-ce qu'ils fichent avec du Valium en injection ? C'est certainement pas pour les animaux.

Elle revint se lover dans ses bras.

— Viens avec moi. On va se coucher. J'ai besoin que tu me réconfortes.

Il secoua la tête.

— Écoute. Là, j'ai un bon feeling. Tu te rappelles, l'histoire de la victime qui s'échappe ? J'y arrive bientôt. J'ai déjà écrit douze pages !

— Mais c'est bon alors ! Tu peux remettre tes dix pages demain matin. T'en as même deux d'avance ! Je t'ai pas vu de la journée… Clara t'a réclamé ! Tu avais promis !

La Jeune Fille et la mort reprit à son allegro d'ouverture.

— Ouais mais ce soir, ça coule tout seul ! Je ne sais pas, on dirait que c'est magique ! Ça doit être cet endroit, cette ambiance ! Arthur avait vu juste, je…

— Merde, mais sors de ton monde débile ! Tu ne vois pas que j'ai besoin de toi depuis des mois !

Elle avait hurlé, tandis que la musique explosait.

Cette nuit-là, enlacée contre David, Cathy eut extrêmement mal. Elle saignait encore beaucoup, malgré l'Exacyl, son abdomen était tendu et son col ouvert. Huit jours, encore, à supporter ça. Au-delà, si les saignements continuaient, il faudrait consulter. Ce qui, dans l'état actuel des choses, s'avérait impossible.

Elle se réveilla plusieurs fois, hantée par les images de la journée. Ce merle noir, devant le chalet, claquant du bec sans émettre le moindre son. Les armées de sapins. Les visages, piégés dans l'arbre. Et puis cette plume, dont Doffre avait parlé.

L'instrument du Bourreau, qui punissait le mensonge.

Son mensonge.

David, lui, s'était endormi en pensant à ces numéros tatoués sur les crânes des jeunes enfants épargnés. 101703… 101005… 98784… 98101… 98067… 97878… 97656… Ces heures, ces journées qu'il avait perdues pour essayer d'en comprendre le sens… En vingt-sept ans, personne n'avait jamais réussi à établir le moindre rapport dans cette suite meurtrière.

Et la réponse se cachait peut-être là, dans l'épais dossier, entre ses mains…

13

— Haaaaa !

Cathy recula d'un pas et faillit trébucher dans la neige avec Clara, harnachée sur son dos dans un porte-bébé. Adeline la soutint à temps.

— Oh là, mes grandes ! Des envies d'évasion ?

— Regarde par… par terre !

Devant l'abri à bûches, d'où s'échappait le ronflement des groupes électrogènes, deux lapins morts reposaient sur une toile de jute. Les globes oculaires, ainsi que la peau, avaient été ôtés avec une extrême précision, offrant la vision de deux pavés de chair sanguinolents.

— Ouah ! Ça déménage ! s'exclama Adeline en se penchant au-dessus des bêtes. Marques nettes autour du cou. Ils ont certainement été piégés à l'ancienne, avec un collet.

Elle s'accroupit et plissa le nez.

— La vache ! On dirait qu'ils ont été tailladés au scalpel, à l'intérieur même des cavités oculaires ! Toutes ces plaies entrecroisées…

— Un… Un scalpel ?

— Exactement… Et il s'est bien acharné…

Cathy frotta ses gants l'un contre l'autre, comme pour se réchauffer. Le soleil brillait au travers des branches.

Autour d'elle, un blanc laiteux, et cet air qui s'agrippait aux poumons.

— Franz ? se hasarda-t-elle en apercevant la tronçonneuse, accrochée sur un mur à l'intérieur de l'abri.

— On dirait, répondit Adeline, désignant les traces de raquettes qui contournaient le cabanon et disparaissaient vers la forêt.

Elle sortit un couteau de chasse de sous son anorak et l'enfonça dans la chair d'un des deux lapins. Cathy crut halluciner en découvrant la taille de la lame. Après l'Adeline asthmatique, l'Adeline armée à la Rambo.

— Ils ne sont pas encore gelés, il a dû les déposer récemment. Sympa comme cadeau de bienvenue ! Pas mal pour emballer les filles !

Cathy se décala, surprise par l'aplomb dont faisait preuve Adeline.

— Qu'est-ce qu'on va en faire ? questionna-t-elle en fixant la lame avec appréhension.

Sous les piaillements de Clara, qui voulait descendre, Adeline rangea le couteau dans son fourreau et roula la toile autour des lapins.

— L'hygiène n'a pas l'air d'être le fort de ce mec. Laisser traîner comme ça des bêtes dépecées... Ceci dit, Arthur nous a prévenues, mieux vaut laisser croire qu'on les accepte, sinon il pourrait mal l'interpréter... Je les balancerai dans le torrent... Allez ! En route !

Cathy lui agrippa l'arrière de l'anorak.

— Attends ! Tu... Tu ne penses pas qu'on devrait remettre notre promenade à plus tard ? J'avoue que je ne suis pas très rassurée. Ces blessures au scalpel... Ce Franz... C'est forcément un gars louche, à vivre seul dans un endroit pareil ! Tu crois qu'il nous surveille ? Je veux dire... Voir des filles, ça doit...

Adeline mit sa main en visière et observa aux alentours.

— L'exciter ? Et pas qu'un peu, je suppose... Mais

attends, on ne va quand même pas fusiller notre séjour parce qu'un vieil attardé campe à un kilomètre d'ici ! Pour une boxeuse, je te trouve bien trouillarde.

— C'est une question de bon sens. Tu n'as pas vu la taille de ce type.

— Allez ! Dis-toi que ces lapins, c'est sa manière à lui de nous offrir des fleurs !

— Ouais, un peu comme proposer des chrysanthèmes à une mariée…

Elle désigna la tronçonneuse et les bidons d'essence.

— On ne devrait peut-être pas laisser traîner tout ça…

Adeline haussa les épaules et s'adressa à Clara :

— Une sacrée peureuse, ta mère !

— Tu te fiches de moi, mais c'est vrai que je suis pas tranquille. Déjà les lynx…

La rouquine enduisit ses lèvres de beurre de cacao et sortit ses lunettes de soleil avant de s'enfoncer dans la poudreuse en direction des premiers arbres, la toile de jute à la main.

— Parlons-en, justement ! Trois jours qu'on est ici, et pas une trace. Ni dans la neige, ni dans les pièges, ni à proximité des carcasses !

— Tu es allée près des porcs ? Quand ?

— Euh… Hier, avec… avec David, pendant que…

Cathy démarra au quart de tour.

— Pendant que je dormais ! Quand le chat n'est pas là, les souris dansent ! Et le spectacle t'a plu ?

Elle doubla sa partenaire de marche sans la regarder, et prit la tête, d'un pas de grenadier.

— Oh ! Du calme ! Je voulais juste vérifier cette histoire de lynx. C'est quand même bizarre qu'ils ne soient pas attirés par les odeurs. Tu sais quoi ? Je crois qu'Arthur a tout inventé, uniquement pour nous effrayer. Ce serait bien son genre !

Cathy, furieuse, augmenta encore l'allure.

— Eh ! Mollo ! Marche moins vite ! Je t'ai dit que je n'étais pas très endurante !

— Pourtant, une fille comme toi, tu devrais l'être, rétorqua Cathy dans un nuage de buée.

— Comment ça ?

— Faut que je te fasse un dessin ?

— Écoute, j'ai appris à essuyer les critiques de ce genre… Alors je vais ignorer ce que tu viens de me cracher à la figure et je vais mettre ta remarque sur le compte de la colère et de… ta nervosité naturelle…

Elles continuèrent en silence. Cathy maintint son rythme. Avec Clara qui s'agitait dans son dos, elle sentait pourtant son cœur pomper plus que la normale. Derrière elle, Adeline suivait de plus en plus difficilement, indifférente à cette nature magnifique. Les mélèzes immenses, frissonnant dans l'azur. Les cristaux de gel, accrochés aux branches en étoiles translucides. Partout, une blancheur éclatante.

Elles attaquèrent un raidillon sévère.

— T'es… à côté de la… plaque… Le torrent doit… couler… plus à gauche, reprit soudain Adeline. Plus à gauche… Et… ralentis un peu… s'il… te plaît…

— Un problème ? ironisa Cathy sans se retourner. Tu… as la gorge… qui commence à siffler.

— Mer… de, Cat… Ra… lentis… bon Dieu !

En haut de la pente, Adeline s'effondra contre un tronc, les deux paumes sur la poitrine. Un bruit de missile grimpait de son larynx. Elle fouilla dans sa poche, les paupières plissées, la bouche grande ouverte, et absorba deux larges inspirations de Ventoline. Elle finit couchée dans une congère, les pupilles au ciel, les bras écartés.

Cathy se pencha difficilement et lui tendit la main.

— Ça va aller ? se contenta-t-elle de demander d'un ton glacial.

La rouquine ne bougea pas.

— Tu l'as fait exprès… de marcher vite ! Espèce de…

Cathy dessangla le porte-bébé et laissa Clara faire quelques pas dans la neige. Elle se tourna à nouveau vers Adeline.

— Pourquoi tu ne m'as… rien dit ? Ça fait trois jours… que tu te caches ! Je pensais pourtant qu'on… pourrait avoir confiance… l'une en l'autre.

Adeline se releva, seule, chassa la neige de sa combinaison de ski, abandonna les lapins morts et fit demi-tour.

— Tu me parles de confiance… alors que… tu deviens dingue simplement parce que… je discute avec ton mari… Je rentre ! Continue si tu veux !… Et évite de te perdre, tu n'es pas… à Versailles ici !

— Mais… Je croyais simplement qu'on pourrait être amies.

— T'es vraiment trop naïve, ma pauvre !

— Moi, naïve ? C'est quoi ton problème, bon sang ?

— Je n'ai pas de problème !

— Ah bon ! Alors pourquoi tu te caches ?

Adeline brandit son couteau et le propulsa contre un arbre, en hurlant. La lame fendit l'écorce.

— T'es cinglée ! cria Cathy. Clara est juste à côté !

Adeline plaqua sa tête sur le tronc, les doigts repliés sur le manche en ivoire. Cathy, un instant tétanisée, finit par venir lui caresser le dos avec énergie.

— Tu m'as fait peur… Qu'est-ce qui se passe ?

Pas de réponse. L'enfant s'approcha des deux femmes et enlaça la jambe de sa mère.

— Adeline ?

La rouquine inspira lentement.

— Il t'est déjà arrivé de mentir ? Mentir à ceux que tu aimes le plus au monde ? C'est comme une brûlure à l'acide, qui ronge un à un les derniers souvenirs propres qu'il te reste…

Cathy sentit une boule monter dans sa gorge, ses jambes se firent flageolantes. Elle avait envie de crier *« Oui ! »* de toutes ses forces. *« Oui ! Ça m'arrive, là, maintenant ! Et tu n'imagines pas combien je souffre ! »*

Se maîtriser, se contrôler ! Ne rien dire ! Les larmes pouvaient jaillir, là, à chaque instant.

Trop tard… Adeline s'était retournée brusquement.

— Alors toi aussi… souffla-t-elle avec une profonde détresse dans la voix. Toi aussi, tu es hantée… Tu vois, finalement, les animaux cabossés finissent toujours par se retrouver.

Elle marqua une pause.

— Tu sais, mon asthme… Les médecins affirment que je suis une simulatrice, que la maladie se trouve dans ma tête, dans mon cerveau, dans mon putain de cerveau, tu entends ? Je… Ces inhalateurs… Je ne sais même pas s'ils contiennent de l'air ou de l'eau salée. Ce que je sais, par contre, c'est que, sans eux, je mourrais ! Tu l'as vu, toi, à l'instant ! Comment pourrais-je simuler ? Hein ? Comment ?

Elle décrocha le couteau de l'arbre et le renfonça dans son fourreau, le visage fermé.

— Voilà, tu voulais savoir, maintenant tu sais. Mais je te préviens, si t'en parles à quelqu'un, je te jure, je te tue !

14

L'expression la plus franche et la plus singulière de la mort.

Six carcasses de porcs, dont les plus dégradées remontaient à la fin de l'été. Suspendues par le train arrière à l'aide d'un treuil et d'une épaisse corde tressée, à deux mètres cinquante de hauteur. Les liens effleurant directement l'os, pour deux d'entre elles. Un contraste saisissant avec les squelettes d'un blanc de nacre qu'on pouvait étudier dans les laboratoires d'ostéologie, à l'université. Une pancarte en bois, sur leur échine ou ce qu'il en restait. Dessus, barbouillé à la peinture rouge : Bundy, Gacy, Kraft, Bishop, Ralph et Fish. Les noms des plus célèbres tueurs en série. Il fallait vraiment être entomologiste pour rire devant un pareil spectacle.

Des bêtes, à l'origine de plus de quarante kilos, âgées de trois ans minimum.

Du haut de son escabeau, David baissa son masque chirurgical et souffla sur la mine de son stylo avant d'inscrire sur la fiche de suivi de Bishop qu'apparemment, ce trois février, à quinze heures douze, aucun insecte n'était venu y pondre et aucun œuf n'avait éclos. Bien trop froid pour les *Calliphora vicinal* et les

Calliphora vomitories. Pas folles les mouches. La faune des cercueils aussi aimait le confort.

David replaça sa protection de coton avec soin. Dans cette nécropole de chairs rances, de totems décharnés, il songeait au triste sort réservé au petit Grin'ch. Qu'est-ce qu'un porcelet de quelques semaines, pesant à peine le poids d'un caniche, pouvait bien avoir en commun avec l'expérience *Schwein 2005-2006* ? Évidemment, comme l'affirmait Doffre, les organismes plus jeunes réagissaient différemment au processus de décomposition ! Bien sûr, grâce à des études menées sur des porcelets, on obtiendrait plus de précisions sur la façon dont se décomposent les corps d'enfants découverts dans les forêts ! Selon le vieil homme, les scientifiques leur avaient confié la mission d'égorger et de pendre l'animal le cinq février, dans le but de démarrer une nouvelle étude au cœur de l'hiver, intitulée *Schwein 2*. Mais pourquoi, dans ce cas, à quelques jours près, ne l'avaient-ils pas exécuté eux-mêmes ? Il y avait là quelque chose qui clochait.

Le jeune homme traîna son escabeau jusqu'au charmant Bundy, non sans réprimer un certain dégoût. Le sang, qui avait gelé en gouttelettes noires, outrageait la blancheur ouatée déposée par la nature. Cette mort-là, puant la charogne, n'était pas la sienne, pas celle qu'on pouvait masquer à l'aide de produits conservateurs ou à coups de bistouri. Elle se déployait ici librement, sans tabou, et creusait toujours plus ses sculptures, secondée par la lente maturation du temps. Cette mort-là était celle de l'enfant que le meurtrier enterre et laisse pourrir dans son jardin, celle de l'adolescente, abandonnée ligotée contre un arbre, en proie aux bêtes sauvages. Cette mort-là était celle dont on ne parle jamais.

Seul sous ces cosses morbides, David la défiait, les yeux dans les yeux.

Malgré la fine protection, Bundy l'obligea à enfouir

le nez dans son blouson. Ce n'était pas un masque qu'il aurait fallu, mais un scaphandre ! Bien que le froid sec ralentisse fortement la putréfaction, le porc, égorgé à la fin de l'automne, puait l'ammoniac. Un remugle âcre, acide, qui lui agrippa les tripes. Il n'osait imaginer la scène au cœur de l'été, sous les rayons brûlants du soleil. Sans doute l'impression de s'être perdu dans un champ d'arums.

Les arums… Le test de Doffre, dans l'officine… Arum, tache verte abdominale, scie électrique…

L'officine… L'officine… La photo de l'entomologiste… Les loupes et microscopes… Les différents tiroirs, dans les commodes latérales… Doffre y avait pioché les fiches de suivi… Bien sûr ! Ces meubles devaient forcément contenir des dossiers scientifiques, ainsi que les différentes déclinaisons du programme entomologique. Facile, dans ce cas, de vérifier l'existence de *Schwein 2*.

David sauta de son escabeau et passa par-derrière. L'enclos. Grin'ch vint se frotter contre lui. Porte fermée. Le jeune homme s'agenouilla, la bouille du porcelet entre ses mains.

— Hors de question de te sacrifier, mon gros, murmura-t-il. Ma fille et ma femme t'ont adopté, alors tu vas rester avec nous jusqu'au bout, OK ?

Puis il se précipita vers l'entrée du chalet. Cathy jouait avec Clara à faire un bonhomme de neige, qui n'en était encore qu'à ses balbutiements d'existence : un amas blanchâtre. Adeline, un peu plus loin, sciait des branches, clouait, découpait, bien décidée à construire un abri pour le merle noir. Depuis leur retour d'excursion, sous l'œil curieux du volatile, les deux femmes ne s'adressaient plus la parole. Et, évidemment, impossible d'en connaître la raison.

En pénétrant dans le laboratoire, David sursauta.

Dans un coin, Doffre, chemise blanche et pantalon gris anthracite, des feuillets entre les doigts.

— Je… Je croyais que vous faisiez votre sieste ! s'étonna David.

Doffre roula jusqu'au bureau, pour une fois il semblait gêné.

— Tu me prends en flagrant délit ! Je ne t'ai pas vu quitter l'aire d'étude ! Je te savais parti pour les relevés et je suis venu ici pour… comment dire…

— Lire la suite, que vous n'êtes pas censé découvrir avant demain matin.

Doffre acquiesça et reposa les pages à gauche de la machine à écrire.

— Il règne ici une ambiance particulière, exaltante même. Ces odeurs, cet isolement, ces carcasses en état de décomposition. Tout cela magnifie tes écrits. Ton début est excellent ! Ça part sur les chapeaux de roues ! Quel supplice pour moi de devoir attendre !

— Il le faudra, pourtant, rétorqua David du tac au tac.

Il posa la grille de relevés près du microscope, se dirigea vers le bureau et remit en ordre le tas des pages déjà rédigées.

— Un souci particulier ? fit Doffre.

— Non, aucun. C'est juste que je n'aime pas trop qu'on fouille dans mes affaires…

Il regarda vers les tiroirs.

— J'aimerais consulter les différents dossiers des programmes *Schwein* et *Schwein 2*, si vous n'y voyez pas d'inconvénient.

Doffre haussa les sourcils.

— Puis-je en connaître la raison ? Tu n'as donc pas assez de lecture avec le dossier Bourreau ?

— Si, si, évidemment, mais… J'aimerais vérifier quelque chose…

— Quoi donc ?

— L'existence de *Schwein 2*… Je ne comprends pas pourquoi c'est à moi de sacrifier Grin'ch. Pourquoi est-il seul dans l'enclos ? Où sont les autres porcelets ?

Il désigna la photo de l'entomologiste entre les carcasses.

— Pourquoi ne l'a-t-il pas pendu lui-même ? Et qu'en est-il de…

— Doucement, David, doucement… Je comprends ton sentiment, mais je t'avais prévenu, pour ton épouse et ton enfant. Elles ne doivent pas s'y attacher… Grin'ch devra être sacrifié le cinq février. Il en est ainsi, selon le planning. Qu'est-ce qui te met dans un état pareil ? Ce n'est qu'un animal, après tout… Tu fais dix fois pire sur des humains.

Il hocha sèchement la tête.

— Ouvre ces tiroirs, si tu veux, et remue les dossiers dans tous les sens. Si tu es fortiche en allemand, tu verras que je ne te mens pas.

Doffre déverrouilla un tiroir. Puis il brassa des feuilles.

— Vas-y ! Tout est là ! Courbes, relevés, *Schwein*, *Schwein 2*. Vas-y ! Qu'est-ce que tu attends ? Puisque tu me prends pour un menteur !

David sentit le rouge lui monter aux joues.

— Ça… Ça ira, je vous crois… Mais… Je ne sais pas si je pourrai faire… ce que vous attendez de moi…

Doffre retourna auprès du bureau.

— Tu y arriveras. Je te fais confiance… Bon ! Parlons de ce qui nous intéresse, si ça ne te dérange pas ! T'es-tu approprié le dossier Bourreau ?

— En partie. Difficile d'avancer comme je le voudrais, avec l'écriture, les tâches quotidiennes, les relevés pour les entomologistes… Mais j'y ai décelé… des faits intéressants…

Doffre sortit ses dés, qu'il jeta sur le bureau. Double six, bien entendu.

— Ah ! Tu m'intéresses. De quel genre ?

David s'était figé. Il fixait les dés avec une intensité d'hypnotiseur.

— David ? Un problème ?

Tout tremblant, il plongea sur une feuille de papier, y gribouilla des chiffres. Une opération. Il posait une opération. 101703… 101005… 98784… 98101… 98067… 97878… 97656… Les énigmes du Bourreau… Triturées là, au bout de sa plume.

— Tu commences à m'inquiéter ! s'impatienta Doffre.

Le jeune homme leva soudain un regard noir.

— Arthur !

Il s'appesantit de nouveau sur ses calculs.

— J'espère que vous avez un peu de temps à m'accorder !

— S'il s'agit d'une urgence… Je t'écoute.

David se rua sur l'épais dossier. Il se mouilla l'index, en proie à son excitation, et se mit à feuilleter les pages. Doffre le contemplait avec fascination.

— D'accord ! D'accord ! Passons rapidement en revue l'histoire du Bourreau… Le 4 juillet… Le 4 juillet 1977… Georges et Pascale Dumortier, les premières victimes, sont assassinés à leur domicile, selon un rituel très précis qu'ont réussi à reconstituer les criminologues. Il menotte et bâillonne le mari, le déshabille…

— Je connais ! Abrège, s'il te plaît !

— Écoutez, j'ai… j'ai besoin de ça ! Laissez-moi continuer !

— Vas-y, fit Doffre.

— Donc, le Bourreau étale des instruments devant lui. Des tenailles de différentes tailles, des bistouris, une paire de ciseaux et toutes sortes de couteaux. Il installe sa balance de Roberval, pose sa plume de Maât d'une masse de cent vingt-cinq grammes sur l'un des plateaux, et demande à l'épouse, Pascale, de l'équilibrer en prélevant ce qu'elle souhaite sur son mari. Pascale est directrice d'école, c'est une femme à poigne…

— Ce qu'elle souhaite… répéta l'ancien psychologue. Il ne lui dit pas quoi, ni comment. Il laisse libre cours à son imagination. Si la balance est équilibrée, il leur accorde la vie.

— Exactement ! embraya David. La vue de son enfant dans les bras du tortionnaire, ce couteau pointé sur la gorge du petit la forcent à coopérer. La peur de mourir, l'instinct de survie…

Arthur acquiesça.

— Le Bourreau aimait détruire psychologiquement ses proies… La destruction, l'un des éléments clés qui l'emmenaient au nirvana. Ce pour quoi il choisissait des femmes au caractère fort. Les plus combatives.

Doffre baissa les yeux, soudain troublé. Revivait-il ses séances avec Bourne ? Se remémorait-il ses erreurs de jugement sur son patient ?

Le transfert se mettait en place. La fusion des personnalités. Les blessures du temps.

— En effet, continua David. Alors, Pascale va trouver le courage de le faire. Leur sauver la vie, à tous les trois. Parce qu'elle croit l'homme en face d'elle. Il est devenu son bourreau, mais aussi, paradoxalement, son sauveur. Celui qui décidera. Les techniciens de scène de crime ont supposé qu'elle avait commencé par couper les cheveux de son mari, le plus à ras possible, puis ses poils sur le torse, sous les bras… ses poils pubiens… Elle ne récoltera qu'une quarantaine de grammes, largement en deçà de ce qu'elle escomptait…

— La masse des poils et cheveux est tellement trompeuse, intervint Doffre en levant l'index. Grave erreur d'avoir commencé par là… Parce que, selon la règle établie, elle peut rajouter du poids, mais pas en ôter. Elle aurait dû garder les cheveux pour plus tard, afin d'équilibrer la balance. Car à présent… Que prélever sur un homme svelte comme Georges Dumortier ? Et, surtout, comment ne pas en prélever trop ? Un sacré défi. Il…

Doffre s'arrêta brusquement.

— Excuse-moi. J'ai tendance à m'emporter. Cette histoire est si profondément ancrée en moi… Mais continue, je t'en prie.

David présenta une photographie couleur de la scène de crime.

— Le lendemain, après un appel anonyme d'une cabine, les enquêteurs retrouveront, sur le sol, des cheveux, des poils, un pouce, et divers morceaux de chair provenant des fesses de Georges… Bien entendu, ils ne saisissent pas la signification d'un tel carnage, et ne feront le rapprochement avec une pesée qu'après la découverte du corps pendu de Tony Bourne et de son matériel de torture, un an plus tard.

Il piocha un autre cliché aux dominantes pourpres. Gros plans des victimes.

— Georges a été tué d'une balle de Smith & Wesson dans la tempe, son épouse torturée puis… étouffée d'une manière particulièrement horrible. L'enfant de deux ans, lui, a été épargné. Sur son crâne, à un endroit que Bourne a rasé, un nombre, tatoué à l'encre noire. 101703. Ce numéro, dont le mystère n'a jamais été élucidé.

David fouilla de nouveau dans le dossier et en extirpa des feuilles en bristol vert pomme. Arthur dévorait chacun de ses gestes, intrigué.

— Le 25 juin 1977, dix jours avant la première tuerie, un patient dénommé Tony Bourne se rend à votre cabinet, qui se situe à une trentaine de kilomètres des lieux du crime. Il se présente comme caissier dans une grande surface, et semble atteint d'une angoisse très particulière. Depuis son enfance, il souffre d'un souffle au cœur. Peu avant sa visite chez vous, une douleur lancinante dans la poitrine l'a persuadé que son myocarde le lâcherait dans un avenir proche. Bourne a peur d'informer les médecins, car il craint une greffe. Il est terrorisé à l'idée qu'un élément étranger soit introduit dans son organisme. C'est pour lui une véritable phobie. Je résume bien la situation ?

— Parfaitement, répondit Doffre avec un temps de retard. Nous nous attachons donc à mettre en place une…

— … psychanalyse, que vous ne réussissez pas à démarrer car Bourne manque d'assiduité et surtout, il a des accès de colère qui le poussent à plaquer les séances au bout de cinq minutes. Si bien qu'entre le premier et le troisième massacre, exactement huit mois plus tard, vous n'avez pas avancé. Je vous cite : « J'ignore le but profond de ses visites. Il persiste à venir quand bon lui semble et refuse de libérer sa conscience. On dirait qu'il joue, tout en souffrant énormément. La thérapie s'annonce longue et fastidieuse… » Après un silence radio d'un mois, Bourne revient. Cette fois, il est plus bavard, et terriblement angoissé. Il vous confie qu'il se déplace de moins en moins, d'où son absence, et qu'il ne sort que lorsque c'est absolument nécessaire, afin d'économiser les battements de son cœur. À sa caisse de supermarché, il se sent bien, car ses mouvements sont limités et ne nécessitent que de maigres efforts. Une remarque, sur l'une de vos fiches : « Lorsqu'il ne parle pas, je peux lire sur ses lèvres qu'il compte les pulsations de son cœur. Je lui ai conseillé d'acheter un cardiofréquencemètre, mais il refuse, de peur que le champ magnétique provoqué par le capteur ne perturbe son rythme sinusal. » Une seconde observation, au terme d'une autre consultation : « Il est obsédé par le poids des objets. Il pèse visuellement tout ce qu'il rencontre. Montre, tee-shirt, bijoux. Un besoin évident de capturer les chiffres, de quantifier ce qui l'entoure. Je suis aujourd'hui persuadé qu'il cherche par là à révéler quelque chose. Une frustration, ou un moyen de se rassurer… »

— Où veux-tu en venir ?

David se leva, un article de journal entre les mains.

— 4 mai 1978, quatrième massacre. Pour la première fois, la police, relayée par la presse, parle des tatouages sur les crânes des enfants et divulgue les nombres : 101703 pour le premier môme, puis 101005, 98784 et 98101 pour les trois autres. Les autorités mettent en place un centre d'appel gratuit. Le pays tout entier se ligue contre le Bourreau. Il existe bien une personne, en France, qui trouvera un sens, une relation entre ces numéros ! Évidemment, tout le monde téléphone. Dates, décompositions de facteurs premiers, coordonnées planétaires, positionnement des versets de la Bible, délires ésotériques, cryptographie… tout y passe. Mais la solution, elle, n'est présente que dans un seul crâne. Celui de la personne qui consulte chez vous, quand elle n'est pas occupée à épier ou à torturer ses prochaines victimes.

David s'empara des dés truqués et les mit sous le nez de Doffre.

— Depuis que je m'intéresse aux tueurs en série, j'avoue que le cas de Tony Bourne est celui qui me passionne le plus. Je suis avant tout un scientifique, Arthur, et je dois vous confier que moi aussi, plus d'un quart de siècle plus tard, j'ai passé des nuits entières à tenter de comprendre la signification de cette série de sept nombres. J'en ai même souvent cauchemardé ! Et, comme tout le monde, je m'y suis cassé les dents. Pourquoi, à votre avis ?

— Tu vas peut-être me l'expliquer ?

— Parce que ces numéros… ces numéros n'avaient aucune relation directe entre eux ! Il ne fallait pas les traiter dans un ensemble, mais au cas par cas !

D'un mouvement rapide, Doffre déroba les dés et les serra dans sa paume.

— Tu commences à m'intéresser. Aurais-tu une solution à me soumettre ?

— Vous la connaissez déjà, Arthur !

David écrasa son poing sur sa poitrine.

— C'est là que se trouve la clé, en chacun de nous !

— Continue !

— Les pulsations cardiaques ! Il n'y avait rien de plus simple !

Arthur se pencha vers l'avant, aux aguets.

— Précise !

— La première fois où nous nous sommes rencontrés, dans votre voiture, vous m'avez dit : « Notre séjour tournera autour du mystère des nombres… Toutes les vérités se cachent au cœur des chiffres » Au cœur des chiffres… Quel habile jeu de mots ! Les chiffres, liés au cœur. Le cœur, qui crée les chiffres. Quel est le nombre moyen de pulsations cardiaques en vingt-quatre heures ? Vous connaissez la réponse, Arthur, je me trompe ?

Son interlocuteur hocha la tête.

— Tu ne te trompes pas. Soixante-dix à la minute, ce qui donne cent mille, environ…

David allait et venait, bras croisés.

— Cent mille, oui. Et quels sont les nombres du Bourreau, associés à ses sept doubles meurtres ? 101703, 101005, 98784, 98101, 98067, 97878, et 97656. Des numéros qui vont en décroissant, alors que Tony Bourne réduisait son activité physique ! Ils représentaient les marques de son organisme, juste avant qu'il agisse ! Une séquence de signes qui l'identifient, lui, et uniquement lui ! Sa signature !

Doffre applaudit.

— Que de progrès ! Tu es décidément très doué !

David claqua son poing sur le bureau.

— Arrêtez ce petit jeu avec moi ! Vous suiviez la presse ! Par ces tatouages, vous aviez forcément fait le rapport entre Tony Bourne, qui vous parlait d'un nombre de battements cardiaques, et le Bourreau 125, comme je viens de le faire ! Vous auriez pu tout arrêter !

Doffre resta impassible, d'un calme déstabilisant.

— Évidemment… Parce que tu crois que j'avais résolu l'énigme de cette série de chiffres durant l'analyse ? David ! Cesse d'être naïf à ce point ! Toi, tu disposes de tous les éléments pour résoudre le problème ! Tu sais d'emblée que Tony Bourne et l'assassin à la plume de Maât ne font qu'un. Vingt-sept années d'historique. Des dizaines d'ouvrages sur le Bourreau. Des photos, des rapports d'autopsie, des témoignages. Mais moi ! Y as-tu songé un seul instant ? De quoi disposais-je alors ? De rien ! Absolument de rien ! Un patient qui vient me voir quand bon lui semble, un malade comme j'en reçois plus d'une demi-douzaine par jour. Il compte ses pulsations cardiaques ? Et alors ? J'ai eu des patients qui mangeaient leurs excréments, ça en faisait des cannibales ? Non mais sors de ton délire ! Mon cas a été passé au peigne fin par les policiers de la Crim, par la DST, et toi, tu oses mettre en cause ma parole ? Si j'avais su qui était le Bourreau, à l'heure qu'il est, ça aurait été prouvé, et je ne serais pas là pour t'en parler !

Pour la première fois, son crâne se voila d'un léger film rouge sang.

— Je t'ai mis une bombe entre les mains ! lui dit-il en sortant du laboratoire, et je sais que tu y prends un pied phénoménal ! Mais manipule-la avec la plus grande prudence. Parce qu'elle pourrait bien t'exploser à la gueule !

15

Adeline n'avait plus éprouvé une telle pitié depuis… elle ne s'en rappelait plus. La première fois où elle avait déshabillé Doffre, voilà trois jours, son cœur s'était serré et elle n'avait pu cacher sa tristesse. Il l'avait pris avec le sourire. De sa seule main valide, il lui avait massé la nuque, comme ces pères qui encouragent leurs enfants avant leur montée sur le podium, à la fête de l'école.

Nu, Doffre ressemblait à un mannequin brisé auquel on aurait maladroitement ressoudé les pièces de mannequins plus jeunes. Certains gestes, pas forcément les plus compliqués, le simple fait de se verser un verre d'eau, ou de tourner les pages d'un livre, le faisaient se tordre de douleur, en silence. Un vivant, dans le corps d'un mort. Qu'est-ce qui avait bien pu lui arriver ? En parlerait-il de lui-même, un de ces soirs ?

Adeline vida la poche d'urine dans les toilettes. Pour Arthur, au moins, le drame se voyait. D'autres sont bien plus abîmés, à l'intérieur… Après avoir déplié une poche propre, elle l'apporta au vieil homme et se retourna, mains dans le dos, sans un mot, comme chaque fois qu'il l'enfilait.

Il avait appris à faire des mouvements extraordinaires avec son bras, son seul membre valide. Ses biceps, triceps, les muscles de son avant-bras et surtout de son épaule étaient considérablement développés. Flexion, extension, ils soutenaient, propulsaient, soulevaient. Pour s'aliter, par exemple, ce concentré de fibres, de chair et de tendons savait tirer et orienter le corps mort jusqu'à la position adéquate. À voir chaque soir Doffre se démener de la sorte, Adeline pensait au gymnaste sur son cheval d'arçons. Un architecte de la gravité.

Il était allongé sur le lit, les jambes serrées, sa prothèse posée à ses côtés, sur la table de nuit. Position du soir, position du matin.

— Tu te rappelles la première question que tu m'as posée, quand nous nous sommes rencontrés ? l'interrogea-t-il soudain.

Adeline enfila rapidement son pyjama de velours et se faufila sous la couette.

— Je ne me souviens plus vraiment. Sûrement combien ça payait ! dit-elle dans un sourire.

— Tu m'as demandé si je fumais. Et je t'ai répondu : « Uniquement après avoir couru un cent mètres. »

— Et j'ai éclaté de rire ! J'étais vraiment confuse, je ne savais plus où me mettre. Je me suis dit : « Là, c'est fini. »

Arthur lui caressa la joue, longuement. Dans ces moments-là, elle le sentait radicalement différent du serpent froid, serré dans ses costumes luxueux, qu'il se plaisait à paraître. À ses côtés, elle se sentait bien et, étrangement, en sécurité.

— Arthur…

— Elle était curieuse ta question, tu ne trouves pas ? D'ordinaire, on demande plutôt… Oui, comme tu disais, combien ça paie…

— Je ne suis pas une fille ordinaire… Mais tu l'as peut-être deviné…

— Oui, je l'ai deviné… Mais j'aurais préféré que tu

m'en parles de toi-même. Je n'aime pas qu'on me cache des choses…

— Tu veux parler de mon asthme… J'ai simplement eu peur que tu ne me choisisses pas à cause de ça.

Il lui sourit. Sa main tremblante lui effleura les seins.

— Tu as essayé d'ouvrir ma malle, n'est-ce pas ?

Elle se mit à rougir.

— Je… De quoi parles-tu ?

— La malle, là-bas, dans l'angle.

— J'ai… Non ! Pourquoi tu dis ça ?

— Les molettes ont été tournées, j'avais noté la position de chaque chiffre, en arrivant ici. Cette malle sera ouverte le moment venu.

— Quel moment ?

— Il arrivera tout naturellement. Il ne faut pas précipiter les choses.

Il ferma les yeux, le visage serein, presque heureux. Comme après l'amour.

— Je peux te demander un service ? lui demanda-t-il après un long silence.

Adeline se raidit. Ça y est, on y venait. Le sexe…

— Caresse-moi les pieds… Je veux ressentir la chaleur de tes doigts. J'ai besoin de savoir qu'ils vivent encore, même si…

— Chut… murmura Adeline en se glissant sous les draps.

Et elle massa ses orteils durcis, les pressa entre ses paumes moites et douces, se demandant ce qu'il pouvait ressentir dans l'influx de ses jambes mortes.

— As-tu déjà vu un arbre mourir ? lâcha-t-il subitement en la ramenant à lui.

Elle secoua la tête, hypnotisée par les pupilles opaques qui la dévoraient.

— Le premier signe, ce sont les feuilles qui roussissent, se rétractent, puis chutent, à cause des racines, qui s'asphyxient. Dans le même temps, les branches s'assèchent, l'écorce se décroche à certains endroits. Je suis un arbre qui meurt, mon abricot.

Adeline bascula sur le côté, face à lui. D'instinct, ou tout simplement parce qu'elle en avait envie, elle lui posa un baiser sur la joue.

— Tu auras toujours des gens pour te soutenir, murmura-t-elle. Parce que, derrière cette carapace, tu es quelqu'un de bien...

— Alors, poursuivit-il, une pluie se met à tomber, une averse inespérée, glaciale et violente. L'eau dévale des cieux, à n'en plus finir, et elle pénètre le sol, se charge de minéraux, brasse l'azote, le phosphore, la potasse de la terre. L'arbre puise dans ses dernières forces, il se nourrit de cette abondance inopinée. Il a traversé tant d'épreuves dans sa longue existence ! Sécheresses, tempêtes, hivers. L'arbre ne veut pas mourir, il sait qu'il peut encore lutter, pour un dernier combat, un accomplissement suprême.

Adeline sentit son cœur se rétrécir. Doffre, face à elle, ressemblait à un oisillon tombé du nid.

— Quel accomplissement ?

— Voir germer les graines de ses propres semences.

Il avait prononcé cette dernière phrase différemment du reste, d'un ton très rude. Adeline se recroquevilla. Il lui caressa les cheveux, puis il lui poussa doucement la tête en direction de son sexe.

Deux heures du matin. La jeune fille se tournait et se retournait dans le lit, sans trouver le sommeil. Y aurait-il, un jour, un endroit où elle se sentirait en paix ? Effacer une heure, juste une heure de sa mémoire. Cette heure qui s'étirait indéfiniment, qui venait effleurer le présent. Ces soixante minutes, qui avaient peuplé ses nuits de cauchemars, qui avaient détruit sa vie.

Le mensonge.

Elle se leva et plaqua son nez contre la fenêtre. La lune se découpait dans les ramures, travaillant le relief d'ombre et de lumière. La forêt était si profonde, si hostile. Un paysage de conte, terrifiant et magnifique. Rien n'avait jamais été aussi beau, si angoissant, si loin des frontières du monde.

Franz, cet arriéré, était-il là, dehors, à les observer et à se masturber, tapi derrière un tronc ?

Elle eut envie d'un grand verre de lait chaud, comme son frère Éric avait l'habitude de lui en apporter, en pleine nuit, quand elle se réveillait en pleurs. Avant de sortir, elle s'arrêta à l'entrée de la chambre, et se pencha sur la malle. Arthur avait noté la position de chaque molette… Malin… Mais il ne serait pas meilleur qu'elle. Les codes, elle connaissait. Elle trouverait le moyen de l'ouvrir.

Elle referma doucement la porte et se faufila, pieds nus, dans le couloir. Le plancher se mit à grincer.

Une lumière cuivrée, échappée de sous l'entrée du laboratoire. Le murmure d'une mélodie. *La Jeune Fille et la mort*. Elle eut une pensée pour Cathy. Ça ne devait pas être facile tous les jours de vivre aux côtés de quelqu'un qui jouait comme ça avec la mort, dans son boulot, ses romans, et qui en cauchemardait la nuit… Mais question cauchemars, elle avait aussi son compte.

Dans le salon, le chêne torturé, l'obscurité… ces fenêtres, sans volets… Elle songea à tous ces films d'horreur, où des bandes de copains se font massacrer en pleine forêt. Ces trucs avec des esprits, genre vaudou… Elle décida finalement d'aller voir David dans le laboratoire.

Des aigreurs, dans l'estomac. Ces mouches, ces odeurs de clinique, le faible éclairage… La boîte de cartouches, sur une étagère… La simple idée que là, derrière la vitre, les porcs en putréfaction veillaient… Pire que le salon, en définitive.

— David ?

Affairé derrière la Rheinmetall, il ne répondit pas. Un pianiste fou, emporté par l'euphorie de sa composition. À ses côtés, une bouteille de Chivas entamée.

— Je ne vous dérange pas ?

Il se retourna brusquement, les pupilles explosées, l'acide des mots au cœur de l'iris. Il se frotta le front, avala une gorgée de whisky, puis replongea sur sa machine.

— Vous avez un sacré sens de la conversation… reprit Adeline. On dirait mon père…

Aucune réaction. Vachement sympa, le type… Elle s'avança derrière son épaule.

`Il la traînait par les cheveux, cette courte chevelure brune qui ne ressemblait plus qu'à un sac de nœuds. Elle n'avait même plus la force de hu…`rler, compléta-t-elle par la pensée, alors qu'il tapait ce dernier mot. Elle observa les cadres de mouches. Des nécrophages… Nourries de chairs pourrissantes… « Alors c'est toi, le responsable du massacre ? » songea-t-elle en se penchant vers la photographie d'un des scientifiques. Un véritable colosse, barbu, lunettes de soleil, qui posait entre les carcasses. « T'as pas l'air très catholique, avec ton petit masque vert. Bienvenue à *MacabreLand* ! Qu'est-ce qui peut bien te pousser à exercer un métier aussi morbide ? » Et lui, Miller ? L'empailleur de morts. Jamais elle ne dormirait aux côtés d'un type pareil. Et en plus, il était séduisant. Ça cachait forcément quelque chose.

Au moment de sortir, elle marqua un temps d'arrêt. Puis revint sur ses pas. La photographie… Le géant masqué…

Elle la tira de son cadre.

— David ?

— Deux secondes ! Deux secondes !

Il se retourna, agacé. Il empestait le whisky.

— Écoutez, Adeline, j'ai besoin de me concentrer ! J'ai horreur qu'on me dérange quand j'écris !

Elle lui planta le cliché sous le nez.

— Vous vous souvenez, Christian, le chauffeur ?

— Christian, oui… Et ?

Elle posa son ongle sur le colosse.

— Regardez la main droite de ce mec. Il lui manque l'index… Vous voyez ? Comme Christian…

— Faites voir.

Il s'empara du cliché.

— Sacré sens de l'observation… Ceci dit, hormis la carrure, il ne lui ressemble pas du tout.

— Normal, avec des lunettes, une barbe, un masque…

Adeline reprit la photo, vexée, et considéra de nouveau l'entomologiste. David lui agrippa soudain le bras et récupéra le cliché.

— Vous avez vu ! Là ! À l'arrière !

Adeline se pencha.

— Ouais, une date. Et alors ?

Poussée d'adrénaline. David fouilla dans le dossier, dans un état proche de la transe. Une photographie. Celle d'un crâne. Le crâne du deuxième enfant.

Il plaça les deux photos en vis-à-vis, l'une pile, l'autre face. 10-10-05. 101005…

10-10-05, la date sur la photo de l'entomologiste. 101005, le tatouage sur le crâne de l'enfant.

— C'est quoi ce môme ? chuchota Adeline en grimaçant. Un truc du Bourreau dont Arthur n'arrête pas de parler ? Ce type qui faisait couper des morceaux de chair et les pesait sur une balance ? C'est horrible…

David replongea dans ses papiers, l'esprit en feu.

— Il tatouait des numéros sur les enfants des victimes. Des numéros… Non, attendez, c'est pas possible… C'est une coïncidence… Ça peut être qu'une coïncidence…

Adeline s'approcha et lui posa la main sur l'épaule.

— David… Vous commencez à me faire peur.

Il s'empara d'un autre cliché. Celui d'un garçonnet. Une partie du crâne rasée. Un numéro. Six chiffres qu'il connaissait par cœur.

— Là ! Bon sang ! Non ! C'était sous mes yeux !

Il se précipita dans le salon. Lumière. L'escabeau, qu'il récupéra dans l'arrière-cuisine. Le chêne. Adeline, paniquée, le suivit.

— Expliquez-moi, bordel !

David escalada les marches, vitesse grand V. Sa chemise, imbibée de sueur, sortait de son jean.

— Cette marque, en haut du tronc ! Vous vous rappelez la date ?

— Je ne me souviens plus. 1700 et quelques ?

David palpa l'inscription dans laquelle on avait coulé de l'argent, qui, avec les siècles, s'était oxydé en une couleur noire.

— Alors ? s'impatienta Adeline.

— *Oktober 1703* ! 101703 ! Le nombre tatoué sur le premier enfant ! Le fils de Pascale et Georges Dumortier !

La jeune femme resta quelques instants sans voix.

— Bon, OK ! Pas de panique ! Vous n'êtes quand même pas en train de me dire que les numéros qu'un tueur en série s'amusait à tatouer il y a plus de vingt-cinq ans sur des crânes d'enfants se… se retrouvent ici, dissimulés dans ce chalet ?

— Pas dissimulés ! Sous nos yeux ! Et dans l'ordre ! D'abord celui-ci, que Cathy a remarqué lorsque nous sommes arrivés. Puis la date sur la photo de l'entomologiste… Le deuxième môme…

Une fois au sol, David se frotta les mains l'une contre l'autre. Les bambins épargnés… Les pulsations cardiaques… Les numéros… Le chêne torturé…

— Mais merde, ça ne vous effraie pas ? Qu'est-ce que

ça veut dire ? l'agressa Adeline. Répondez ! Mais répondez, putain !

Un effroyable craquement roula dans le tronc, et se libéra contre la charpente, qui vibra sur toute sa longueur. David sursauta. Adeline sentit sa poitrine se rétracter. Ça allait exploser. L'asthme…

— Retournez vous coucher, lui conseilla David, plaquant son oreille sur l'écorce glacée à la façon d'un médecin écoutant le pouls au stéthoscope. Je ne sais pas ce qui se passe ici, mais ces nombres… Je crois que vous devriez les ignorer… Il faut les ignorer…

Et il resta là, seul, dans la nuit.

Il souriait.

La peur ne se fuit pas. Elle se vit…

Et il adorait ça.

16

Recroquevillée derrière un arbre, Emma se plaqua la main sur la bouche. Ne pas hurler ! « Crie… Crie une seule fois et t'es morte… »

Ouvrir, fermer. Ouvrir, fermer. Faire circuler le sang dans les doigts. Ouvrir, fermer. Et repartir.

« Tu dois repartir. Repars ou tu vas crever. Les traces de pneus… Suis les traces… Tes empreintes. Il va te traquer. Te rattraper. Te saigner ! »

La lutte acharnée d'un organisme en milieu hostile. La peur.

Le soleil blanc, froid, sur cet horizon de troncs nus et de branches entremêlées, jusqu'à l'infini.

Une forêt de cauchemar.

Emma s'arrêta à nouveau, l'écume aux lèvres. L'air glacé lui ravageait tout l'intérieur. Une douleur par-delà les sons, les lumières. Une souffrance qui détruisait tout sur son passage. Elle était sur le point d'abandonner, de laisser la Chose la rattraper. La Chose, qui avait surgi, devant elle, abattant ses griffes démesurées en zébrures d'acier. La Chose, qui avait manqué de la transpercer. La Chose, à ses trousses.

« Neun, acht, sieben, acht, vier… 98784… 98784… » Cette série de chiffres qui n'arrêtait pas de circuler dans

sa tête. Ces chiffres, face à elle, sur son compteur kilométrique, au moment de l'accident. Ce nombre, qui l'avait précipitée contre un arbre.

98784.

Qu'est-ce qui lui avait pris de s'engager sur cette route gelée avec sa vieille voiture ? Tout cela pour gagner du temps... Elle le payait à présent au centuple.

Les sillons des pneus... Dieu merci, la neige ne les avait pas totalement dévorés. Ils menaient forcément quelque part. Un refuge, une auberge peut-être.

Pas de gants. La neige qui lui mord le bas du pantalon, qui s'agglutine sur ses bottines. Le gel, à l'assaut de ses cheveux. Combien de temps tiendrait-elle encore ?

Un craquement. Elle se retourna, la bouche ouverte, le larynx régurgitant cet air sifflant des fumeurs. « Viens ! Viens donc me chercher ! Espèce d'enfoiré ! »

Les bras écartés, elle hurla :

— Viens !

Rien. La Chose la suivait, la pistait, mais ne l'attaquait plus. Jeu cruel du prédateur sanguinaire.

Elle repartit en marchant, incapable de courir à présent. Elle ne pouvait plus. Même face à la pire des terreurs.

98784... 98784... 98784... Dans sa tête... À se fendre le crâne contre la pierre...

« Réfléchis... Où te trouves-tu ? OK... OK... Forêt-Noire... Wildseemoor. Le cœur du Wildseemoor. Une terre morte. Isolée. Démoniaque. »

Elle allait périr.

« Emma ! Tu t'appelles Emma Schild ! Emma Schild ! Emma Schild ! Vingt-neuf ans ! Tu vends des assurances, une saloperie de métier où tu dois marcher ! Tu marches tout le temps ! Championne de course au lycée ! Les médailles ! Les semi-marathons ! Alors maintenant, tu vas courir ! Pour te réchauffer ! Garder le corps chaud... Par tous les moyens...

Deux heures que t'avances… Peut-être trois… ou quatre. Les traces, les traces. Une grosse voiture… Un 4×4, sans doute… Plusieurs personnes… Tu vas arriver dans un foyer chaleureux… On va t'accueillir… T'offrir un bon café brûlant, une couverture… Puis ce sera le bain… à te cramer la peau. Oh oui ! Te cramer la peau…

T'allais où ? T'allais où avant l'accident ? Ah oui… L'enterrement de grand-mère. Grand-mère Marmelade. Fallait pas y aller. Prendre direct la route vers la Pologne. Je m'en doutais… Pour toi, Mama… Pour toi que j'ai fait ça. Pas pour elle… Pas pour elle… Je les hais tous. De leur faute… C'est de leur faute. »

Emma se massa les tempes, à s'écraser les os. Ses cheveux… Si seulement elle avait pu les avoir longs ! Ils lui auraient au moins protégé les oreilles. Et ce corps, cette maigreur… Qu'aurait-elle donné pour un peu de graisse, là, tout de suite… De la bonne graisse, bien chaude ! Chaude…

Elle se laissa choir, les genoux dans la neige.

C'était fini.

Loin sur l'horizon, une épaisse fumée noire.

Sa délivrance.

Ou le début de son calvaire.

17

David se leva du bureau, en faisant craquer glorieusement ses doigts. Cinq pages grattées depuis ce matin, et il était à peine onze heures. Impensable.

Il se frotta les yeux. Pendant une bonne partie de la nuit, il avait fouillé le laboratoire de fond en comble, persuadé que d'autres numéros du Bourreau se dissimulaient autour de lui. Nombres inscrits dans les relevés, concentration des produits antiseptiques, étiquettes des masques chirurgicaux, il avait tout vérifié, scrupuleusement… Évidemment, il n'avait rien trouvé. Alors quoi ? Une coïncidence ? Probablement. Des battements cardiaques, rien de plus. Mais deux numéros sur sept, ça faisait quand même beaucoup.

Et puis, il y avait ce craquement, remonté des entrailles de l'arbre bosselé. Là, c'était plus difficile à expliquer. Le vent ? Sans doute… Un effet de vibration, peut-être, jouant avec le vieux bois et les mystères de la forêt.

De toute façon, des choses bizarres, David en vivait tous les jours, avec ses macchabées. Des filles, couchées sur une table d'acier, dont les yeux versent des larmes au moment où il leur incise la gorge. Simple réaction physiologique, paraît-il. Un enfant, une fois – Alain Mouquier, il s'en souviendrait toute sa vie –, qui avait embué le verre de sa montre, tandis qu'il s'apprêtait à lui coudre les lèvres. Cette buée, glaciale, jaillie de sa bouche morte depuis trois jours. Comment l'interpréter ?

Et sa mère… Sa mère…

Un jour, il comprendrait tout cela. Et il se comprendrait lui-même.

Il se dirigea vers le salon. Pause technique, repos cérébral, câlins avant de s'attaquer à la suite du dossier. Petit à petit, le Bourreau lui livrait ses secrets. Les séances de psychanalyse… Cette incroyable phobie qu'il avait d'épuiser son muscle cardiaque… Les pulsations…

Devant la cheminée, Cathy aidait Clara à mettre son gros blouson polaire, ses moufles et son bonnet Oui-Oui. Au centre de la pièce, Grin'ch frimait avec son petit couvre-chef noir, percé de manière à laisser passer ses oreilles roses.

— Qu'est-ce que vous lui avez fait, à ce malheureux ?

— C'est Clara qui a absolument voulu que je le fasse rentrer. Tu le trouves comment ? Mignon, non ?

Cathy se sentait légère. Lentement dans son ventre, les saignements diminuaient, l'ombre de l'avortement s'estompait.

— On dirait un boxeur, avec son bonnet et son œil au beurre noir. Ça vous fait rien de le martyriser ?

— Mais non ! Regarde-le ! Eh, au fait ! Tu n'as pas remarqué ?

— Quoi donc ?

Cathy désigna discrètement Clara de la tête.

— Ta fille !

David prit un air dubitatif, la main sous le menton.

— Je vois pas… Le coquard, qui a presque disparu ?

— Mais non ! Regarde, elle n'a plus sa tétine !

— Oh… C'est vrai ! Viens là, mon poussin !

Un petit missile blond s'écrasa dans ses bras.

— Comment tu as réussi à la convaincre ? demanda David, serré contre sa fille.

— Je crois que c'est grâce à Grin'ch ! Il a croqué la tétine, tout à l'heure. Et depuis, elle n'en veut plus ! Merci, mon grincheux !

Le porcelet approuva d'un couinement complice.

— Tu vois, il a compris !

David embrassa Clara dans le cou, la reposa et se rapprocha de sa femme.

— Tu devrais faire attention à ce qu'elle ne s'y attache pas trop.

— Comment ça ?

— Rappelle-toi. Arthur avait dit qu'il… ne serait avec nous que quelques jours… Ce porcelet… Il appartient bien à quelqu'un ! On va forcément venir le reprendre.

— Ou alors ces… entomologistes vont le laisser tranquillement grandir pour…

Elle frissonna sous son blouson.

— En tout cas, il fait un bien fou à notre puce. Tu as vu comment elle s'amuse avec lui ? C'en est presque magique. Depuis qu'ils jouent ensemble, elle est toute gaie. Et puis, ils sont tellement mignons tous les deux, avec leur œil au beurre noir du même côté… Ne t'inquiète pas. Si quelqu'un veut le récupérer, je saurai le convaincre de nous le laisser !

— Quoi ?

— Avec l'argent que tu vas gagner, on pourra sans aucun doute le négocier et le ramener chez nous. Et quand il sera trop grand, on le mettra chez mon oncle. Il sera bien là-bas. Et Clara pourra aller le voir tous les jours.

— Mais on ne peut pas ! Il n'est pas à nous !

— Chut !

Adeline apparut, vêtue façon trappeur. Blouson fourré

en peau retournée, bottes molletonnées, chapka grise. Un mannequin sibérien. Doffre avait drôlement bien choisi sa poupée. David détourna le regard, Cathy veillait au grain.

— Voilà, je suis prête, dit-elle en agitant ses clés de voiture. Mais qu'est-ce qu'il fait là, lui ? Pas mal le déguisement… Bon, Cathy, j'y vais, tu me rejoins ? À plus tard, David.

Elle alla faire chauffer le moteur du 4×4.

— Vous vous reparlez ? demanda David.

— Pas vraiment, non. Mais elle va au village. Il faut à tout prix que je téléphone à maman…

Elle se mit à chuchoter.

— T'as vu la tête qu'elle a ? Une folle nuit avec Arthur, tu crois ?

Ils entendirent le vieil homme qui arrivait du couloir. Elle embrassa David, prit Clara dans ses bras et s'éloigna.

— J'espère qu'on va te manquer, ajouta-t-elle avec un clin d'œil.

— Attends, ma puce ! Je ne veux pas que vous partiez seules ! Je viens avec vous !

Elle se retourna vers lui.

— Il faut que quelqu'un reste avec Arthur. Tu sais, on ne fait que l'aller-retour. À deux heures, on sera revenues ! Tu pourrais peut-être préparer à manger, tiens ! Et autre chose que des pâtes et du jambon !

— Mais…

— Il ne t'est jamais venu à l'esprit que ta femme savait se débrouiller toute seule ?

— Faites bien attention…

David s'avança sur le perron, remuant les deux pattes avant de Grin'ch.

— « Au revoir ! Au revoir ! » cria-t-il en imitant la voix de Porcinet.

Il referma la porte derrière lui. Arthur lui bloquait le passage.

— Mais qu'est-ce que c'est que cet accoutrement ? Qu'est-ce que vous faites avec cette pauvre bête ?

Doffre s'avança vers le cochon que David venait de reposer, se baissa péniblement et lui arracha son bonnet.

— Très bien ! On va profiter de leur absence pour faire ce que nous avons à faire… Une journée en avance, certes, mais ce sera moins pénible… pour nous tous.

David fixa le crâne lisse du vieil homme puis répondit froidement :

— Hors de question. Je ne peux pas. Je ne toucherai pas à un poil de Grin'ch.

Doffre se plaqua dans son fauteuil, la tête renversée.

— David, David, David… Où est passée cette main froide qui ouvre les corps ? On fait dans le sentimental, à présent ?

— J'aime mon épouse et j'aime ma fille. Jamais je ne ferai sciemment quelque chose qui puisse les attrister…

— Mais nous n'avons pas le choix ! Il *faut* le tuer !

David reprit Grin'ch dans ses bras et se dirigea vers le laboratoire sans la moindre attention pour son interlocuteur.

— Nous remplirons notre devoir ! s'exclama Doffre en claquant le poing sur le bras de son fauteuil. Jusqu'à nouvel ordre, je contrôle ce qui se passe et doit se passer ici ! Et il n'est pas question qu'il en soit autrement !

David se retourna, furieux.

— Vous pouvez peut-être décider du destin d'un cochon, mais…

Soudain, ses muscles se tétanisèrent.

Même le réflexe de la respiration lui échappa.

Dehors, Cathy hurlait son prénom.

De toutes ses forces…

18

David largua le porcelet et traversa le salon aussi vite qu'il le put. À l'extérieur, à une centaine de mètres, dans l'éclat d'un rayon de soleil, le 4×4, de travers. Les portières ouvertes. Adeline, Cathy, courbées dans la neige. David se mit à courir de toutes ses forces. Visages figés par l'effroi. Clara, plus en retrait, indifférente au drame.

— Elle… Elle est vivante ! cria Adeline. Elle s'est effondrée là ! Devant la voiture !

Après avoir repris ses esprits, David porta la jeune femme inanimée dans ses bras et ils rejoignirent le chalet.

— Non, surtout pas à proximité du feu ! s'exclama Arthur. Dans ma chambre ! Quelqu'un, des couvertures ! Et ôtez-lui ses chaussures et ses chaussettes, immédiatement !

Une fois la jeune femme installée sur le lit, Doffre reprit :

— Ses doigts et ses orteils ! Il faut les réchauffer tout de suite ! Couvrez-les de vos mains, sans masser surtout ! Vous, Cathy, déshabillez-la ! Vite ! Faites vite !

Son front perlait, il voulait agir, à tout prix. Il dictait, les autres exécutaient. Le corps à la chevelure cristallisée, aux lèvres craquelées, restait inerte.

Pupilles réactives. Rythme cardiaque lent, mais régulier. Pas de gelures profondes. Extrémités qui rosissent. Elle vivrait.

Cathy sentit ses larmes couler. Le stress. Envie puissante d'avaler un comprimé de Lexomil. Le séjour virait au cauchemar.

Elle jeta un œil dans le couloir pour s'assurer que Clara était bien occupée à jouer avec Grin'ch, avant de s'approcher à nouveau du corps.

— Qu'est-ce qui a pu lui arriver ? demanda-t-elle d'une voix vacillante.

David était livide. La réalité dépassait la fiction. Cette inconnue brune, comme jaillie des pages qu'il venait de terminer à l'instant ! Ici, en plein hiver, dans un endroit aussi fréquenté que le désert de Namibie ! Il avait peine à garder le contrôle de son esprit.

— Elle a dû se perdre, supposa-t-il d'un ton peu affirmé. Une randonneuse imprudente… Ou bien sa voiture est tombée en panne… Pas de téléphone… Alors… alors elle a pisté les traces de pneus… Oui, c'est ça… Elle a suivi les traces dans la neige…

— Je le pense aussi, approuva Arthur en posant sa paume sur le front tiède. Et elle s'est laissé surprendre par la distance. Seigneur ! Elle est tellement maigre ! Elle aurait pu mourir gelée.

— Une panne de voiture… Oui, c'est sûrement ça, reprit Cathy.

Adeline ramassa les vêtements trempés. Blouson, pull, sous-pull et tee-shirt, lacérés. Quatre déchirures, parallèles, d'une finesse et d'une netteté que seule une lame incroyablement aiguisée avait pu provoquer.

— Une panne de voiture ? Et comment elle aurait pu se faire ça ? C'est un miracle qu'elle soit encore en vie !

Sa poitrine a à peine été effleurée ! Elle a dû se faire attaquer par une bête énorme !

Elle souleva légèrement la couverture. De fins sillons rouges barraient le torse nu, de l'épaule gauche jusqu'à la hanche droite.

— Un accident ! répéta-t-elle. Un accident ! Vous délirez ou quoi ? Pourquoi vous ne…

— Tais-toi ! lui ordonna Doffre en lui agrippant le bras, d'une poigne très ferme.

Adeline se défit de son emprise d'un mouvement brusque et s'éloigna du lit, le visage fermé. Soudain, la femme aux courts cheveux noirs remua les lèvres. Un mot filtrait entre ses dents. Des syllabes qu'elle répétait en boucle, très faiblement.

— Chut ! exigea Cathy en se penchant au-dessus de la jeune femme.

Plus rien.

— Mince !

— Qu'est-ce qu'elle a dit ? demanda David.

Cathy secoua la tête.

— Je… Je ne sais pas trop… Un truc du genre « tassetine », ou « dazedine ».

— *« Das Ding »*, répéta Arthur. La chose… Ça signifie « la chose » en allemand.

Silence, flambée des imaginations. La chose… Certainement le mot le plus neutre de toute forme de langage. Mais là, en cet instant, en ces lieux… La façon dont elle l'avait prononcé… Cette énergie qu'elle avait déployée pour le vomir… *Das Ding…*

Cathy surprit David en train de palper sa cicatrice, les yeux braqués vers la fenêtre. Pourquoi ne disait-il rien ? Pourquoi personne ne parlait ? Cette fille ne pouvait être qu'une paumée, ou la victime d'un accident ! « Mais dites quelque chose ! Dites que n'importe quelle bête sauvage est capable de faire des entailles pareilles ! Dites-moi qu'il s'agit juste d'un animal, et je vous croirai ! »

— Il s'agit juste d'un animal, avança Arthur en touchant les blessures. Un lynx, qu'elle aura percuté en pleine nuit. Le coup de volant, la voiture qui sort de la route. La conductrice quitte son véhicule accidenté, complètement affolée. Il fait noir. Elle se penche sur la masse inerte et ne peut éviter un coup de patte de la bête mourante.

— Ce qui expliquerait pourquoi elle s'est fait attaquer à la poitrine, et non pas dans le dos en fuyant, approuva David qui cherchait à rassurer sa femme. Et aussi pourquoi elle ne portait ni gants, ni bonnet, mais juste un blouson. Elle sortait d'une voiture chauffée.

— Oui, ça doit être ça ! surenchérit Cathy. Tout se tient ! Un lynx !

Arthur acquiesça.

— Terrorisée, elle se met à courir, persuadée d'être poursuivie par… la Chose. Elle s'enfonce dans le chemin et découvre nos traces de pneus. Elle pense qu'un chalet n'est pas loin. Ce qui la pousse à progresser… Arrive le moment où elle se demande s'il faut faire demi-tour. La Chose… Le véhicule accidenté… Elle se décide à poursuivre… Quinze longs kilomètres dans la neige, à monter et descendre des pentes… Et la voilà devant nous, après quatre ou cinq heures de marche forcée… Elle a eu une chance incroyable.

— Une chance inouïe, répéta Cathy.

Elle se mit à caresser les joues de la femme.

— Il faudrait désinfecter ces mauvaises griffures. Les faire disparaître… Chéri, va me chercher de l'eau oxygénée, s'il te plaît. Il faudrait aussi lui donner de l'eau et lui préparer une soupe. Une soupe de légumes bien chaude.

— Je m'en charge, répondit Adeline. Mais je ne comprends toujours pas… Un lynx n'aurait jamais pu faire une chose pareille !

— Qu'est-ce que t'en sais ?

— Je le sais, c'est tout. Je sais aussi que nous sommes en plein cœur d'une forêt, à une heure de voiture de la première habitation, et que rien n'empêche des malades de la pire espèce, genre Franz, d'arpenter la région. Alors il ne…

Cathy s'était retournée, soudain elle éclata de rire…

— Elle ronfle ! s'exclama-t-elle. Écoutez ! Et ça monte en puissance, en plus ! Écoutez !

Chacun se surprit à retenir son souffle. Sans savoir pourquoi, David se rappela une scène étrange.

Un jour, il avait vu un père attraper un fou rire à la crémation de son fils. Le malheureux s'était suicidé une semaine plus tard.

— Je vais chercher l'antiseptique, se contenta-t-il de dire.

Dans le salon, Clara courait comme une folle après Grin'ch, mais il ne s'en soucia pas. En entrant dans le laboratoire, il se précipita vers la machine à écrire. Il avait beau les connaître par cœur, il voulait relire les dernières phrases qu'il avait tapées.

À bout de forces, la femme très maigre, aux courts cheveux noirs, aperçut enfin le chalet. Sa délivrance.

Il braqua un œil inquiet sur la photographie de l'entomologiste. L'homme à l'index coupé… Les numéros, et maintenant cette histoire jaillie d'un livre ouvert… Juste un mauvais hasard ?

— Non… Ne parle plus de hasard ! maugréa-t-il.

Mais quoi ? Quoi alors ?

L'inexplicable.

L'inexplicable, qu'il traînait partout dans son sillage. Comme une malédiction.

Il s'empara d'un flacon d'eau oxygénée, rangé entre des seringues emballées, du formol, des aiguilles. De quoi embaumer un mort. Puis il chaussa ses après-ski et enfila son blouson. Il fallait savoir.

La Chose…

David rejoignit les autres en même temps qu'Adeline, qui revenait dans la chambre avec un verre d'eau. À peine avait-il poussé la porte que Cathy l'agressa :

— Où tu vas comme ça ?

— Je vais essayer d'atteindre la route. De dénicher sa voiture.

— Hors de question !

— Bonne idée, approuva Arthur. Nous n'avons trouvé aucun papier sur elle, pas de portefeuille… Si vous pouviez les récupérer, de même que des vêtements.

— Hors de question, j'ai dit !

Adeline donna les clés du 4×4 à David. Elle lui tendit également son couteau, avec le fourreau.

— Prenez ceci… Au cas où…

David s'empara avec précaution de la ceinture de cuir. Qu'est-ce qu'Adeline pouvait bien faire avec une arme pareille ?

— Pas question que tu t'aventures seul là-bas ! gronda Cathy, tout en nettoyant les plaies. C'est complètement stupide ! Il suffit de la réveiller, et de lui demander ce qui s'est réellement passé !

— Si tu continues à crier ainsi, c'est sûr qu'elle va se réveiller ! Laisse-la se remettre, elle est morte de fatigue ! En plus, elle ne parle peut-être pas français… ni anglais. Quelqu'un comprend l'allemand, ici ? Moi, je sais à peine compter jusqu'à dix.

— Quelques mots, j'ai appris sur le tard, répondit Adeline.

— Moi je le comprends, enfin je le lis plutôt, fit Arthur.

— David ! Tu ne partiras pas seul ! répéta Cathy d'un ton sans équivoque. Tu as compris ?

— Je peux l'accompagner, proposa Adeline. À deux on…

— Ça va pas la tête ?

David s'approcha de son épouse et l'embrassa tendrement.

— Ne t'inquiète pas ma puce. Je reviens dans une heure, maximum… Fermez bien derrière moi.

Cathy l'accompagna jusqu'à la voiture avant de rejoindre Adeline, partie préparer la soupe et le déjeuner dans la cuisine. Arthur était resté dans la chambre auprès de la jeune femme.

Soudain, elle émergea.

Vivante. Elle était vivante.

19

Cathy, le nez sur la vitre, regardait le merle au ramage de jais qui sautillait sur la neige, collectant les dernières miettes de pain. À ses côtés, Adeline malaxait des pommes de terre cuites, qu'elle pétrissait ensuite dans la farine. Elle brisa le silence.

— On pourrait peut-être arrêter de se faire la tronche, non ? Parce que moi, après ce qui vient de se passer, je vais devenir folle.

— Ça va bientôt faire vingt minutes… soupira Cathy.

— Vingt minutes… Tu voudrais qu'il soit revenu avant même d'être parti ! Tu le surveilles toujours comme ça ?

— C'est que… David n'a pas vraiment conscience du danger. Enfin, ce n'est pas ce que je voulais dire… Il en a conscience, bien sûr, mais… la mort ne l'effraie pas…

— Le genre à secourir une mamie agressée par cinq lascars armés ?

— Exactement… répondit Cathy avec un sourire forcé.

Adeline hocha la tête.

— Tu me diras, c'est normal, avec son métier. La mort devient… une amie, en quelque sorte.

— Tu parles… Son père est décédé dans un accident de voiture, il n'avait même pas quinze ans. Quant à sa mère… Fauchée par la maladie. En fait, il n'a pas réellement de famille… Des oncles, des tantes, mais il ne les fréquente pas. Quand il était petit, ses parents n'ont pas cessé de déménager…

— Les miens c'est pareil, répondit Adeline. Durant toute mon enfance. C'est dur de ne pas avoir d'attaches.

Cathy plongea les mains dans les poches de son jean, rentrant la tête entre les épaules.

— J'ai l'impression qu'il cherche quelque chose derrière tous ces cadavres… Jour après jour, il inventorie les habitudes de la mort, il établit ses mouvements et ses horaires, un peu comme toi tu cuisines… Exactement ce qu'il fait de nouveau ici, avec ces carcasses… C'est… C'est ce qui me fait le plus peur chez lui, cette ambiguïté… Et j'ai le sentiment de la retrouver chez Doffre.

— Ce qui explique pourquoi ils sont si proches… Cette fascination pour l'inconnu, pour l'extrême…

Adeline se frotta les mains sur un torchon et s'approcha de la fenêtre.

— Son métier… Vous n'en parlez jamais ?

— Jamais… Quand il rentre, il va s'enfermer en haut, devant son ordinateur. Je tente bien de lui demander comment s'est passée sa journée, mais…

Elle secoua la tête.

— … Ça peut paraître étrange mais c'est comme s'il cherchait à protéger ses défunts. Il ne veut pas les déshonorer en parlant des disgrâces, des cicatrices qu'il a relevées sur leurs corps. De ces secrets qu'ils ont conservés de leur vivant et qu'ils ne peuvent plus dissimuler. Un tatouage, un piercing, un stérilet… Il les respecte trop. En discuter, c'est comme violer leur intimité. Tu comprends ?

— Bien sûr…

— Je sais pas pourquoi il fait ce boulot. Son père était commercial… J'ai tout juste connu sa mère, avant qu'elle… qu'elle ne sombre dans la maladie. Elle était… si différente de son fils ! Jusque sur son lit de mort, elle m'a suppliée de l'éloigner de ce métier. Suppliée, tu imagines ?

— Mais pourquoi ?

— Je ne sais pas trop… Elle sentait comme… des entités néfastes rôder autour de son fils. C'était… complètement dément…

Le carreau s'embuait de son souffle tiède.

— Mais qu'est-ce qu'il fout ?

— Il va revenir !

— Avant d'arriver ici, durant le trajet, je me suis imaginée perdue au cœur de cette forêt immense. Moi aussi, j'aurais tout fait pour m'en sortir. Marcher, et marcher encore, sans jamais m'arrêter. Aller au bout, même si j'imagine que l'espoir, à un moment, doit forcément s'évanouir et que la mort devient préférable, presque tentante. David m'a expliqué qu'on ne sent rien, quand on s'endort dans le froid. Il paraît que cette fin est la plus douce qui existe…

Adeline retourna brusquement vers la table. Elle se mit à rouler des *Spätzle*, jusqu'à obtenir de petites quenelles ivoirines.

— La mort n'est jamais douce. Elle est la même pour tous. Puante et sournoise.

Un frisson lui parcourut les épaules.

— Et tout sent franchement la mort, ici.

Cette fois, ce fut Cathy qui s'approcha d'elle.

— Tu veux qu'on parle de ce qu'il s'est passé, hier, pendant la randonnée ?

— Non, non ! Désolée, mais j'aime mieux pas. Je crois que tu n'es pas… prête à écouter ça…

— Pourquoi tu dis ça ?

Elle frappa du poing sur sa poitrine.

— Trop longtemps que c'est enfermé là-dedans…
— Justement ! Ça te fera du bien d'en discuter !
Elle contracta les mâchoires.
— Mon père m'avait appris, quand il m'emmenait à la chasse, à reconnaître un gibier rien qu'à son envol. Les canards, par exemple, partaient comme des fusées, le cou tendu, en une belle diagonale, inclinée d'environ trente degrés. Deviner, du premier coup d'œil…
— Je ne comprends pas…
— La première fois où je t'ai aperçue… La toute première expression de ton visage. Tes premiers mots… Sans te connaître, je les ai fixés dans ma mémoire. Aujourd'hui, tu dissimules tes *a priori*, parce qu'on se côtoie et que tu es polie. Mais je sais ce que tu penses de moi. Et ce n'est pas très différent de ce que pensent les autres.
— Détrompe-toi ! Je t'apprécie beaucoup.
— Ouais, tu m'apprécies… mais pourtant quand tu me regardes… Je suis sûre que tu te demandes ce qui peut pousser une femme à vendre son corps pour de l'argent… Eh bien, mets des prisonniers dans une cour cernée de miradors, laisse la porte d'entrée ouverte et tu verras… Combien vont se ruer vers la liberté, même s'ils savent qu'ils risquent de se faire tirer dessus ?
Elle croisa les bras sur sa poitrine.
— Nous ne faisons que réagir aux influences, que nous le voulions ou non. Ma jeunesse a été faite d'influences…
Elle s'en voulait de parler autant, mais l'envie de s'expliquer était trop forte.
— Toute mon enfance s'est organisée autour du culte de l'image, du profit. J'avais à peine six ans que mon père m'inscrivait déjà à des castings. Pas pour moi, pas pour m'amuser, mais pour le peu d'argent que ces clichés rapportaient. Il n'hésitait pas à arpenter la France… Il n'a jamais manqué un concours de photos. Le week-

end, au lieu de plancher sur mes devoirs, il me forçait à aller à la chasse avec lui ou à défiler sur les podiums de Miss Tartempion, à m'exhiber en maillot de bain. Puis à douze ans…

Quelque chose la bâillonnait. Ses yeux trahissaient sa détresse.

— À douze ans ? demanda Cathy, fronçant légèrement les sourcils.

Adeline secoua la tête.

— Excuse-moi. À… À seize ans, il me pousse vers le mannequinat. Une seule école, celle de l'hypocrisie et de la concurrence. Ça fonctionne un temps, mais pas aussi fort qu'il l'aurait souhaité. Mon asthme ne va pas aider. Et je n'avais pas dix-sept ans quand il a fichu le camp au bras d'une jeune héritière, en me laissant avec ma mère dépressive. Assez caricatural, non ? Et pourtant… La réalité des familles malheureuses est faite de caricatures.

Cathy écoutait sans bouger.

— Tu devines aisément la suite. Scolarité morcelée, presque inexistante, famille détruite, une seule chose que je sache vraiment faire, ce que ce salaud m'a appris : exploiter ce corps et ramener de l'argent à la maison. J'ai eu de la chance de ne pas dévier et de finir dans des cercles privilégiés, des harems pour riches… Je n'ai jamais connu la rue, juste le cuir des fauteuils et les volutes des cigares. Mais au fond, c'est la même chose, la même crasse humaine. Que tu me croies ou non, je n'attends qu'une chose. Quitter ce milieu pourri. C'est terrible à dire, mais mon client, Arthur, va m'y aider. En fait, je suppose que vous êtes ici pour la même raison que moi. L'argent…

— C'est un peu plus compliqué… Quand est-ce que tu es devenue asthmatique ?

Adeline écarquilla les yeux. Elle fit un signe de la tête et murmura entre ses dents :

— Derrière toi…

À l'entrée de la cuisine, la femme aux courts cheveux noirs, debout, pieds nus, enroulée dans une couverture grise. Le visage étrangement calme, ni triste, ni gai, ni intrigué. Des traits d'anesthésiée. Arthur arriva derrière elle, l'air serein.

— Elle s'appelle Emma, glissa-t-il dans un sourire. Elle… Comment dire… Elle aimerait s'habiller, mais ses vêtements…

Cathy réagit avec un temps de retard.

— Oh, vous m'avez fait peur, s'exclama-t-elle en se levant. Euh… Adeline est bien trop grande. Elle fait plutôt ma taille, au premier coup d'œil. J'ai ce qu'il faut, j'y vais… Même si mes habits ne sont pas faits pour habiller des allumettes. Vous pouvez le lui expliquer, Arthur ? Enfin, différemment…

— Merci, sourit timidement Emma. Ce sera parfait, je pense…

Face à la surprise et à la gêne de son interlocutrice, elle ajouta :

— Mon père est français, ma mère allemande. J'habite en France depuis cinq ans. Strasbourg…

Elle parlait un très bon français, malgré son accent. Adeline se présenta comme la compagne d'Arthur, puis, sans détour, posa la question qui leur brûlait les lèvres à tous.

— Excusez-moi d'être aussi abrupte mais… vous pourriez nous raconter ce qui vous est arrivé ?… Vous avez murmuré durant votre sommeil… Vous répétiez toujours le même mot… La Chose…

Sous la couverture, les doigts d'Emma se crispèrent, pareils aux pattes d'une araignée brûlée. Elle mit un temps avant d'ouvrir de nouveau la bouche.

— Je… Je roulais sur la B500, il devait être sept heures du matin. Ma grand-mère va être enterrée dans…

Elle jeta un œil à l'horloge murale. Elle cherchait ses mots.

— … deux heures, à Pforzheim. Dire que je suis passée par cette mauvaise route pour éviter le détour par Karlsruhe et gagner du temps ! En pleine Forêt-Noire, la neige m'a… capturée. J'ai… J'ai failli faire chemin arrière. À ce moment, le sol glissait beaucoup, mais j'ai supposé que ce devait être… comme souvent dans la région… Alors j'ai continué, roulant très doucement. Puis, d'un coup, juste après un virage, j'ai aperçu une… une… masse, dans mes phares. J'ai… freiné fort. Comment vous dites ? Piger ?

— Piler, corrigea Cathy, le front soucieux.

— Piler, oui. Ma… ma voiture a glissé, puis quitté la route puis dégringolé sur le côté bas, avant de foncer dans un arbre. Je… Je ne savais pas quoi faire. Impossible de téléphoner, pas de ligne. Alors j'ai… j'ai pris la lampe, dans la boîte de gants, puis je suis retournée au bord de la voie… La masse… C'était… un animal, une espèce de gros chat méchant… Un… un puma, je crois.

— Un lynx, plutôt, intervint Adeline.

Emma porta ses doigts sur ses lèvres.

— Vous n'auriez pas une cigarette ?

— Désolée, mais personne ne fume ici. Peut-être que David, le mari de Cathy, pensera à vous rapporter les vôtres.

— Ne me dites pas que quelqu'un est parti là-bas !

Cathy explosa. La panique.

— Pourquoi ?… Pourquoi ?

Emma sombra dans une longue absence. Ses yeux trahissaient ce que son visage cherchait à dissimuler.

— Mademoiselle ! Emma ! Pourquoi dites-vous ça !

La jeune femme reprit doucement :

— Ce… Ce lynx, il avait été… *zerrissen*… lacéré, oui, c'est le mot, lacéré de part en part… puis… tiré là, en plein milieu de la route. Je l'ai vu à cause… des traînées, dans la neige… De longues traînées de sang qui venaient du bois… Je… Quand je me suis retournée, il…

Des larmes perlaient sous ses paupières. Ils étaient tous les trois pendus à ses lèvres.

— … il y avait une énorme silhouette, devant moi ! Et ces griffes ! Ces griffes gigantesques qui se sont abattues ici, sur ma poitrine !

Elle mima le geste. Un ample mouvement du bras, pareil à l'arc d'une faucille. Emma reprit sa respiration, avant de poursuivre :

— Je… Je me souviens avoir hurlé, puis… puis j'ai couru ! Et j'ai entendu ! J'ai entendu ses pas dans la neige ! *Ça* me suivait !

— « Ça ! Ça ! » Pourquoi vous dites toujours « ça » ? hurla Cathy. C'est quoi, « ça » ?

Emma, apeurée, ne trouvait plus ses mots. Cathy se rua vers la fenêtre, lâchant dans son sillage le prénom de son mari.

— David ! David ! David !

— Cette forme, à quoi ressemblait-elle ? demanda calmement Arthur en suivant Cathy des yeux.

Sous sa couverture, Emma continuait à grelotter.

— Je… Comment expliquer ? Il faisait la fin de la nuit. Je… J'ai pas vu grand-chose… Une espèce de… large forme poilue… Comme une fourrée…

— Une fourrure… Et son visage ?

— Je… Je n'ai pas eu le temps… Il y avait… ces griffes monstrueuses… Elles ont déchiré l'air, d'un coup ! Aussi grandes… que ma main !

Elle finit par s'écraser sur une chaise. Ses bras pendaient entre ses jambes.

Cathy se planta devant elle.

— Emma ! Emma ! Il faut nous raconter ce que c'était !

Un animal ? Un ours ? Emma ! Vous vous rappelez ce que vous avez vu, bon sang !

Emma secoua la tête.

— Je... Je sais plus, je sais plus... J'étais très fatiguée. Il faisait noir. Non, pas un ours... Il n'y en a pas dans cette forêt... Je... Tout est trouble sous ma tête. Je... Je suis désolée...

Cathy saisit la couverture et se mit à la serrer de toutes ses forces, à la limite de l'étranglement. Adeline se précipita sur elle.

— Il faut que tu te calmes, OK ? lui ordonna-t-elle en la repoussant. Ton mari est en voiture, à l'abri, et il va revenir ! Quel que soit l'animal qui a attaqué Emma, il n'a pas pu rester sur place !

Elle aurait souhaité avoir un ton plus convaincant, mais elle n'y parvenait pas. Cathy ne se contrôlait plus. Arthur lui prit la main, qu'il écrasa assez durement.

— Ressaisissez-vous ! D'accord ? Et allez donc chercher quelques vêtements pour notre amie ! Nous discuterons de cette histoire au calme, devant un bon repas, quand David sera de retour. Je suis persuadé qu'il ne va plus tarder. Il doit y avoir une explication logique derrière tout cela.

— Une explication logique ! Oui, une explication logique ! hurla Cathy en disparaissant dans le couloir. Dès que David reviendra, on foutra le camp d'ici ! Je ne veux plus jamais entendre parler de vous, ni de votre putain de Bourreau !

Arthur la regarda s'éloigner, l'auriculaire se promenant sur le bras de son fauteuil.

— Et vous, Emma, retournez vous coucher. Ce n'est pas raisonnable de rester ainsi debout. Vous avez besoin de repos.

Restée seule à ses côtés, Adeline prit le vieil homme à partie.

— J'ai besoin de savoir ce qui se passe !

— C'est-à-dire ?

— Les portes épaisses, les verrous partout, les vitres, quasiment blindées ! Et ce fusil, au-dessus de la cheminée ! Une arme de portée énorme, et qui a servi il n'y a pas longtemps ! Et maintenant, ce délire, avec une bête aux griffes démesurées ! Tu… Tu as raconté que tu finançais ce… ce programme morbide ! Tu dois forcément savoir !

— Une arme de portée énorme ? Tiens, tiens ! Je ne savais pas que tu t'y connaissais en fusils ! Tu sais, il y a deux choses qui transforment un objet quelconque en objet traumatique : son utilisation perverse contre soi ou… à l'encontre de quelqu'un…

Adeline sentit ses poumons se contracter. Une seule solution. Contrôler sa respiration. Et contre-attaquer.

— Ne retourne pas mes questions contre moi ! Réponds !

Arthur la jaugea d'un œil mauvais.

— Je te conseillerais vivement de changer de ton !

— Qu'est-ce que tu vas faire ? Me virer ? De toute façon, je crois que notre petite aventure est terminée ! Les Miller vont mettre les voiles ! Tu as vu l'état de Cathy ?

Elle absorba sa Ventoline, juste devant son nez. Il la fixa, avant de retrouver son rictus malsain.

— Voilà l'Adeline que j'aime ! Féroce, presque chienne…

— Arrête ! Réponds, s'il te plaît !

Arthur se déplaçait à présent dans la cuisine, comme indifférent au drame qui se nouait autour de lui.

— Que crois-tu ? Que financer un projet revient à suivre ce qui s'y déroule au jour le jour ? J'ai pour volonté de lutter contre le crime, avec ce qu'il me reste, c'est-à-dire mon argent. Je veux uniquement des résultats, des courbes, des chiffres exploitables. Le reste, je m'en fiche complètement ! Ce n'est pas moi qui vis dans ce trou, je ne contrôle ni l'existence, ni le quotidien des entomologistes. Alors ces verrous, ce fusil, qu'est-ce que j'en sais ?… Les scientifiques traquent-ils le gros gibier ? Certainement ! La chasse est un loisir appréciable, ici. Craignent-ils les vols en leur absence ? Tu as remarqué qu'il n'y avait plus de volets, à l'extérieur ? Qui les a embarqués ? En tout cas, crois-moi, ces verrous ne me paraissent pas superflus, ne serait-ce que pour éviter les irruptions intempestives de Franz.

Il lui tendit la main. Après un imperceptible mouvement d'hésitation, Adeline lui donna la sienne, qui tremblait. Il l'embrassa du bout des lèvres.

— Mon abricot… chuchota-t-il.

— Tu sais… Franz… Maintenant que tu me reparles de lui…

— Oui ?

— Il… Il nous avait déposé deux lapins dépecés, hier matin, à l'abri à bûches ! J'avais décidé de les jeter dans le torrent, mais avec Cathy, on a fait demi-tour avant de l'atteindre. Du coup, on les a laissés dans la poudreuse, peut-être pas assez loin d'ici !

— Aïe ! Le genre d'erreur qu'il valait mieux éviter. Je vous avais pourtant prévenues.

La rouquine rejeta sa chevelure vers l'arrière et s'accroupit à sa hauteur.

— Dis… Tu penses qu'il y a un rapport avec l'histoire de cette… Emma ? Ce Franz… Il a l'air sérieusement perturbé. D'après ce que j'ai vu, il avait… Comment dire… lacéré les cavités oculaires des lapins !

Arthur grimaça.

— Écoute, attendons le retour de David. Cette Emma, comme tu dis, semble encore très affectée, elle a sans doute exagéré l'ampleur de son accident. Le froid, le noir, les ombres étranges portées par ces grands sapins… Qui aurait intérêt à traîner une bête déchiquetée au milieu d'une route où personne ne circule ?

— Justement ! C'était peut-être un piège, pour forcer un conducteur à s'arrêter ! Il… Il s'agit peut-être d'un malade qui rôde dans cette forêt, déguisé en… Je ne sais pas moi ! Un fanatique qui vit là, tout près ! Et qui s'est amusé à déposer ces bêtes dépiautées au cabanon ! Nous sommes si loin du monde… Cette femme brune, tu as forcément remarqué la terreur dans ses yeux. Elle a vu quelque chose, Arthur. Quelque chose qui nous épie peut-être, recroquevillé derrière un tronc…

Elle s'avança vers la fenêtre.

— Les volets… C'est… C'est lui qui les a enlevés, j'en suis sûre… Il avait tout prévu… Il nous observe… Il nous observe, j'en ai la conviction.

La jeune femme regarda sa montre. Elle sentait l'angoisse monter en elle. Après tout, sans véhicule, ils n'étaient plus que de vulnérables naufragés sur une île entourée de monstres invisibles. Des prisonniers de l'infini.

— Depuis qu'on est là, chaque jour est pire que la veille, marmonna-t-elle. Faites qu'il revienne… Mon Dieu… Faites qu'il revienne vite…

20

En d'autres circonstances, l'épopée de David dans ce feu d'artifice de verdure, au volant d'un puissant 4×4, aurait été fantastique. Des hectares de silence. Des infinis rendus violets par la réfraction de la lumière à travers la glace. Des sculptures irréelles, que seul l'hiver savait modeler. Mais les événements des dernières heures donnaient à l'endroit une tout autre tonalité. Nettement plus terne, plus macabre.

David fixait le GPS lorsque l'arrière du véhicule se mit à chasser dramatiquement. Il écrasa la pédale de frein, entraînant la masse d'acier sur le côté gauche puis, dans un contrecoup, sur le côté droit. Il plaqua ses paumes sur le volant. Qu'est-ce qui s'était passé ?… Était-il possible que…

Il descendit, l'œil rivé au sol. À ses pieds, des traces de pas de petite taille, orientées vers le chalet. Des traces de course… Des traces de fuite. Celle de la femme aux cheveux noirs.

L'héroïne, échappée de son roman. Encore elle.

David se retourna vers la voiture. Alors ses joues se creusèrent, sa gorge se serra. Pneus avant et arrière gauche crevés ! « Eh merde ! » Il souffla dans ses mains nues, contourna le véhicule. Juste pour vérifier.

Les quatre pneus étaient à plat !

De ses doigts gourds, il chassa la neige des roues, s'agenouilla, ausculta.

Des trous, en plein milieu des pneus. Gros comme des mines de stylo.

Ses muscles se contractèrent douloureusement. Il détailla les alentours, perturbé par les craquements dus aux amas neigeux devenus trop pesants pour les branches. Il se concentra. Un murmure lointain, semblable à une respiration terrifiante. De l'eau qui s'écoule…

La forêt changeait progressivement de visage. Terre d'abandon, de mystères, de meurtres… Moteur des cauchemars de jeunesse et des réveils en pleurs.

David ouvrit la portière côté passager, tira le couteau de son fourreau, puis fit quelques enjambées sur la route, à la recherche de ce qui lui avait fait perdre le contrôle du véhicule. Là-bas… Un reflet, sur le sol. Du métal. Il s'approcha avec prudence, l'arme pointée devant lui.

Alors, ses doigts se crispèrent autour du manche en ivoire.

Une herse, dissimulée sous un tas de poudreuse. Ses pointes, acérées et rouillées, barraient le chemin sur toute sa largeur.

David l'arracha du sol et la propulsa sur le côté, fou de rage. On venait de lui crever volontairement les pneus. On les avait coupés du monde.

Piégés ! Sans téléphone, sans voiture.

Il ne maîtrisait plus rien.

Il tourna sur lui-même, les poings serrés.

— Qui êtes-vous ? hurla-t-il. Qu'est-ce que vous voulez ?

Sa voix lui revint en écho.

Tapi dans les ténèbres, un fou jouait avec leurs nerfs.

Rentrer à pied, sans voiture ? Il n'osait imaginer l'état d'hystérie dans lequel cela plongerait Cathy. Il fallait trouver une solution. Et vite.

Il s'attarda de nouveau sur les empreintes. Les dessins des pneus, les pas de la fuyarde en direction du chalet. Puis d'autres traces, bien plus grandes. Des traces de raquettes. Elles montaient de la droite, et repartaient dans la même direction, entre les arbres.

Le propriétaire de la herse.

Un seul nom lui vint à l'esprit. Franz. Le colosse qui avait pénétré dans la cuisine. Celui qui avait dépecé les lapins. Qui d'autre ? Étaient-ils si nombreux à se terrer ainsi comme des bêtes recluses ?

Mais pourquoi ?

« Plus de vingt années coupé du monde », avait dit Arthur… Deux femmes, soudain, dans son environnement… La bête du désir qui se réveille. L'instinct du prédateur qui refait surface.

Ses doigts, ses oreilles commençaient à le brûler. Il retourna dans l'habitacle, enfila ses gants et son bonnet, et s'empara d'une lampe torche dans la boîte à gants qu'il plongea dans sa poche. Le GPS indiquait la B500 à cinq kilomètres de là. S'il voulait retrouver l'origine des griffes, il lui faudrait au moins une heure avant d'arriver sur place et de nouveau une heure pour revenir ici. Hors de question.

David tenta désespérément de faire repartir le 4×4. Mais les jantes patinaient. Le moteur hurlait. Rien à faire…

Il ferma la voiture à clé et retourna vers la herse.

Deux solutions.

Pister les marques de raquettes. Ou regagner le chalet, rentrer sans réponse, écrasé par les doutes et les suppositions.

Il regarda sa montre. Presque treize heures. Il lui restait encore quatre heures avant la tombée de la nuit.

Les gants, le bonnet, les après-ski, le gros blouson. Sa dernière randonnée remontait à loin, mais à l'époque, il se débrouillait plutôt bien. « C'est comme le vélo, ça ne se perd pas », se dit-il. Il serra le fourreau autour de sa taille, y plongea le poignard… Il eut alors une dernière hésitation. Cathy… Elle devait déjà être en train de paniquer. Mais bon… retard pour retard… Elle n'en mourrait pas. Il y avait plus important. Débusquer le monstre.

Il quitta le chemin et s'enfonça parmi les arbres.

La traque commençait.

Très vite, il se rendit compte qu'il faisait deux enjambées, pour une de l'individu qu'il pistait. Pentes, raidillons… Le relief luttait, comme pour écraser l'humain de fatigue. David se retourna à plusieurs reprises pour vérifier les marques de son passage. Son fil d'Ariane. Autour, le paysage défilait, identique à lui-même. Des sapins, de la neige. À perte de vue.

Sa montre. Treize heures trente. Au loin, la lisière de la forêt.

La lisière ?

Il accéléra le pas, malgré le sifflement dans sa gorge. Des bouffées de condensation jaillissaient de ses narines.

D'un coup, plus aucune végétation. Un lit immaculé. À l'infini…

Les tourbières.

Les tourbières du Wildseemoor, ensevelies sous la neige. Labyrinthe d'étroits chemins slalomant entre des étendues de boue. Là, partout, de la matière en décomposition épaisse de plusieurs mètres. Pire que des sables mouvants ou des crevasses. Un seul faux pas et c'était la mort. Une mort horrible.

Il hésita de nouveau. Du 4×4, il fallait environ deux heures de marche, à très bon rythme, pour rejoindre le chalet. Pas énormément de marge. Il s'autorisa néanmoins une demi-heure de pistage supplémentaire. Puis il rebrousserait chemin, coûte que coûte.

Il prit garde à bien poser ses pas dans les marques de

raquettes. Autour, des craquements de glace. Les traces viraient à gauche, à droite, revenaient même parfois en arrière. Comment l'homme avait-il pu se repérer dans ce piège immense ?

Loin dans le ciel, les nuages s'organisaient en colonnes guerrières. David se sentait écrasé, ridicule dans cette nature démesurée.

Les empreintes… Dieu merci, il y avait les empreintes. Car à présent il ne savait plus d'où il venait. Ni où il allait.

La neige lui montait jusqu'aux tibias. Après encore un quart d'heure d'efforts, il finit par croiser ses propres pas.

Alors il comprit, et son corps lui parut se vider de son sang.

L'autre s'était amusé avec lui. Il l'avait fait tourner en rond. Le citadin face au chasseur. L'agneau contre le loup. Qu'avait-il espéré, avec sa lampe torche et son pauvre couteau ?

Il se mit à paniquer. Il fit demi-tour et accéléra le rythme. Son jean, rentré dans ses après-ski, était mouillé jusqu'aux genoux. Ses articulations commençaient à le faire souffrir.

Atteindre la forêt, puis le 4×4, avant quinze heures. À tout prix.

Mais il retombait sans cesse sur ses propres traces. Encore, et encore, et encore…

Le fil d'Ariane était brisé.

À présent, il n'était plus question de Bourreau, de numéros, de griffes.

Mais de survie.

Le ciel virait au noir complet.

David ôta son bonnet et frotta son front trempé. Il pensa à son épouse et à sa petite fille, qui devaient l'attendre, le nez contre la fenêtre.

Une heure plus tard, lorsqu'il s'assit dans la neige, à

bout de souffle, il songeait encore à elles, à quel point il les aimait. Et combien il aurait dû le leur dire.

Le froid l'enveloppait délicatement. Ses cheveux commençaient à geler.

Sa mère lui souriait, prête à lui dévoiler enfin ce secret qu'elle avait emporté dans sa tombe. Ce secret qui le rongeait, nuit après nuit.

Puis il revit Cathy et Clara, pressées contre lui. C'est toujours dans l'éclat étrange des dernières secondes qu'affluent les plus belles images, paraît-il.

Il ressentit un immense regret.

Dès lors, il sut qu'il allait mourir…

21

Dans l'obscurité, à travers des tourbillons de neige, une lueur tremblotante, infime, perdue dans les ténèbres glacées, tel un radeau à la dérive.

La respiration lente et ridicule d'un chalet.

Cathy pleurait à la fenêtre du salon, un mouchoir écrasé contre son nez. Elle avait passé l'après-midi là, à attendre, persuadée, à chaque fois qu'elle rabattait puis ouvrait de nouveau ses paupières, de voir le 4×4 surgir sur le chemin. David ! Son David ! Il ne pouvait rien lui être arrivé ! Il allait revenir, forcément ! Peut-être avait-il simplement décidé de se rendre jusqu'au village ? Ou un problème avec la voiture ? Panne ? Crevaison ? Il saurait bien se débrouiller, il était fort, intelligent… Il reviendrait, et les embrasserait de toutes ses forces. Il ne les abandonnerait jamais… Pas lui… Pas comme ça…

Les autres s'étaient réunis autour de la cheminée. Plus personne n'avait envie de discuter ou de faire semblant. Le repas du soir n'avait pas été préparé, celui du midi, laissé sur place. Seule Clara dormait paisiblement.

Adeline brisa le silence :

— Je… Je crois qu'on devrait parler de ce qu'on va faire demain, osa-t-elle d'une voix qu'elle aurait souhaitée moins chevrotante. Au cas où… où il ne reviendrait pas cette nuit…

Cathy réagit du tac au tac :

— Comment peux-tu envisager qu'il ne revienne pas ! hurla-t-elle. C'est impossible !

Elle s'avança vers eux.

— De toute façon, encore une heure… Encore une heure et je vais le chercher. Avec une bonne lampe, des vêtements chauds…

— Je… Je ne veux pas retourner là-bas ! protesta Emma.

Elle rabattit ses mains sur sa poitrine, dans un geste de repli. Adeline s'approcha de Cathy.

— Ce soir, ce ne serait pas raisonnable. Nous mourrions de froid… On partira à sa recherche dès le lever du jour… À plusieurs, et… armées…

— Vous êtes capable d'utiliser ce machin, vous ? intervint Emma en montrant le fusil au-dessus de la cheminée. On ne sait même pas si c'est rempli de balles ! Je… Je n'irai plus dans la forêt !

— Vous pourriez pas la boucler ! rétorqua la rouquine en lui attrapant le poignet. Je vous rappelle que si David est parti là-bas, c'est uniquement à cause de vous ! Quant aux cartouches, il y en a une boîte complète dans le laboratoire !

Emma se débattit. Ses joues viraient au rouge méchant.

— Lâchez-moi, *Dummkopf* !

— Lâche-la ! répéta Arthur.

— Si elle veut rester, qu'elle reste ! s'écria Cathy d'une voix outrée. Moi, j'irai ! Seule ou accompagnée ! Avec ou sans arme !

Adeline se pinça les lèvres, les yeux rivés sur le Weatherby Mark.

— Je… Je viendrai avec toi, mais… j'ignore jusqu'où je pourrai avancer… Mon asthme…

Elle fut interrompue. Le bruit de la poignée, puis des coups répétés sur la porte.

Cathy se précipita, tourna les verrous, ouvrit en grand.

Des rouleaux de flocons s'engouffrèrent dans la pièce.

Un spectre courbé, dans l'embrasure. Le visage creux et terrifié. Le bonnet, le front, les sourcils ensevelis sous d'épaisses couches de glace.

Cathy l'entoura de sa chaleur explosive.

— Oh ! Mon chéri ! Mon chéri !

David enleva son bonnet, se frotta le visage et lança, les cordes vocales brisées :

— Qu'est-ce… qu'on mange ?

Il enlaça violemment son épouse, l'arrachant même du sol. Elle pleurait à présent de bonheur, comme elle n'avait jamais pleuré. Emma et Adeline s'étaient levées. La rouquine s'approcha pour l'embrasser, puis se trouva gênée devant cet être dont elle avait souhaité le retour plus que tout au monde. Elle plongea timidement les mains dans les poches de son jean.

— J'avoue que vos allers-retours incessants à la cafetière commençaient à nous manquer, lui lança-t-elle.

— Je compte… bien me rattraper… répliqua David en retirant son blouson.

Son regard tomba alors sur celui d'Emma, qui se tenait là, derrière. La silhouette longiligne… Ces yeux, curieux et effrontés… Cette rigueur sur le visage… Cette femme, il l'avait posée à plat, le matin même, sur les pages de son thriller ! Son personnage, échappé des griffes du Bourreau !

— Il est rare de… d'éprouver tant de peur pour quelqu'un sans même le connaître, confia Emma en lui tendant la main. Ravie de vous rencontrer, malgré ces circonstances… spéciales…

David la salua, dissimulant son trouble derrière un sourire gêné. Emma prolongea longuement le contact de leurs doigts.

— Vous avez failli y mourir… de ma faute… ajouta-t-elle, sans le regarder vraiment. C'est très courageux. Vous…

— Arrêtez cette hypocrisie ! l'interrompit Cathy en se faufilant entre eux. Il n'y a pas cinq minutes, vous ne vouliez pas lever le petit doigt pour aller le secourir !

La brune s'écarta, prête à répondre, le regard mauvais.

— Dites donc ! s'exclama Arthur. Voilà des retrouvailles mouvementées ! Tu nous as fait drôlement peur !

Adeline revint avec une serviette. David s'écrasa dans un fauteuil, ses traits étaient tirés, ses lèvres craquelées. Cathy lui essuya les cheveux.

— Crevaison, à dix kilomètres d'ici, raconta David. Les quatre pneus. Une herse, en travers de la voie, cachée sous la neige.

Cathy, la serviette dans les mains, s'arrêta net. Après la Chose, la herse.

— Ce taré de Franz ! lança Adeline. Cette fois, il n'y a plus de doute !

David massait ses cuisses raidies.

— Je n'en ai malheureusement pas la preuve, regretta-t-il en faisant une grimace tant ses muscles lui tiraient. J'ai suivi des traces un bon bout de temps, jusqu'aux tourbières… où j'ai manqué de… me perdre.

— C'est forcément lui ! insista Adeline.

— Non, non… Pas obligatoirement, reprit David. D'autres chasseurs vivent peut-être dans la forêt… Il… Il est certain qu'il s'agit de quelqu'un qui connaît bien la région, mais… si c'est Franz, pourquoi est-il allé poser la herse si loin ?

— Pour éviter qu'on le soupçonne ! Pourquoi vous ne voulez pas voir la vérité en face ? Qui rôde dans les parages ? Qui a pénétré ici ? Qui a posé ces lapins dépiautés ? Qui a dérobé les volets ? Il veut nous effrayer !

De ses deux mains, elle tira les traits de son visage, donnant l'impression qu'il était aspiré par-derrière.

— Une herse ! Et comment on va pouvoir repartir, maintenant ? demanda Cathy.

Elle se tourna vers Arthur.

— Dites-moi que vous avez des roues de secours !

— Une seule…

— Mais ! Mais vous pouvez bien joindre Christian ?

— Pas plus que vous.

— C'est pas vrai… C'est pas vrai !

Tout s'accélérait dans sa tête. David se leva et la prit dans ses bras. Emma se tenait en retrait, les yeux brillants. Son cœur battait encore furieusement.

— La situation n'a rien de dramatique, tempéra Arthur. Nous dispo…

— Là, tu m'excuseras, l'interrompit Adeline. La forêt, l'hiver, une femme qui débarque les vêtements lacérés, à la limite de rendre l'âme, et une Chose, dehors, qui vient d'anéantir notre seul lien avec le reste du monde. Impossible d'appeler du secours, évidemment, puisque nos téléphones ne fonctionnent plus. Et je suppose que, hormis Christian, censé venir nous chercher dans plus de trois semaines, personne ne sait où nous nous trouvons ? Je me trompe ?

Elle se tourna vers David.

— Non, répondit-il. Les parents de Cathy nous savent en Forêt-Noire, mais pas précisément où.

— Et pour vous, Emma, c'est pareil ! Personne n'est au courant que vous avez pris cette route ! Autrement dit, ils peuvent vous rechercher n'importe où entre la France et l'Allemagne. C'est bien ça ?

Emma hocha la tête.

— Donc, tu avais bien raison, Arthur. La situation n'a rien de dramatique !

Il la fusilla du regard.

— Tu sais, je ne fais que constater ! Mais vas-y,

grogna-t-elle encore. Vire-moi ! Et appelle-moi un taxi avant !

Le vieil homme ignora la remarque.

— Nous disposons de nourriture, de médicaments, d'armes… Ici, nous ne craignons rien. Je pense qu'on cherche juste à nous intimider…

— Formidable ! maugréa Adeline. En fait, nous sommes relégués au rôle de guerriers assiégés !

— Écoute, calme-toi un peu ! Si celui qui a griffé Emma avait vraiment voulu l'éliminer, tu ne crois pas qu'il y serait parvenu ?

— D'autant plus que… là où j'ai crevé, il n'y avait que vos empreintes, précisa David en se tournant vers Emma. Apparemment, cette « chose » ne vous a pas poursuivie…

Les joues de Cathy s'empourprèrent. L'envie soudaine de les gifler tous les deux.

— Qu'est-ce que ça signifie ? Que vous comptez demeurer ici plus longtemps ?

Arthur posa l'index sur la roue de son fauteuil.

— Personnellement, je n'ai pas réellement le choix. Christian viendra nous chercher, Adeline et moi, le vingt-huit, pas avant… Et cela risque d'être la même chose pour vous, vu les circonstances. À moins que vous n'ayez une autre solution à me proposer. Dans ce cas, je suis preneur.

Cathy chercha du soutien du côté d'Adeline, mais elle n'y trouva qu'un regard absent.

— La mauvaise météo ne va pas arranger les choses, reprit David, mais une expédition jusqu'à la route est possible. Il y en a pour quatre heures environ, en marchant bien. Là, il nous suffira d'attendre une voiture, et de…

— Je vais retourner le couteau dans la blessure, l'interrompit Emma en s'avançant, mais, avec de telles tombées de neige, je ne suis pas sûre qu'il passe plus d'une ou deux voitures par jour, sur la B500. Il faut tenir la possibilité de rentrer… *unverrichteterdinge*… Euh… vide, sans rien quoi… Ce qui ne fait plus quatre heures de marche, mais huit minimum, avec le retour…

— Vous, vous feriez mieux de la fermer, maugréa Cathy, avec vos *unverrich* machin.

— Que croyez-vous ? Que ça me fait plaisir de me retrouver dans ce piège ? Après l'enterrement, je partais skier en Pologne pendant quinze journées ! Tous mes habits, papiers, argent sont dans mon auto, qui est fichue !

— Mais on en a rien à foutre que vous partiez skier ! C'est le cadet de nos soucis ! Il s'agit de nos vies, bon Dieu !

David s'interposa, écartant les bras. Chaque intervention virait à l'insulte, à l'agression. Tout se passait comme si la peur les dépossédait de leurs différences, de leur identité, pour les reconduire à leurs pulsions primitives.

— Calmons-nous, d'accord ? Arthur a raison. Tant que nous resterons ici, groupés, nous serons en sécurité. Et je le répète, on peut tout à fait rejoindre la B500…

Il savait qu'il exagérait. Quatre heures de marche étaient une maigre estimation, avec toute cette neige. Il avait réussi à se sortir des tourbières en retrouvant finalement son fil d'Ariane, mais la marche avait failli le briser… Il chercha Clara du regard, pour l'embrasser, la sentir. Elle devait dormir… Dire qu'il avait manqué de…

Il releva le menton, avant de poursuivre :

— … Mais il est évident que nous devrons nous diviser en deux groupes, dont un restera ici… Et de toute façon, il faut attendre une amélioration de la météo. J'ai vu qu'il y avait des raquettes, dans la remise, qui pourront nous servir.

— Et une tronçonneuse, qu'on aurait intérêt à récupérer si on ne veut pas finir découpés en morceaux ! l'interrompit Cathy.

Excédé, David ignora la remarque.

— Étant donné l'état de mes jambes, je suis incapable de marcher avant deux jours. Je crois que la première chose à faire, demain, ce serait d'aller voir ce Franz... À condition que j'arrive à rester debout.

— C'est tout sauf une bonne idée, dit Adeline. Si c'est lui qui nous persécute, vous le voyez nous offrir le café et les spéculos ?

— Nous prendrons nos précautions... répliqua David. Bon, maintenant excusez-moi, mais je vais me doucher...

Emma se glissa devant lui.

— Encore une fois, vous n'auriez pas dû aller là-bas pour moi... Vous êtes très valeureux. Je...

Arthur s'interposa.

— Fichez-lui la paix à présent ! Il lui faut du repos !

Il suivit David jusqu'à l'entrée de la salle de bains.

— Tu as très bien parlé, je t'en remercie. Elles ont toutes besoin d'être rassurées.

David jeta un œil dans le couloir, personne ne les entendait.

— Avec cette ambiance électrique, nous ne tiendrons pas une journée de plus. Chacun est prêt à étrangler l'autre. Cathy est quelqu'un de très nerveux. Parfois elle est même explosive... Mais Adeline et Emma m'ont l'air d'avoir aussi des caractères drôlement trempés.

— Dis-moi que tu ne m'abandonneras pas en cours de route... Le roman... Il me faut absolument le roman...

Arthur avait un air pitoyable de hyène déchue.

— Je ne comprends toujours pas pourquoi c'est si important pour vous. Qu'est-ce que vous attendez de moi, réellement ?

— Simplement que tu me ramènes le Bourreau...

Que tu le fasses se matérialiser… Pense à l'argent… Le vingt-huit, tout sera fini…

— Je m'en fiche pas mal de l'argent !

Il baissa d'un ton.

— Mais c'est d'accord, je reste. Je veux aller au bout de cette histoire…

Arthur changea instantanément d'attitude, comme on change de masque. Son front se dérida. Ses iris noirs exprimaient… pas de la reconnaissance, non… autre chose… Un soulagement infini ou… une forme de jouissance secrète.

— Une dernière chose, marmonna le jeune homme en rabattant lentement la porte. Je reste, mais ça ne signifie pas que je vous fasse confiance. Bien au contraire…

Arthur eut le temps d'attraper sa main. Il ferma les yeux, puis les rouvrit.

— J'aurais réagi exactement de la même façon, à ta place… On se ressemble tellement… Toi et moi, nous sommes liés…

David retira brusquement sa main et claqua la porte.

Il était frigorifié.

22

Cathy s'était endormie. Trop de tension nerveuse. Une heure après le repas, elle s'était installée contre son mari, devant la chaleur des braises, incapable de combattre le sommeil que réclamait son organisme. David l'avait alors portée jusqu'à leur lit. Son épouse… Son enfant… Qu'avait-il voulu prouver en s'aventurant dans ces labyrinthes mortels ? Avec le recul, il était effrayé par son propre égoïsme.

De retour dans la cuisine, il ingurgita un bol de café. Au centre de la pièce, accoudée à la table, Adeline se tenait immobile, les yeux dans le vide.

— Vous n'allez pas vous coucher ? demanda David en rinçant son récipient.

— Pardon ? répliqua-t-elle en secouant légèrement la tête.

Les pointes de sa chevelure rousse étaient emmêlées. Son visage démaquillé lui redonnait sa peau laiteuse, mouchetée d'un feu cuivré.

— Je vous demandais si vous alliez vous coucher, répéta David en s'asseyant à côté d'elle.

— Avec ce qui traîne dehors ? Je crois que mes nuits risquent de blanchir sérieusement.

Enfoncée dans le velours ocre d'une banquette, silencieuse, Emma veillait près de la cheminée. Elle les observait de loin.

— Et elle, pourquoi l'éviter ? chuchota David en la désignant discrètement du menton.

— Je… Je n'en sais rien. Depuis tout à l'heure, elle est devenue muette comme une carpe. En plus, je n'ai pas spécialement envie de lui parler. Mieux vaut la laisser tranquille, pour le moment… Elle semble sacrément bouleversée. Remarquez, il y a de quoi… Quinze kilomètres, seule dans les bois, la mort aux trousses…

Adeline se leva et avança jusqu'à la fenêtre, les bras croisés.

— Vous vous rappelez, ces sous-mariniers russes, piégés dans les profondeurs glaciales de la mer de Barents ? J'ai l'impression de vivre la même chose. Une force oppressante, partout et nulle part, qui cherche à nous broyer, là, juste à l'extérieur. Vous vous rendez compte que s'il… s'il venait à arriver un malheur, nous… nous n'avons plus aucun moyen de fuite, ni de prévenir les secours ?

— Arrêtez de dramatiser ! Ici, tous ensemble, nous sommes à l'abri ! Au pire, Christian viendra nous chercher dans trois semaines. Ce n'est pas si long, quand on y pense, et c'était prévu comme ça, initialement. En plus, je suppose que vous êtes payée tout aussi généreusement que moi. J'ai déjà connu pire, comme situation.

Les flocons s'écrasaient sur la vitre, telles des météorites furieuses. Petit à petit, le chalet sombrait sous un monde de glace, dans l'oubli des hommes et l'indifférence de la nature.

— Pas moi, rétorqua-t-elle. Enfin, pas dans le même registre, je veux dire. On ne sait pas ce qui se trame dehors. Et si… si quelqu'un se décide à nous faire la peau ? Une espèce de malade mental, de tueur, comme l'illuminé de votre dossier ? Ce… Ce Bourreau… On pourrait tous nous massacrer, nous passer des vêtements fluorescents, faire le tour de la forêt en traînant nos cadavres, que personne ne s'en apercevrait.

— Brillante imagination. C'est moi le romancier, pas vous.

Elle n'esquissa pas l'ombre d'un sourire.

— Il ne s'agit pas de fiction. Des faits horribles se produisent tous les jours, même en pleine ville, alors ici... J'ai toujours détesté les forêts... Ça fait des années qu'elles hantent mes cauchemars.

David la fixa avec un intérêt grandissant.

— Quel genre de cauchemar ? J'en ai aussi un, récurrent, qui me harcèle depuis l'adolescence. Une gamine qui...

— S'il vous plaît, parlons d'autre chose, parce que là, je crois que je vais craquer.

— Vous avez raison, dit-il en se levant. De toute façon, il faut que j'aille travailler.

— Ah oui... Votre livre... Je ne sais pas comment vous réussissez encore à écrire...

David se dirigea vers le couloir. Il boitait légèrement.

— Vous ne restez pas un peu, lui demanda Emma d'une voix fragile.

— Il me reste cinq pages à faire, ça risque d'être difficile, murmura-t-il. Je suis exténué. Vous n'avez pas sommeil ?

Elle se rongeait les ongles.

— Contraire à votre femme, je ne vais pas réussir à dormir. Surtout dans cette pièce avec... ces *Gerippe*, visibles de ma fenêtre. Tout cela est véritablement ignoble.

— C'était la seule chambre libre, désolé...

— Je... Je préfère encore attendre ici, dans le feu. Je ne sais pas comment vous faites pour rester si... positif. Je suis... terroriste...

— Terrorisée, vous voulez dire.

Elle frissonna.

— S'il vous plaît… Restez… Histoire de discuter d'autre chose que… de ce qui se passe à l'extérieur… J'ai besoin de… Je ne sais pas… ça me ferait du bien de parler…

— C'est que…

Les flammes projetaient des nuances rouges sur la partie gauche de son visage, tandis que le profil droit restait dans l'ombre.

— Arthur m'a dit que… vous êtes écrivain ?

David s'avança. Elle le détaillait avec attention. Elle se décala légèrement, afin qu'il s'asseye. Mais il resta debout, appuyé sur le dossier d'un fauteuil.

— Écrivain, écrivain… disons que j'ai écrit un roman.

— Alors il ne s'agit pas que d'une légende. L'écrivain… qui s'isole dans des endroits sinistres afin de creuser son aspiration.

— Inspiration. Il faut avouer que cette situation est particulière… Mais ce serait trop long à vous expliquer, pour ce soir. Maintenant, si vous permettez…

Elle acquiesça, déçue. Depuis la cuisine, c'était au tour d'Adeline de les observer, par-dessus le mur où reposaient les brocs en faïence.

— Je ne sais pas vous intéresser beaucoup, reprit Emma.

— C'est pas ça du tout, mais…

— Il est certain que vous devez avoir une vie bouillante, comparée à la mienne.

— Pourquoi vous dites…

— Mon existence est d'un ennui accablant. Je dois sentir la vieille fille à plein nez.

— Vous interrompez toujours les gens comme ça ?

— Mon métier qui veut. Moins vous laissez causer le client, plus vous ven…

— Moi, mes clients, ils parlent rarement, l'interrompit à son tour David.

— Et qu'est-ce que vous faites ?

— Thanatopracteur…

Elle écarquilla les yeux.

— Pardon ?

— Ah, comment expliquer… Je… prépare les gens, quand ils sont morts, pour les rendre présentables à leur famille, avant leur enterrement.

— Non ! Ah ça, c'est incroyable ! Je n'aurais jamais cru !

— Pourquoi ?

Elle haussa les épaules. Deux sacs d'os qu'un marionnettiste délirant paraissait manipuler. Son cou, anormalement gros, donnait l'impression d'un personnage fait de pâte à modeler, ceux dont on assemble la tête et le reste du corps d'un coup de poing.

— Je… Je l'ignore. Vous êtes jeune, et votre très jolie apparence… est plus proche du romancier de ténèbres que d'embaumeur… Vous devez avoir un tas d'*Anekdoten*. Des morts qui se réveillent, par exemple, alors que vous les découpez. Ou… Je ne sais pas. Racontez !

— Désolé, mais…

— Au moins une !

David se réfugia derrière un sourire de politesse. Il détestait cette proximité qu'elle lui imposait.

— Non, non… Ce ne sont pas des choses dont on peut rire.

— Ne le prenez pas comme ça… S'il vous plaît, restez encore un peu. Je ne vous intéresse vraiment pas du tout ? Pourtant, vous avez risqué votre vie pour moi, sans vraiment me connaître. Et maintenant que vous avez l'occasion, vous fuyez ! Pourquoi ?

— Mais… Je n'ai pas risqué ma vie pour vous !

— Si ! Vous avez essayé d'aller à ma voiture pour…

— Mais non ! Je voulais juste comprendre ce qui vous était arrivé !

— Une cigarette… Il me faudrait vraiment une cigarette… Personne n'a ça, ici ?

David s'éloigna dans l'obscurité, sans même lui répondre.

— Si je prends peur, je sais où vous retrouver, ajouta-t-elle encore, criant un peu fort. Dans le *Labor*, je crois ?

De la cuisine, Adeline lui lança un regard de tueuse. David posa son index sur ses lèvres.

— Chut, vous allez réveiller tout le monde. Oui, je travaille dans le laboratoire. Mais s'il vous plaît, évitez de venir pendant que j'écris… Même Cathy ne le fait pas.

Il l'entendit marmonner quelque chose, mais ne s'en soucia pas. Il s'envolait déjà vers l'ailleurs. Son ailleurs.

La Rheinmetall noire, sous l'ampoule pleurant ses watts. Le siège en cuir usé, juste devant. Autour, les luminescences vertes des *Hydrotaea pilipes* et autres comparses ailées. Plein sud, une large vitre, avec, pour toile de fond, les mâchoires charnues de la forêt. Cette pièce ressemblait à une salle d'exécution. La chaise électrique, au centre. Les yeux des observateurs, partout sur les murs. La glace du silence. Et lui, le condamné.

Cette image lui plut, en définitive.

Une fois la porte fermée, David s'installa, descendit d'un trait un verre de whisky, s'en servit un deuxième… Des craquements, dans le corridor. Sans doute Emma ou Adeline qui allait finalement se coucher.

Il patienta calmement, le temps que l'alcool fasse son effet.

Il brancha le lecteur CD et régla le volume au minimum. *La Jeune Fille et la mort*. L'allegro d'ouverture qui, chaque fois, le transperçait d'émotion.

Poils hérissés… Mains qui se rétractent… Doigts qui s'abattent sur les touches…

L'homme face à sa machine. Place à l'inconscient. Au moins soixante-dix pour cent des capacités cérébrales… Un renard, caché au fond d'un poulailler.

En avant… Phrases hachées, lettres torturées. Le style d'un boucher, entre les vers d'un poète. Quand il écrivait, il ne songeait plus qu'à cette face noire du monde. L'horreur, prête à jaillir dans le poison de ses lignes.

Cette forêt muette… Ces événements… Il en frémissait d'excitation…

À présent, le tsunami.

Ses pages… Les mots qui se déversent… Son héroïne, Marion, qui vient d'échapper aux griffes du Bourreau. La fumée qui sort de la cheminée. Elle pénètre dans le chalet, le souffle déchiré… Appelle à l'aide… Personne… Cuisine, salon. Sur le lit de la chambre, des revues pornographiques, des menottes, des cordes, imprégnées de sang séché. Elle est chez lui ! Chez celui qui vient de tuer son mari d'une balle dans la tête ! Et son enfant ? Qu'est-il arrivé à sa fille ? Comment a-t-elle pu les abandonner ? « Lâche ! Sale traîtresse ! » se maudit-elle. Elle s'effondre, se relève. Fuir, fuir… Un claquement de porte… Prise au piège. Des pas lourds. Le plancher qui craque, doucement, comme si l'autre marchait au ralenti. Le bruit qui enfle. Il approche. Elle veut mourir. Qu'il la tue ! Une douleur au creux de son ventre. « Non ! Ne crie pas ! Ne crie pas ! » Elle roule sous le lit. Ses muscles la brûlent.

`Et la porte s'écarta lentement, en face, dévoilant une botte énorme dans l'embrasure…`

David ôta la feuille de la Rheinmetall et l'empila sur les autres.

Maintenant qu'il était lancé, le roman venait à lui

avec une facilité déconcertante. Comparé aux dix-huit mois que lui avaient demandés les six cent mille signes de *De la part des morts* ! Ces jours et ces nuits qu'il avait passés en compagnie de Jack Frost, devant la lueur blême de son écran d'ordinateur. Jack Frost qui, serré dans son pull à larges mailles et ses Doc Martens, le mégot jaune aux lippes, l'avait littéralement passé à tabac. Blanc de l'œil explosé, scènes de ménage…

Jack Frost avait failli lui faire la peau.

David relut attentivement ce qu'il venait d'écrire, corrigea sept ou huit fautes de frappe. Un sourire de satisfaction illumina son visage. C'était vraiment très bon, du pur instinct, de l'imagination débridée. Son héroïne, Marion, était en définitive une sacrée garce. Avoir abandonné son mari et son enfant pour sauver sa peau… Quelle mère, quelle femme aurait fait une chose pareille ? De toute façon, pas le temps de s'intéresser à ces détails. Arthur n'avait qu'à aller se plaindre au service après-vente s'il n'était pas content.

En tout cas, lui, c'est comme ça qu'il l'aimait, Marion. Brute et sauvage.

Demain, il déciderait s'il la laisserait vivre. Bientôt, il mettrait en scène le flic, ce chien de rue, teigneux, acharné, mystique, dont Doffre avait parlé dans sa lettre. Il lui avait déjà choisi un prénom. David… Son sobriquet ? L'Embaumeur.

Deux heures cinquante-deux. Il terminait de se consumer, comme une vieille braise, bien incapable d'aller se coucher. Il était encore prisonnier de ses pages. Dans les bras de Marion. Oui, cette brune squelettique l'habitait déjà…

Emma…

Le Bourreau allait-il jaillir de ses pages, lui aussi ?

Franz…

Sur sa droite, le dossier, plongé dans l'ombre. Il hésita, puis le tira à lui. Les séances de Tony Bourne.

Les pulsations cardiaques, tatouées sur les crânes des sept enfants… Les bilans psychologiques d'Arthur…

Les gonds gémirent. Porte ouverte. Il s'y précipita. Personne dans le couloir, pas un bruit. Tout le monde dormait.

Il retourna se cloisonner au milieu des odeurs de formol et d'éther. Son reflet dans la vitre, en face. Il aurait bien fermé les volets. Mais pas de volets…

Dossier ouvert. Les fiches couleur pomme, entre ses doigts… Il les parcourut rapidement. Sur les bristols, de moins en moins de notes du praticien. Sur les dernières, Arthur se contentait de consigner les dates de rendez-vous de son patient, à côté desquelles il dessinait des flèches. Vers le haut, vers le bas, ou à l'horizontale. *A priori*, elles représentaient l'évolution de l'état de Bourne, l'encéphalogramme simplifié de sa conscience. Quantité de flèches vers le bas…

Arthur s'était-il découragé face à cette psychanalyse qui ne progressait pas ? Car, à la vue des quelques lignes abandonnées sur les fiches, Bourne récitait toujours le même refrain. Son cœur malade, les numéros qui l'obsédaient, le souhait de quantifier le monde. Nombre de brins d'herbe dans un jardin, longueur d'un spaghetti, volume d'une expiration d'air. Peser, mesurer, compter. Une rengaine dont le psychologue devait avoir plus qu'assez.

Bourne parlait, mais n'écoutait pas. Doffre écoutait, mais ne parlait pas.

Bourne n'en faisait qu'à sa tête.

Mais dans ce cas, pourquoi ne pas l'avoir orienté vers un psychiatre, plus à même de traiter son cas ? Pourquoi avoir continué à le recevoir ? Conscience professionnelle ? Envie de percer cette phobie des palpitations cardiaques ?

David empila soigneusement les bristols déjà lus, à

gauche de la machine à écrire, et plongea au cœur des autres feuillets. La volonté de savoir. D'aller au bout.

Début de l'année 1979. Changement de cadence dans les dates des rendez-vous. D'une visite par mois, on passe à une par quinzaine, puis une par semaine, alors que la date du septième et dernier massacre approche. 7 janvier 1979, 14 janvier 1979, 21 janvier 1979… Cette fois, plus aucune remarque. De simples flèches. Février… Des rencontres bihebdomadaires, régulières… La psychanalyse qui se met enfin en route ? Après pas loin de deux ans de cache-cache ?

Mais alors, pourquoi ne plus prendre de notes ? Pourquoi juste ces flèches insignifiantes ?

Sous le crâne de David, et partout autour, les mouches se mirent à bourdonner.

Le vert iridescent des insectes. L'odeur de l'arum. La scie électrique.

Un film de neige collé au carreau avait chassé la nuit.

Retour au dossier. 7 mars 1979. Le dernier bristol. Trois jours après l'ultime carnage. Tout s'arrête. Plus d'annotations, de flèches, de fiches. Psychanalyse terminée. Ou interrompue brusquement…

David fouilla encore. Il dénicha un cahier, trouvé entre ces dernières conclusions et le rapport d'autopsie de Tony Bourne. Un vieux cahier d'écolier, aux pages jaunies et cornées. Il ne se souvenait pas l'avoir remarqué.

Il le considéra longuement, sans l'ouvrir.

Puis il s'en empara. Sur le cahier, une écriture tremblotante. Celle d'un droitier, qui pour la première fois coince un stylo entre le pouce et l'index gauche.

Un journal intime. Celui de Doffre.

Avril 1979. Pitié-Salpêtrière.

Doffre, cloué sur un lit d'hôpital.

Écriture écorchée d'un être qui avait tout perdu. Confessions d'un condamné à vivre.

Subitement, le laboratoire parut bien plus froid. David remonta le col de son sous-pull et éteignit le lecteur CD.

Il se mit à lire. Des plaintes, de la douleur, des malaises, des envies de mourir. Des gribouillis, des dessins macabres, noirs, bleus, rouges, transperçant parfois le papier. Sur une feuille, un seul mot, répété à l'infini. *Mort.*

Doffre ne parlait pas de suicide, mais de mort. Quelle mort ? La sienne ? Celle de son âme ? De son corps en miettes ?

David se redressa, la nuque douloureuse. Le martyre d'Arthur qui transpirait de ces pages le frappait en plein cœur.

À l'époque, Doffre devait avoir trente-cinq, quarante ans. Un psychologue doué, séduisant... privé net des trois quarts de ses membres. Le réveil, dans une pièce remplie de capteurs. Soudain découvrir que, sous le bassin, le relief des draps est figé. Tenter de bouger les jambes, le bras droit, qui n'existe plus, et qui pourtant gratte encore, démange, brûle... Apercevoir sa propre chair, pouvoir effleurer ses os. Moignons. Corps déchiqueté. Vivant. Une tortue qu'on retourne sur sa carapace et qu'on laisse se débattre, jusqu'à la mort. Savoir qu'on ne pourra plus jamais capturer la sensation de la vaguelette, venue mourir sur les pieds, les orteils enfoncés dans le sable chaud. Deux troncs déracinés, sous le bassin. Vouloir fuir sans le pouvoir. Un fauteuil roulant. *Ad vitam aeternam.*

David poursuivit la descente aux enfers. Doffre, qui raconte la douleur du membre fantôme, pendant des semaines. Des élancements paroxystiques dans son bras droit inexistant, à se claquer la tête par terre, tellement puissants qu'on lui injecte sans cesse des dérivés morphiniques... Puis le thérapeute, qui vient masser du vide… Geste inutile, mais qui soulage. Faire comprendre à ce stupide cerveau que ce membre n'existe plus…

Et soudain, Bourne qui réapparaît. Partout entre les pages, une gangrène de l'écriture.

Aujourd'hui encore, Bourne est venu me rendre visite. Il reste de plus en plus longtemps, me parle énormément. Je ne l'écoute pas, il ne m'intéresse pas. Pourtant, je le laisse agir. Pourquoi ?

Il est mon ombre, celui qui marche à ma place. Chaque jour, j'attends sa visite, pire qu'un chien impatient du retour de son maître.

Il s'est mis sur le rebord de la fenêtre et m'a dit qu'il se tuerait si je ne m'en sortais pas.

Dans la chambre, Tony Bourne en oublie son propre malaise. Il ne dénombre presque plus. Juste d'imperceptibles mouvements de lèvres, de temps à autre. Aussi étonnant que cela puisse paraître, il est en train de guérir…

Des visites devenues quotidiennes. David n'en revenait pas. Jamais la moindre allusion au Bourreau, aux massacres, aux fantasmes. Un type exemplaire, qui aide et qui rassure. « Un frère, un père, un clown, un enfant », avait écrit Arthur.

Aujourd'hui, il a joué un sketch de Coluche, et j'ai beaucoup ri. J'en ai eu mal aux mâchoires. Je n'avais pas ri depuis deux mois.

Un clown… Comment comprendre qu'un tueur en série, un assassin qui forçait les femmes à mutiler leurs maris, puis qui les torturait, les étouffait d'une façon démoniaque, vienne jouer les assistantes maternelles au chevet d'un handicapé ?

Comment était-ce humainement possible ?

David inspira un grand coup. Les livres, les articles, les reportages sur le Bourreau ne véhiculaient que la face noire de l'être. À présent, il comprenait pourquoi la police avait décidé d'enterrer cet autre pan de la réalité, de faire taire Arthur, de le contraindre à déménager.

Car un assassin qui aide son psychiatre à retrouver la lumière du jour…

Impensable. Extraordinaire.

Bourne devait rester un monstre, aux yeux de tous. Enjeux présidentiels obligent.

La fin du cahier approchait.

Cent quinzième jour après l'accident. Arthur explique sa sortie d'hôpital, ses premiers instants chez lui, épaulé par un assistant dénommé Christian, *le* vieux Christian au doigt en moins. L'écriture est régulière, déliée, Arthur est devenu un pur gaucher. On perçoit, au travers de sa prose, le soulagement, une forme de renaissance. La liberté. Des pages entières de croquis, sous tous les angles, de son fauteuil roulant, auquel il a donné un nom : *Dolor*. En référence à la souffrance. Sa souffrance. Peut-être pour cette raison qu'il exige que personne n'y touche, aujourd'hui encore. *Sa* souffrance.

Dernière feuille du cahier. 2 juillet 1979. Ultime confession.

J'ai tiré un trait sur le passé. Tout ce qui existait doit sortir de mon esprit. Cette maison, la psychologie, les patients, l'hôpital. Bourne en fait partie. Cela m'a été difficile, mais je lui ai demandé de ne plus jamais me rendre visite. Je l'ai vu se décomposer sous mes yeux. Il me semble n'avoir jamais autant blessé un être humain.

Demain, je brûlerai tous les dossiers.

Je dois laisser derrière moi l'inaccompli. Et renaître de mes cendres...

Le lendemain, Bourne se pendait. Un jour avant l'exécution programmée de son huitième double meurtre. Celui censé clore la série.

Un bref grésillement, provenant du filament de tungstène. Puis l'obscurité complète, avant le retour de la lumière.

Où était la fin ? La réponse aux questions ? L'élucidation du mystère ?

Non ! Cela ne pouvait pas se terminer de cette façon !

Toutes ces victimes...

« Voilà le plus important de toute une vie, répétait sa collègue Gisèle. La manière dont on va mourir. Le lieu, l'instant, l'ambiance. Tout se résume en une poignée de secondes... S'il y avait un souvenir à emporter, ce serait celui-là... »

Les Dumortier, Lefebvre, Potier, Pruvost, Cliquenois, Aubert, Böhme. Maris et femmes. Déchiquetés. Quel avait été l'ultime souvenir de ces gens-là ?

David prononça encore chaque nom, très lentement. Dumortier... Lefebvre... Potier... Pruvost... Cliquenois... Aubert... Böhme...

Sous ses yeux, leurs rapports d'autopsie, qu'il n'ouvrit même pas, se réservant le pire pour le lendemain. Il feuilleta de nouveau le dossier. Quelques articles de journaux. Les cartons vert pomme. Une photographie du Bourreau, vivant. Souriant, frange blonde sur le côté gauche, front très haut, barré d'une longue cicatrice. Strabisme prononcé. Stéréotype parfait du psychopathe. Le portrait-robot du Mal... Puis les expertises de la police scientifique, concernant la découverte du corps pendu de Bourne et les dizaines de preuves retrouvées à son domicile. Enfin les dépositions de témoins, prouvant sa culpabilité à cent pour cent.

Rien d'autre.

David rabattit la couverture, découragé. Durant toutes ces années, il n'avait rien appris. Toutes ces théories, ces hypothèses dressées au sujet du Bourreau, le décrivant comme un boucher, un être de colère, asocial, schizophrène. Du vent ! Mensonges ! L'esprit de Bourne était bien plus complexe. Plus ambigu.

David aurait donné cher pour savoir ce qu'avaient bien pu se confier ces deux êtres fracassés durant ces journées passées ensemble dans une chambre d'hôpital.

Bourne s'était-il suicidé simplement parce que Arthur l'avait rejeté ? Tout pouvait-il être aussi simple que cela ?

Non, bien sûr que non… Le praticien n'avait noté, sur ses bristols et son cahier, que ce qui l'arrangeait, c'était évident.

Toujours la même question, qui revenait : comment un psychologue avait-il pu ne pas déchiffrer, dans ces prunelles-là, la flamme rouge et perverse du psychopathe ?

L'influence…

« Tout est une question de point de vue, et d'influence », avait dit Arthur la première fois, dans le laboratoire. Qu'avait-il voulu dire ?

Il tira sur la chaînette, vidé de son énergie. Noir complet. Cinq heures vingt-trois du matin…

Avant de rejoindre sa chambre, il passa devant celle d'Emma, dont la porte était grande ouverte. Elle était éclairée par la lune, malgré le drap tendu devant la fenêtre. Sur l'écran blanc du tissu, des ombres pareilles à une toile d'araignée géante encoconnant un insecte.

David baissa les yeux. Une silhouette nue, sur le lit. Les reins cambrés, les fesses creusées, trop maigres, disgracieuses. La brune squelettique. Sa Marion…

Il voulut refermer la porte, mais il entendit la femme murmurer. Des chiffres, semblait-il. *Neun… acht…*

— Marion… Emma ?

Aucune réaction. Juste ces mots qu'elle ne cessait de répéter, comme un souffle sorti de son rêve. David s'avança le plus doucement possible.

— *Neun… acht… sieben… acht… vier…*

La connexion fut instantanée. 98784. Le numéro ! Le numéro tatoué sur le crâne du troisième enfant !

S'il avait été cardiaque, David serait mort à cet instant-là.

Il secoua la maigre charpente, sans ménagement.

— Emma ! Emma… Emma !

Elle émergea, en sursaut. Très vite, elle glissa un drap sur son corps décharné, strié de quatre marques parallèles. La Chose…

— *Was ! Was !* David ?

— Ce numéro ! Ce numéro que vous venez de chuchoter ! *Neun*, *acht*, *sieben*, *acht*, *vier.* Que… Qu'est-ce qu'il représente ?

Elle se frotta les paupières, pas certaine d'être réveillée.

— *Ich…* Je ne saisis pas bien… Vous venez me *stören* pour ça, ou pour…

Elle désigna la porte.

— Pourquoi vous avez ouvert ? Vous aviez bien une raison ?

— Mais pas du tout ! C'était déjà ouvert.

Elle se replia, genoux contre le torse.

— Je me trompe ou… vous… vous m'avez observée ?

— Répondez ! Le numéro !

— Vous… Je sais que vous m'avez étudiée… Vous êtes entré dans ma chambre pendant que je dormais…

David se sentit gêné.

— Emma… Parlez-moi d'abord de ces numéros… Ces numéros, *neun*, *acht*, *sieben*, *acht*, *vier…*

Elle se releva un peu, dévoilant un instant sa poitrine. Ses seins étaient pendants, d'une blancheur livide.

— Un nombre, qui n'arrête pas de *immer wieder kehren* dans ma tête, depuis mon accident. Juste avant que ma voiture percute l'arbre, j'ai vu ces chiffres. 98784. Le nombre parfait de kilomètres qu'indiquait mon *Kilometerzähler.* Pourquoi je l'ai retenu, je n'en sais rien. Mais je ne cesse pas d'y penser.

Elle prit la main de David.

— Pourquoi prendre… le prétexte de ce nombre pour… pour venir me voir ? David, vous êtes un peu… nigaud…

David perdait ses moyens, sa lucidité.

— Ce n'est pas… un prétexte. Mais…

Il retira sa main qu'il porta à son front.

— Vous avez un rôle dans cette histoire, Emma… Votre… Votre accident n'était pas fortuit… On… On dirait que nous sommes pris dans une spirale, une sorte de plan.

— Un plan ?

La marque au sommet du tronc. La photographie de l'entomologiste. Le compteur kilométrique. Trois nombres sur sept, découverts dans l'ordre des massacres… L'impensable, qui se matérialise.

— Le plan du destin… ou de la Mort… Une chaîne d'événements qui… reconstituent le chemin d'un homme, décédé voilà vingt-sept ans, et qui cherchent à nous conduire quelque part…

— Quel homme ?

David ne commandait plus ses nerfs.

— Un démon… De la pire espèce… Et qui essaie de revenir.

Elle attrapa de nouveau sa main.

— Vous êtes certain que vous n'essayez pas de me… rembobiner avec vos histoires bizarres ? Cette porte, elle était fermée, j'en suis certaine. Et là, maintenant, je vous vois assis sur mon lit…

Elle baissa les yeux, puis les releva.

— David, vous avez quelque chose à me dire ?

— Écoutez, Emma. Je crois qu'il vaut mieux que…

Derrière eux, le grincement du plancher.

David, sur le lit. Elle, horriblement nue, lui souriant.

La foudre.

Le coup de poing s'abattit sur Emma avec la rage d'un ouragan, explosant sa lèvre inférieure.

23

Des empreintes, apparues pendant la nuit. Au moins quatre, estima Cathy en plissant les paupières devant le soleil blanc qui se décrochait des cimes.

Depuis la porte du chalet, emmitouflée dans son châle à grosses mailles – l'un des horribles cadeaux de sa mère –, elle vérifia autour d'elle, puis risqua une avancée jusqu'à l'abri du merle.

La cage en bois avait été renversée dans la neige, explosée. Autour, des paquets de plumes noires. Pas de corps, ni de sang, mais un bec d'un orange vif, à côté de la petite entrée en arc de cercle. Glorieux vestige du volatile.

Cathy se rua vers le perron, faisant craquer la neige sous ses après-ski. D'après ce qu'elle avait pu apercevoir, les traces contournaient le chalet, évitant avec soin les pièges à loups, direction les amas de chairs grises et pourrissantes.

Ainsi, Arthur n'avait pas menti. La légende des lynx, attirés par l'odeur des carcasses, était devenue réalité.

Et maintenant, ces animaux affamés, excités par la charogne hors d'atteinte, rôdaient là, à proximité. Peut-être même l'observaient-ils en ce moment, prêts à la déchiqueter.

Elle se réfugia à l'intérieur, passa sa tête dans l'embrasure de la porte. Elle nota alors des traces de pas, sur le côté. Des allers et retours à proximité des fenêtres.

On les avait observés, cette nuit. Ce taré de Franz.

Dedans, dehors, les dangers se démultipliaient.

« Il est vraiment temps de mettre les voiles », se dit-elle. Sans nouvelles, ses parents devaient être fous de panique. Elle avait promis d'appeler. Sa mère avait dû alerter la police.

Cette idée qu'on puisse être à leur recherche la rassura un temps, mais très vite l'espoir fit de nouveau place à la terreur. Car en fait personne ne savait précisément où ils se trouvaient. La Forêt-Noire… une galaxie de troncs. Jamais on ne les localiserait.

Elle fixait le chemin, au loin, s'enfonçant parmi les arbres. Au moins quatre heures de marche forcée, avait dit David, dans la neige et le froid, raquettes aux pieds. Huit, minimum, aller-retour. En partant au petit matin, un sac de nourriture et de vêtements de rechange sur le dos, c'était jouable. Le temps des rings, des footings et des épaules qui pèlent n'était pas si loin. Elle tiendrait la distance. Oui, elle tiendrait. Il le faudrait. Question de survie.

Les lettres de Miss Hyde, l'avortement… Tout cela lui paraissait maintenant si loin, tellement secondaire, au regard de la sensation d'écrasement qu'elle éprouvait.

Tout à coup, ses narines vibrèrent. Son propre parfum, *Loulou*, activant la machinerie olfactive.

Elle se retourna et sursauta. Emma, juste derrière elle, les bras le long du corps, un croissant à la main, la lèvre inférieure épaisse, mauve, semblable à une chambre à air prête à éclater.

— Vous allez regretter de m'avoir frappée.

L'haleine de poivre, en pleine figure.

— Des menaces ? répliqua Cathy, l'air mauvais. Pour

commencer, je ne veux plus vous voir avec mes vêtements ni que vous touchiez à mon parfum. Non mais !

Mais Emma s'éloignait déjà, mâchouillant son croissant.

« Cette femme me sort par les trous de nez ! » se dit Cathy en préparant le petit déjeuner. Elle se rappelait encore l'autre ronflant pire qu'un marin bourré. Vendeuse d'assurances ? Peut-être, après tout. Sûrement, même. En tout cas, elle ne manquait pas de toupet.

Décidément, la journée commençait très mal. Mais ça devenait une habitude.

Adeline arriva dans le salon peu après, Grin'ch serré contre sa poitrine. Elle avait les yeux rouges, cernés, les cheveux décoiffés, genre lendemain de cuite. Cathy s'approcha d'elle, bouche bée.

— Je dois être en train de rêver… Qu'est-ce que tu fais avec Grin'ch dans les bras ?

Le petit cochon se débattait ardemment.

— Oh… Adeline ne te fera jamais de mal, mon gros. D'accord ?

Elle le maintenait avec fermeté par la croupe, cherchant à capturer son regard.

— D'accord, mon gros ?

Elle le posa enfin à terre. Il disparut prestement derrière un fauteuil.

Cathy avait peine à reconnaître en elle la fille classe et apprêtée du premier jour.

— Un café… Je crois vraiment qu'il me faut un café, lui dit la rouquine en se dirigeant vers la cuisine.

— Mince ! Tu vas m'expliquer ce qu'il…

Cathy fut coupée net par un bruit de meuble qu'on traîne, un raclement, long et déchirant.

— Bon sang ! Mais qu'est-ce qu'elle fiche, cette crétine !

Dans la seconde qui suivit, les pleurs de Clara retentirent dans la chambre.

La jeune femme se précipita, furieuse, vers la porte d'Emma. Elle tourna la poignée. Fermé.

— Arrêtez votre remue-ménage ! Vous allez réveiller tout le monde ! Vous le faites exprès ou quoi ?

Pas de réponse. Un raffut de déménageur.

— Ouvrez ! Vous vous croyez seule ?

Elle attendit quelques secondes puis elle abandonna et partit embrasser sa petite. En entrant dans la chambre, elle ignora superbement David, couché sur des couvertures au pied du lit, à même le plancher, et qui se massait la nuque en grognant tout bas :

— Qu'est-ce que c'est que ce cirque ?

— Va demander à ta copine !

— Arrête… S'il te plaît… soupira-t-il.

— Non, je n'arrêterai pas ! répliqua Cathy en posant Clara sur le lit.

Elle lui passa une paire de chaussettes en laine et lui mit ses chaussons.

— Cette femme se moque du monde ! Si elle ne fiche pas le camp d'ici, c'est moi qui partirai !

— Et pour aller où ? Écoute, sois raisonnable !

Elle prit Clara par la main et disparut en claquant la porte.

Tintement de clochette au fond du couloir. Arthur…

Adeline attendait Cathy dans le salon.

— Écoute, fit-elle à voix basse. Je… Je ne sais pas comment te l'expliquer…

— Griche ! Griche !

Clara avait repéré son nouveau copain.

— Qu'est-ce qu'il y a ? demanda Cathy.

La rouquine plissa le front.

— Arthur m'a demandé de…

Le mot peinait à sortir de sa bouche. Elle jeta un coup d'œil vers Clara et chuchota :

— … tuer Grin'ch.

— Quoi ?

— Il a exigé que… que je le pende, avec les autres. Il paraît que les entomologistes veulent démarrer un nouveau programme, et que Grin'ch est une espèce de cobaye, de précurseur. C'est l'unique raison de sa présence ici… Le cinq… Ça doit être fait le cinq février ! Et le cinq, c'est aujourd'hui !

— Mais c'est du délire !

— Il a l'air décidé. Je sais pas pourquoi mais il prend son engagement vraiment à cœur, il en fait une question de principe. Il m'a proposé de l'argent pour le faire, comme si…

Elle eut un regard triste.

— … comme si on pouvait m'acheter ça aussi.

La clochette retentit de nouveau. Adeline sursauta.

— J'ai refusé. Tout cet argent. Plus de quatre mille euros… C'est fini, il ne m'achètera plus.

Elle serra les poings sur sa poitrine.

— Je crois que ça l'a mis en rogne. Enfin… Il n'a rien dit… ou presque… Mais il me fait peur, chuchota-t-elle encore. Il essaie sans cesse de revenir sur mon passé, de… de fouiller. Et… Et il passe son temps à regarder à l'extérieur, comme si… Je l'ai encore surpris, tout à l'heure ! Comme s'il attendait quelqu'un !

— Il est complètement cinglé… À propos, je sais pas si tu as vu, mais il y a des traces de pas, autour du chalet. Ça peut pas être David parce qu'il a neigé cette nuit… Je… C'est peut-être Franz… Tu crois que…

— Et Christian ? On n'en a jamais reparlé de celui-là ! Il y a la photo d'un entomologiste, dans le laboratoire. Un type avec une barbe et des lunettes, et l'index en moins. Je suis persuadée que c'est lui…

— Mais ça n'a aucun sens !

— Je sais, je sais… Mais je te garantis, c'est bien lui…

Cathy observait Clara qui jouait avec le porcelet. Au loin, Arthur s'excitait sur sa clochette.

— Pour Grin'ch, c'est incroyable ! Pourquoi vouloir le tuer ? Pourquoi ? Je vais aller le voir, moi, ce vieux con !

— Ne lui parle surtout pas de ça, je t'en prie ! Il m'a demandé de garder le silence. Il serait fou…

Cathy s'approcha de Clara et s'empara du minuscule cochon.

— En tout cas, personne ne l'approchera… Je me doutais bien qu'il était pas clair, ce type-là…

Une pensée terrible lui traversa l'esprit.

— Il pourrait essayer de convaincre David !

— Non, ne t'inquiète pas… David a refusé…

— Comment tu…

— Je dois y aller, mais, s'il te plaît…

Elle posa son index sur ses lèvres.

Son expression avait changé, définitivement. Celle d'une bête, qu'on convoyait à l'abattoir…

Une fois seule, Cathy fixa à nouveau la fenêtre du salon et frissonna.

Les lynx… Franz… Christian… La Chose… L'étau se resserrait. Dangereusement…

24

En observant sa fille, assise à proximité de Grin'ch dans un angle du salon, Cathy sentit sa rage enfler. Elle ne pouvait imaginer la réaction de Clara si le petit animal venait à disparaître.

Lorsqu'elle entendit Doffre entrer dans la cuisine, elle se mordit les joues très fort pour ne pas exploser. Derrière lui, Adeline la suppliait du regard de ne rien dire.

Ni David, ni Adeline n'oseraient le tuer. Quant à ce vieil handicapé, il était bien incapable de le faire lui-même.

Restait la menace Emma Schild. Un porcin à tuer, pour quatre mille euros. Cette conne était capable d'accepter. Mais elle saurait l'en empêcher, dût-elle la séquestrer dans sa chambre.

« Vous allez regretter votre geste », lui avait-elle craché d'un air complètement absent. C'était ça, finalement, le plus effrayant. Ce visage creux et vide, presque transparent, capable de déverser des tonnes de lave en une fraction de seconde.

— Vous n'y êtes pas allée de main morte avec Emma, lui dit Arthur, tandis qu'Adeline l'installait à table. Elle est venue se plaindre, à l'instant, de votre comportement.

— Mon comportement ? *Mon* comportement ? C'est moi qui dors nue, la porte grande ouverte ? Qui déplace des meubles à neuf heures du matin ? Mon comportement… C'est la meilleure, celle-là !

Arthur desserra un peu sa cravate et glissa délicatement une serviette sous le col de sa chemise blanche.

— J'espère sincèrement que vos petits différends vont s'arranger. Cela me peinerait de vous sentir mal à l'aise… Je ne voudrais pas que le bien-être de notre communauté s'en trouve déséquilibré. Ni que ces heurts puissent affecter les écrits de David.

Il avala un morceau de croissant puis s'essuya les lèvres de façon maniérée, avant d'ajouter :

— Il faut être tolérant avec cette jeune femme. Vous êtes suffisamment intelligente pour imaginer le traumatisme qu'elle vient de subir…

Cathy bouillait. Si elle restait ainsi en face de lui, elle allait lui tordre le cou. Elle se rua vers la cafetière, sans réfléchir, se versa une pleine tasse de café et l'ingurgita d'un trait. Voilà à quoi elle en était réduite : avaler la boisson qu'elle détestait le plus au monde.

— Et quel est le programme de la journée ? demanda-t-elle dans une grimace. Déplacement puis empilement de tous les meubles du chalet ?

— Ne soyez pas acide, répliqua Arthur en promenant ses doigts sur les courbes de son bol en faïence. Emma a juste bougé le lit et la commode. Certaines personnes ne parviennent pas à dormir la tête orientée vers le nord. C'est magnétique.

Il continuait à petit-déjeuner tranquillement, comme si la situation n'avait rien d'anormal. Cathy claqua sa tasse sur la table, le foudroyant du regard. Elle s'apprêtait à quitter la pièce quand David arriva, blouson fermé, bonnet, après-ski, écharpe à la main. Premier réflexe, la cafetière.

— Si tu comptes encore jouer les Rambo, c'est hors de question ! l'agressa immédiatement Cathy. L'expérience d'hier ne t'a pas suffi ?

David la regarda sans répondre. D'épouvantables cernes alourdissaient son visage. Il se tourna vers Doffre.

— La cabane de Franz se trouve bien derrière l'abri à bûches ?

— Effectivement. À un kilomètre selon les entomologistes. Il faut remonter vers le torrent, et le longer.

— Bon… Je vais aller jeter un œil. Je resterai sur mes gardes, ne vous inquiétez pas.

Il se dirigea vers l'arrière-cuisine et s'empara d'une bouteille de whisky.

— À notre tour de lui offrir un petit cadeau.

— C'est une excellente idée ! s'exclama Arthur.

Cathy explosa.

— Tu restes là !

— Calme-toi ! Tu ne vois pas qu'on va tous devenir fous si on continue comme ça ? Il faut crever l'abcès ! Je suis persuadé qu'il n'y est pour rien, et il pourra certainement nous expliquer ce qui se passe !

Elle lui agrippa l'épaule.

— Mais pourquoi tu veux y aller ? On pourrait préparer notre expédition ! S'enfermer ici et partir demain, très tôt ! Il y a bien une voiture qui passera sur cette putain de route !

— Avec ce qui est tombé cette nuit ? Plus de trente centimètres de neige ! Ça m'étonnerait que les saleuses circulent dans le coin !

Il s'adressa à Arthur :

— Emma va m'accompagner, puisqu'elle parle allemand.

— Vas-y et je te quitte sur-le-champ ! hurla Cathy.

— Emma est encore très fatiguée, fit Doffre de sa voix mielleuse que Cathy ne supportait plus. Adeline va y aller avec toi, elle se débrouille en allemand.

— Vous pourriez la laisser se décider toute seule ! s'emporta Cathy.

Elle se tourna vers David.

— Tu veux y aller ? Si c'est ça, je viens avec toi !

Elle se précipita vers le portemanteau, tout en continuant à râler :

— Ah, j'oubliais ! Il y a des lynx dehors ! Trois beaux lynx, qui sont venus faire patte folle avec le merle. Et puis, on nous a observés cette nuit. L'espèce de taré qui s'amuse à nous effrayer depuis le début ! Mais je suppose qu'on s'en fiche ?

— Les lynx ne sont pas vraiment un problème, expliqua Arthur. Ils ne chassent…

— Que la nuit, je sais ! Pourtant, spécialement pour nous, je les sens bien s'octroyer une petite exception !

Les mots sortaient de sa bouche en un flot amer. Excédé, David ne cherchait même plus à l'excuser. Cathy était devenue *comme ça*. La chieuse de service.

— Je suis d'accord pour me joindre à vous, ajouta Adeline d'un ton peu assuré. Juste le temps de me couvrir. Mais je vous préviens, mon allemand, c'est une catastrophe. J'ai appris sur le tard… Disons qu'avec le langage des signes, on devrait se débrouiller…

— Très bien ! Allez-y tous les trois, c'est mieux, confirma Arthur.

— Mais oui… à trois, c'est drôlement mieux ! rétorqua Cathy.

Ce n'est que lorsqu'elle vit Emma entrer dans le salon qu'elle réalisa l'erreur qu'elle était en train de commettre. Elle ôta lentement la parka qu'elle venait d'enfiler.

— Et puis non ! Allez-y tous les deux !

— Peut-on savoir ce qui vous fait changer d'avis ? lui demanda le vieil homme.

— Clara va se surveiller toute seule ?

Doffre plissa légèrement les paupières, un horrible rictus leva une partie de sa lèvre supérieure. David soupira, désespéré devant l'arrogance de son épouse.

— Je peux la garder, proposa Emma d'un ton très doux. Au moins je me rendrai utile. J'ai toujours aimé les *Kinder*.

Elle perdit sa bonne humeur quand Cathy s'avança vers elle.

— Vous, retournez dans votre chambre bouger vos meubles et fichez-nous la paix ! Les *Kinder*, c'est ça ! Pour rien au monde je ne vous laisserais ma fille ! Pour rien au monde, vous m'entendez ?

— *Dreckskerl !*

Cathy se retourna vers Adeline.

— Qu'est-ce qu'elle a dit ?

La rouquine haussa les épaules.

— Ça suffit, bon sang ! cria David en claquant du poing sur la table. On dirait des ados dans une colonie de vacances ! Tu arrêtes maintenant, Cathy !... Bon, Adeline, allons-y !

Il se dirigea vers le salon, rapidement suivi par les autres. Il s'approcha de la cheminée, décrocha avec précaution le fusil de son présentoir et s'assura qu'il était chargé.

— Hors de question de l'utiliser, se justifia-t-il pour prévenir les commentaires. Je compte juste le cacher derrière un tronc, à proximité de la cabane, au cas où...

— Au cas où quoi ? s'emporta Adeline. Vous ne l'utiliserez pas ? Alors laissez-le ici ! Si vous prenez ce fusil, je reste !

— C'est quoi, votre problème, à vous ? répliqua-t-il sèchement, incapable de se contenir.

Il hésita longuement, dévisageant tour à tour Emma, Doffre, Adeline, Cathy. Il s'apprêtait finalement à reposer le Weatherby Mark, quand son mouvement s'interrompit net.

Une intuition.

Il ramena l'arme devant ses yeux et la considéra sous toutes ses coutures. Canon, pontet, fût, lunette et…

Accélération de son rythme cardiaque.

Ce fut à droite de la crosse qu'il le dénicha, gravé dans l'étain, minuscule.

Le numéro de série.

Identique aux cinq chiffres définitivement imprimés dans son cortex. 9-8-1-0-1.

Le nombre tatoué à l'encre noire sur le crâne du quatrième enfant.

Livide, il fixa Arthur, ne notant pas la moindre réaction sur son visage de rides, puis empoigna fermement le Weatherby.

Le fusil dans une main, la bouteille de Chivas dans l'autre, il se dirigea vers la porte.

— Allons-y, il faut crever l'abcès… répéta-t-il.

25

— Je suis bien contente de ne pas être allée à l'enterrement, tout compte fait. La grand-mère Marmelade, je la détestais… Elle m'a toujours dit que j'étais une… bâtarde. Que ma mère avait été… mise enceinte avec un autre homme que mon père. C'était une méchante femme. Elle a dû mourir seule, comme un *Ratte.* Si un jour je retourne à Pforzheim, ce sera uniquement pour cracher sur sa tombe.

Emma se parlait à elle-même, assise en tailleur devant la cheminée. Parfois ses doigts effleuraient sa bouche, comme pour y déposer une cigarette invisible.

Elle tournait le dos à Cathy, qui ne l'écoutait pas. Quelques mots seulement, par-ci, par-là, venaient frapper ses oreilles. Marmelade… enceinte… méchante femme…

Le regard absent, la jeune maman manipulait la tétine croquée par Grin'ch. L'objet de plastique allait puis venait entre ses phalanges nerveuses. Elle l'écrasait, le malaxait, le fixait sans le voir. Elle le serra très fort dans son poing, imaginant déjà Grin'ch dans le petit enclos qu'elle construirait sur le côté de la terrasse, à la maison, dès que les beaux jours reviendraient. Elle était sûre que Siméon et Toupie l'adopteraient *illico.*

Oui, Grin'ch repartirait avec eux. Et ce salaud de Doffre pourrait aller se faire foutre.

« À mon tour de jouer avec toi, vieux con », songea-t-elle en serrant les dents.

Elle resta longtemps à ruminer ainsi son amertume. Lorsqu'elle s'échappa de ses pensées, bien plus tard, elle s'aperçut qu'Emma et Clara n'étaient plus là.

Panique.

La première image qui lui traversa l'esprit fut celle de sa fille pendue, la poitrine éventrée, boyaux débordants, dans le charnier puant. Elle se précipita dans le couloir, beuglant à tue-tête le prénom de son enfant.

La porte de la chambre d'Emma était ouverte… Et Clara, assise sur le lit, observait calmement la jeune allemande occupée à ajuster le drap qui lui servait de rideau et qui dissimulait l'horrible spectacle. Par terre, un des scalpels du laboratoire avec lequel elle venait de découper le tissu.

« Tu es en train de virer complètement barge », pensa Cathy.

— Ma puce ! Viens vite me voir !

La pièce avait été entièrement réorganisée. Le lit se trouvait à l'opposé de sa place initiale, la commode au niveau de la porte.

— Vous pouvez la laisser, elle ne me dérange pas, dit Emma en ramassant l'instrument tranchant pour le poser sur le rebord de la fenêtre. C'est une gentille petite gamine.

— Je préfère la savoir avec moi. Les enfants ont parfois des réactions imprévisibles.

— Pas plus que certains adultes… Tant que vous êtes là, vous pouvez m'aider ? J'ai besoin que vous tenez le drap, le temps que je redécoupe.

Sa lèvre n'avait pas dégonflé. Les « s » sortaient de sa bouche comme des « f », lourds et pâteux.

— C'est si gentiment demandé, répliqua sèchement Cathy.

Elle maintint le tissu comme le lui indiquait Emma.

— Oui, un peu plus à droite, là, c'est très bien… Vous savez… Pour l'histoire, avec David…

— Je ne veux pas en parler.

— C'est lui qui a ouvert la porte et qui est entré dans ma chambre. J'ignore ce qu'il vous a raconté, mais quand je me suis réveillée, il me *streicheln*… euh… caressait. Je crois que… qu'il ne s'attendait pas à… mon réveil…

Cathy vit rouge.

— Ce que vous dites est complètement absurde ! David n'aurait jamais fait une chose pareille ! À quoi jouez-vous ?

— Je ne joue pas, je rapporte la vérité, c'est tout. Ce n'est pas moi qui a rentré en pleine nuit dans sa chambre…

Elle se redressa et recula vers la porte.

— Vous avez deux minutes ? Histoire que je vais chercher des aiguilles dans le *laboratorium*.

— Dépêchez-vous, alors !

— Vous savez, nous deux, je pense que nous sommes roulées sur de mauvaises routes. Je suis prête à vous pardonner ce que vous m'avez fait à la *Lippe*. Parce que je comprends votre… sensation. C'était la réaction normale d'une femme qui aime son mari.

Cathy n'eut pas le temps de répondre.

La porte qui claque.

Puis le bruit de la clé dans la serrure.

Elle fonça, les deux mains en avant, hurlant de toutes ses forces.

— Nooooon !

Ses poings s'abattirent sur la porte verrouillée.

Clara, effrayée, et comme par instinct, se mit à appeler Grin'ch. Sans s'arrêter.

— Griche ! Griche ! Griche ! Griche !

Dans le couloir, des bruits de pas, des chuchotements, puis le bruit monotone du fauteuil roulant d'Arthur, sortant de sa tanière.

Là, à dix centimètres, de l'autre côté.

Il venait de s'arrêter.

— Arthur ! Je vous en prie ! Non ! S'il vous plaît !

Aucune réponse, juste les battements acharnés de son cœur. Et le souffle du vieil homme.

— Arthur ! Ouvrez ! Ouvrez cette porte !

Puis le bruit du fauteuil, de nouveau, s'éloignant vers le salon.

Hors d'elle, Cathy cogna avec une rage folle sur le bois, se retourna, les cheveux dans la bouche. Elle ouvrit l'armoire. Vide. Rien à propulser !

Elle se précipita encore, le pied en avant. Les gonds ne bougèrent pas d'un millimètre.

Elle arracha les ersatz de rideaux. L'ignoble vision des carcasses. Puis ses martèlements, sur la vitre. Incassable. Plexiglas. Une serrure en interdisait l'ouverture.

Enfermée dans un chalet… Un chalet enfermé dans une forêt… Une forêt enfermée dans l'hiver… Un piège gigogne…

Pas d'échappatoire.

Clara, à présent, sanglotait. Sa petite bouille ronde demandait : « Qu'est-ce qui se passe, maman ? »

Cathy la serra fort contre elle. Puis elle s'assit dans un coin, son enfant sur les genoux, et se mit à lui caresser la tête.

Grin'ch allait mourir… Sous leurs yeux…

26

— Il n'y a pas… à dire, cet endroit… est quand même… magnifique, souffla Adeline en attardant un œil émerveillé sur les montagnes qui s'étiraient au loin.

— Dommage qu'on soit obligé de s'y promener avec un fusil à rhinocéros dans une main et une bouteille de whisky dans l'autre, répliqua David. Et dommage que les traces de pas aient été recouvertes ! Ça va, votre souffle ?

— On fait avec…

Mais non, ça n'allait pas. Il fallait pratiquement s'arrêter tous les cinquante mètres. La neige leur montait presque jusqu'aux genoux, alourdissant chaque enjambée, mobilisant à chaque pas toute leur attention pour ne pas poser le pied dans un trou. Une chose était certaine : pour Adeline, rejoindre la B500, ce serait comme traverser le Pacifique à la nage.

David avança sans plus parler. Le froid piquait, il avait la gorge sèche. Depuis leur départ, il ne cessait de penser aux numéros… Il avait beau retourner l'énigme dans tous les sens, chercher la faille, essayer de déjouer le tour de magie, il n'y comprenait rien.

Parce que ces nombres étaient arrivés dans l'ordre chronologique, rapportés chaque fois par une personne différente. D'abord celui sur le chêne, que Cathy avait découvert dès leur arrivée, correspondant au premier massacre. Puis celui derrière la photographie de l'entomologiste, découvert par Adeline. Ensuite Emma qui, à moitié morte, avait débarqué avec le numéro de son compteur kilométrique – sans aucun doute le cas le plus troublant. Et, aujourd'hui, le numéro de série d'un fusil, relevé par lui, David. Quatrième numéro, quatrième tuerie.

Que fallait-il y comprendre ?

Arthur voulait ramener le Bourreau à la vie, par l'intermédiaire du livre. Et le Bourreau, effectivement, revenait par bribes, par indices, par signes… Ces numéros, éparpillés dans le chalet. Emma, la brune rachitique jaillie de la page blanche, alors qu'elle tentait d'échapper au monstre. Les empreintes, la herse, les lapins dépiautés. Et surtout, l'épouvantable sensation d'écrasement, qui, de plus en plus, les dressait les uns contre les autres, les ébranlait psychologiquement, comme aimait le faire Tony Bourne avec ses victimes.

Aussi stupide et incohérent que cela pût paraître, l'ombre du Mal planait là, quelque part entre ces troncs gigantesques. On pouvait essayer de rester aussi cartésien qu'on le voulait, impossible de nier l'évidence.

Le soleil éclata dans les frondaisons, s'éparpillant en étoiles lumineuses. David plissa les yeux.

Le livre… Tout semblait tourner autour du roman qu'il écrivait… Ces mots, qui coulaient littéralement de ses doigts dès qu'il se positionnait face à la Rheinmetall, sans qu'il éprouvât le moindre besoin de réfléchir. Cet état extraordinaire qui l'enveloppait au cœur du laboratoire.

L'arum, la tache verte abdominale, la scie électrique… L'influence…

Pourquoi Arthur tenait-il tant à ce livre, comme si

c'était pour lui une question de survie ? Et pourquoi impérativement avant le vingt-huit février ?

David regarda loin devant, le torrent miroitait sous le soleil. Toujours pas de cabane en vue. Derrière lui, Adeline inspirait et soufflait régulièrement, avec application. Elle ne s'était pas encore servie de sa Ventoline.

David serra plus fermement le fusil, qui commençait à glisser de ses doigts. Derrière ses rétines, l'image obsessionnelle d'un crâne chauve.

Qui était Arthur Doffre ?

David se rappelait la première fois où il l'avait rencontré, vêtu de son trois-quarts de fourrure, jailli de la brume dans sa longue berline. L'entretien dans l'habitacle, puis, d'un coup, les événements qui s'enchaînent, le destin qui se bouleverse. Boulot presque plaqué, chats parachutés, maison quittée… Et personne pour savoir précisément où ils se trouvaient. Le tout en quelques jours…

— Arthur, comment l'avez-vous connu ? demanda-t-il en ralentissant le rythme. Enfin, si ce n'est pas trop indiscret.

Adeline était courbée, haletante. Elle commençait à peiner sérieusement.

Ils s'arrêtèrent.

— Je rentrais chez moi… tout simplement. Et là… une grosse voiture dans une petite rue, en face de… mon appartement. Le brouillard… Je dois avouer que tout ceci… m'a un peu refroidie, mais… ça m'a pas empêchée de monter. Ça… m'intriguait… Et c'est là que je l'ai rencontré la première fois… Rien de bien romantique, vous voyez.

— Et personne, dans la rue, à ce moment-là, qui ne vous ait vue entrer ni sortir…

Adeline respira bruyamment.

— Je ne me suis pas posé la question… mais je n'en ai pas le souvenir. Il n'y avait que… ce Christian, planté dehors… Quand je suis… sortie de là, je n'avais qu'une idée en tête… C'était de refuser et de rentrer chez moi. C'était beaucoup trop… loufoque. C'est… cette enveloppe, bourrée de fric, qui m'a convaincue. Une semaine plus tard, je me retrouvais ici…

— Et vous n'avez pas le sentiment de l'avoir aperçu avant ?

Elle secoua la tête.

— Non, non… Je ne l'avais jamais vu… C'est plutôt ce Christian qui m'intrigue…

Ils reprirent leur marche. David avait du mal à encaisser le coup. L'impression atroce que ses pas ne lui appartenaient plus. Que ces pas, *on* l'incitait à les faire, de la même façon qu'*on* l'avait poussé à venir en ce lieu étrange. Lui, mais aussi Adeline, et Cathy, et Emma.

Ils marchèrent encore une vingtaine de minutes. Aucune cabane en vue.

— Vous croyez qu'on l'a ratée ? interrogea Adeline, les mains sur les hanches, la bouche grande ouverte.

David tournait sur lui-même, bras écartés.

— Je ne comprends pas. D'ici on domine le lit du torrent, et je n'ai rien vu de l'autre côté, sur la droite. Ni traces de pas, ni fumée de cheminée… Pourtant, on a parcouru largement plus d'un kilomètre !

Il réfléchit quelques instants.

— Vous savez ce qu'on va faire, on va s'écarter l'un de l'autre d'une cinquantaine de mètres, et revenir sur nos pas. Comme ça, on pourra couvrir un périmètre plus large. On se perd pas de vue, évidemment.

Adeline reprenait son souffle, elle acquiesça.

— J'ai une drôle d'intuition, ajouta David. J'ai l'impression que cette cabane, on ne la trouvera jamais.

— Je pense exactement la même chose… Pourtant, on peut pas s'être trompés !

— Je sais… Je n'y comprends absolument rien…

Il ouvrit la bouteille de whisky.

— Vous en voulez ? Ça réchauffe…

Elle haussa les épaules.

— Allez ! Tant pis pour l'asthme !

Elle colla ses lèvres sur le goulot et se mit à biberonner.

— Eh ! Doucement ! Doucement ! fit David en lui arrachant la bouteille des mains.

Elle grimaça puis gonfla les joues. David but à son tour.

— J'ai pas trop l'habitude de ces choses-là, lui dit Adeline. Mais si on reste dans ce chalet plus longtemps, je crois que je vais me mettre à picoler. Une certitude au moins, c'est qu'on ne mourra pas de soif.

Elle regarda autour d'elle.

— Cette forêt… j'ai l'horrible sentiment qu'elle nous retient prisonniers… Qu'elle ne nous laissera jamais partir… On dirait qu'elle se bâtit autour de nous, à chaque pas que nous faisons. C'est comme un cauchemar sans fin. Je… Je commence à flipper sérieusement…

David ne répondit pas. Adeline avait raison. Leur histoire, les paysages autour d'eux, semblaient se construire, en ce moment même, comme jaillis d'un livre ouvert.

Son roman. Aussi fou que cela pût paraître, tout semblait provenir de son roman… Peut-être faudrait-il le brûler…

27

— Vous avez été longs ! s'écria Emma en ouvrant la porte. J'imaginais déjà le pire !

David et Adeline claquèrent les talons de leurs après-ski contre les rondins de la façade. D'une chiquenaude, Emma chassa de la neige amassée sur l'épaule du jeune homme, puis elle se serra contre lui. Il regarda Adeline avec une expression de surprise.

— Ce Franz ? Vous l'avez vu ? demanda-t-elle en relâchant son étreinte.

Alors qu'ils entraient, Arthur opéra une manœuvre pour s'éloigner de la cheminée et les rejoindre.

— Non, nous n'avons vu personne ! fit David. Arthur, vous…

Il fronça les sourcils.

— Où sont Cathy et Clara ?

Le son de sa voix déclencha des tambourinements acharnés au fond du couloir.

— David ! David ! David !

Cathy ne prononçait pas son prénom, elle le vomissait. David abandonna le fusil, la bouteille de whisky, et se précipita vers le corridor.

— N'oubliez pas ça ! conseilla Doffre en lui tendant

la clé de la chambre. Et faites attention, elle est devenue hystérique !

David écarquilla les yeux et s'empara de la clé.

— Mais qu'est-ce que ça signifie ? Pourquoi les…

Il ne termina pas sa phrase.

L'évidence le percuta en pleine face.

Il s'était fait avoir.

Les empreintes d'Emma, dirigées vers le charnier, qu'il venait d'apercevoir à l'instant dans la neige… On était le cinq !

— Grin'ch ! Où est Grin'ch ? hurla-t-il.

Il vit Adeline se plaquer les deux mains sur la bouche. Arthur le fixait d'un air ironique tandis qu'Emma restait absolument impassible. Il jeta ses gants sur le plancher, se précipita dans le couloir. Le bois vibrait sous la violence des coups. Il plongea la clé dans la serrure.

Cathy était défigurée. Un monstre de larmes et de colère. Clara se faufila entre ses jambes et disparut vers le salon.

— Griche ! Griche ! Griche !

Draps arrachés, lit retourné, marques d'ongles sur les lambris. Par la fenêtre, au loin, une masse, toute rose et plus petite que les autres.

Des traînées grasses, sur les vitres. Empreintes de doigts.

David laissa tomber un regard plein d'effroi sur son épouse.

Cathy avait assisté à l'exécution. Elle avait vu Grin'ch se faire vider de son sang.

Dans un terrible grognement, la jeune femme poussa son mari aussi fort qu'elle le put et se fraya un passage vers la porte. Dans son poing droit, un scalpel.

— Sale garce ! Je vais te saigner !

David tenta de la stopper, mais dès que Cathy sentit la pression sur son poignet, elle frappa, par instinct.

Le sang gicla.

Une entaille, au niveau du pouce.

— T'approche pas ! vociféra-t-elle en agitant l'instrument tranchant.

Un démon l'habitait. Son blanc de l'œil était injecté.

Elle était partie pour tuer.

Emma s'était réfugiée dans un angle, ses bras squelettiques rabattus sur sa poitrine. Elle tremblait et semblait ne pas comprendre.

Adeline essaya d'intervenir, mais Cathy lui fit clairement saisir qu'elle devait rester à l'écart. Quand elle aperçut Doffre, elle hurla :

— Ne vous avisez pas d'approcher, espèce de fumier ! Ou je vous arrache votre prothèse ! Vous allez crever ici ! Je vous jure que vous allez crever ici, comme un chien !

Clara courait de pièce en pièce, le sourire aux lèvres, persuadée que le porcelet magique jouait une nouvelle fois à cache-cache.

— Griche ! Griche ! Griche !

Cathy s'approcha d'Emma, contrôlant les mouvements de chacun des autres autour d'elle.

— Mais calmez-vous ! supplia Emma. Que se passe-t-il ? Vous êtes malade ou quoi ?

— Vous avez raison, je suis cinglée ! Sacrément cinglée, même !

La lame siffla dans l'air, à dix centimètres du nez d'Emma.

— David ! Elle va me tuer !

— David ! Fais quelque chose ! ordonna Doffre.

Cathy se retourna, trop tard. Elle reçut un choc dans le dos, qui la propulsa sur le sol. Son mari l'écrasait, de tout son poids.

— Calme-toi ! Ma chérie ! Mais calme-toi, bon sang !

Elle se débattait dans tous les sens. Sa tête claqua contre le parquet, son arcade se mit à bleuir.

— Tu vas te blesser ! Mais arrête, putain !

David ne parvenait pas à l'immobiliser. Elle se cabrait, rageait, mordait dans le vide.

Elle hurla plus fort encore quand une aiguille se planta dans son mollet.

— Qu'est-ce que vous faites ! brailla David.

Le vieil homme était penché vers l'avant, une seringue entre l'index et le majeur.

— Un calmant. Elle risque de se faire très mal, et aussi aux autres. Tout va bien se passer. Elle restera tranquille deux petites heures…

Arthur avait un visage incroyablement serein.

— Espèce d'enfoiré ! cracha Cathy. Enfoiré ! Enfoiré ! Enfoiré ! Tous des enfoirés ! Même toi, David !

Des bulles vinrent mousser sur ses lèvres. Elle se mit à pleurer, alors que ses muscles se relâchaient, que son corps ne se soulevait plus que par à-coups nerveux. David la maintint fermement par les poignets jusqu'à ce qu'elle s'immobilise. À présent, il lui caressait la joue. Il était plein de colère, de honte, d'indignation. Adeline s'était agenouillée à leurs côtés.

— Mon Dieu, supplia-t-elle. Pourquoi ? Je veux comprendre !

David se leva et brandit le poing. Il allait frapper sur cette gueule pisseuse, pitoyable. Lui arracher un à un les membres, les dévorer, au point de s'éclater la panse d'une overdose de plastique.

Arthur ne bougea pas d'un millimètre, le défiant du regard. Sa face ressemblait à celle d'un mannequin de cire.

— Vas-y, murmura-t-il. Frappe !

Soudain, derrière, un claquement effroyable. Adeline venait de gifler Emma, qui finit à quatre pattes, la marque des phalanges incrustée sur la joue.

— Mais… Pourquoi ? pleura la brune squelettique. Arthur ! Pourquoi elle me fait ça ?

Adeline s'enfuit dans le couloir, le visage entre les mains.

— Non, je ne vous cognerai pas, dit David en se baissant vers Cathy. Ce serait trop facile.

Il porta son épouse jusqu'à son lit. Quelques instants plus tard, Clara apparut dans l'embrasure de la porte.

— Griche, papa… Griche est où ?

Elle fixait sa mère, l'index sur les lèvres. Après s'être enroulé le pouce sanguinolent dans une serviette, David s'agenouilla à sa hauteur.

— Grin'ch est très fatigué, tu sais.

— Griche, papa… Veux voir Griche…

Clara était sur le point d'éclater en sanglots. David lui repoussa les mèches derrière les oreilles.

— Grin'ch a très froid, ma puce. Alors papa va aller chercher Grin'ch, puis nous le coucherons sur une couverture, pour qu'il se repose bien et qu'il se réchauffe. C'est toi qui t'en occuperas. Tu voudras coucher ton petit cochon sur la couverture ?

La petite fille sautilla.

— Wouiii !

— Je vais appeler Adeline, elle va jouer avec toi, le temps que papa récupère Grin'ch qui s'est sauvé dans les bois, d'accord ?

— Dort maman ?

— Oui…

Mais il ne trouva pas la force de laisser Cathy seule. Il resta là, allongé contre elle, à murmurer, à l'embrasser doucement. Le sommeil de Cathy était son alcool, qui le désinhibait, ouvrait son cœur, le libérait. Il lui dit qu'il l'aimait, qu'il n'y avait jamais eu qu'elle. Il lui raconta encore que s'il parlait si peu, c'était pour la protéger, pour qu'elle ne souffre pas, qu'il préférait encaisser seul les coups. Il lui confia finalement que s'il devait recommencer sa vie, il choisirait exactement la même. Parce qu'il avait en elle une confiance absolue.

Une confiance absolue…

Il lui dit tout ce qu'il aurait aimé lui dire…

Puis il se leva, sans ciller, s'interdisant de pleurer devant son enfant.

Le petit être de blondeur et d'amour, lui, se colla contre sa mère, le pouce dans la bouche. Un inexprimable moment de tendresse et de douleur muette. Que pouvait-il bien se passer dans sa tête ? Que comprenait-elle ?

David eut peur. Peur pour son épouse. Peur pour sa fille.

Au bord des larmes, cette fois, il prit sa puce par la main et sortit.

Dans la chambre d'en face, Adeline fourrait des vêtements dans sa valise. Le kimono rouge, toutes les mochetés qu'Arthur lui avait offertes gisaient sur le plancher.

— Hors de question que je dorme une nuit de plus avec ce malade ! vociféra-t-elle en s'essuyant le coin de l'œil. Il n'a qu'à se débrouiller avec l'autre exécutrice, puisqu'ils s'entendent si bien !

Elle se moucha dans une serviette éponge.

— Dites-moi que demain on tente quelque chose ! Dites-moi qu'on va foutre le camp de cet enfer ! Dites-moi juste ça, David !

David plaça Clara devant lui.

— Essayez de vous calmer, Adeline, vous allez lui faire peur. J'y réfléchis, vous savez. Croyez-moi, j'y réfléchis…

— Réfléchissez bien, alors ! Il y va de la santé de Cathy. Je l'aime beaucoup, et je sais que tout ceci pourrait très mal se terminer. Si… si on reste, je… j'ai peur de ce qui va arriver…

— Adeline… J'ai besoin que vous vous occupiez de Clara et de Cathy. Que vous ne les quittiez pas des yeux. Je peux compter sur vous ?

Elle acquiesça.

— Qu'est-ce que vous allez faire ?

— Leur ramener Grin'ch, dit-il en s'éloignant.

Adeline resta clouée sur place, ahurie, alors qu'il fonçait vers le laboratoire pour s'emparer de l'instrument du bourreau : la Rheinmetall.

— Voilà qu'il s'en prend à cette malheureuse machine à écrire ! s'exclama Arthur tandis que David traversait le salon. Vas-y ! Défoule-toi ! Tu écriras à la main, s'il le faut !

David brandit la masse noire au-dessus de sa tête et la jeta par la porte. Elle disparut dans la neige.

— Je n'écrirai plus ! Fini ! Demain, on fiche le camp !

Doffre crispa ses doigts sur le bras de son fauteuil roulant.

— Tu écriras, David. Parce que nous sommes bloqués ici, et que tu n'auras rien d'autre à faire. Parce que tu es ici pour le faire revenir ! Tu as une mission !

David replaça le fusil sur son support.

— Une mission ? Quelle mission ? *Vous* êtes bloqué. Moi, je suis libre. Aussi libre qu'un oiseau.

— Comme le merle noir, par exemple ?

David ne répondit pas et se dirigea à nouveau vers son antre.

— Vous, ne m'approchez surtout pas ! aboya-t-il à l'intention d'Emma, qui lui avait emboîté le pas. Ne m'approchez plus jamais ou je vous démolis !

Elle continua à le suivre jusqu'au laboratoire, ignorant totalement sa colère.

— Merci de m'avoir sauvée de votre femme, dit-elle d'un ton très doux. C'était un geste courageux, que je n'oublierai pas.

— Fichez le camp, j'ai dit !

Elle le regarda d'un air surpris, comme si elle ne comprenait pas sa réaction, puis s'avança, avec la mine d'un clown triste.

— Mais… Pourquoi la mort de ce *Schwein* vous chagrine, étant donné que vous auriez dû l'éliminer vous-même ? Que c'était votre *Job* ?

— Quoi ?

— Qui a fait votre sale *Job* ? Qui, dites-moi ? Je croyais plutôt avoir droit à des félicitations, ou au moins des remerciements ! Mais non ! Qu'est-ce que je récolte ? Des claques et des méchancetés !

Elle parlait sérieusement.

— Mais vous êtes complètement folle ! répliqua David.

— Ce n'est pas moi qui jette des machines pour écrire par la porte ! Ce n'est pas moi non plus qui blesse son mari avec un scalpel, et qui arrache les rideaux ! Ce n'est pas moi qui me suis fait ce truc à la lèvre, ni qui me suis giflée ! Qui est le plus folle, ici ?

Elle se mit à tourner en rond, le visage baissé, les mains dans le dos.

— Je pensais vous avoir fait du plaisir, je me suis… *offensichtlich* trompée. Je vais mettre votre comportement sur le coup de la colère. Nous en reparlerons plus tard, quand vous serez mieux en forme.

— Nous n'en reparlerons plus ! Demain, je disparais !

Elle s'immobilisa.

— Vous… Vous ne pouvez pas partir ! Ou *ça* vous tuera ! *Ça* vous arrachera la tête dès que vous pousserez le nez dehors !

— Quoi *ça* ? Il y a quoi, dehors ? Quand je pense que vous osez encore me parler après ce que vous avez fait à ma femme ! Je vous déteste !

Elle porta ses doigts sur sa lèvre énorme. Les larmes montèrent en une fraction de seconde.

— Vous… Vous me détestez vraiment ?

— Plus que votre cervelle de moineau ne peut l'imaginer ! Dégagez !

Elle se retourna brusquement et disparut en claquant la porte.

David s'empara de la bouteille de Chivas, histoire de calmer ses nerfs. Cette fille, ce n'était pas une case qui lui manquait, c'était l'échiquier complet.

« Un personnage inachevé, songea-t-il en avalant une rasade. Marion s'est enfuie de ton roman pour réapparaître ici… Tu as juste oublié de lui colorier les petites cellules grises et de lui injecter un morceau d'intelligence… Voilà ! Tu paies les conséquences de ton travail bâclé. »

Une image lui traversa l'esprit. Le fusil qu'il avait laissé contre le mur. Il faudrait le cacher. Absolument.

Direction l'armoire à pharmacie. Il en extirpa du fil de soie, des aiguilles courbes, des compresses, des bistouris, une bonbonne de trois litres de formol. Il en profita pour soigner son pouce, la plaie était profonde. Puis il plaça sur le bureau le plateau en acier qui servait à disséquer les insectes.

Il sortit. Devant lui, les porcs suspendus.

Grin'ch n'avait plus une goutte de sang dans le poitrail. Sa peau commençait à blanchir. Il n'était pas plus lourd qu'un nouveau-né quand David le décrocha de sa branche. Comment Emma avait-elle pu oser exécuter ce petit être, même pour de l'argent ? En plus, elle l'avait sérieusement amoché. Neuf coups de couteau. Un acharnement évident.

Cette femme était dangereuse.

— Tu n'imagines pas les conséquences de ton geste, lui dit Arthur quand il le vit passer avec le cadavre enroulé dans une serviette. Tu es en train de détruire un programme très important, et de me placer dans une posture extrêmement délicate vis-à-vis des entomologistes.

David chercha Emma des yeux, mais ne la trouva pas.

— C'est vous qui détruisez tout ce qui vous entoure, pas moi. Mais je peux vous assurer qu'à partir de maintenant, c'est fini votre petit jeu avec nous.

Doffre allait répliquer mais il se retint. Ses lèvres s'étirèrent en un sourire glacial.

David rabattit la porte de son laboratoire et posa délicatement Grin'ch sur le support inoxydable.

— Tu vas revenir parmi nous, mon gros. Parce que ma femme et ma fille te réclament...

Dans sa mémoire, la journée du 13 décembre 2002...

Maman, reviens... Maman, reviens... je t'en prie...

Je ne te laisserai pas partir... je ne te laisserai pas partir... je ne te laisserai pas partir...

Paris... Matin d'hiver, quatre ans auparavant... Le laboratoire...

David, c'est toi qui t'occuperas de moi... Toi et personne d'autre... Promets-moi que tu m'accompagneras au-delà de tes forces...

Le scalpel qui caresse la poitrine, ce sein mat et ferme qui lui a donné la vie.

David, je dois t'avouer quelque chose... Quelque chose qui concerne ton enfance... Tu sais, ce secret dont je t'ai toujours parlé ? David... Oh ! Je ne peux pas...

Elle était morte sans lui avoir raconté.

Il avait embrassé ses lèvres froides, les yeux piquants de sel. Ensuite, il ne conservait plus que l'image d'un bistouri posé sur une gorge. Trois heures pendant lesquelles il avait plongé dans une sorte de coma éveillé. Des souvenirs flous et distincts à la fois, une sorte de ralenti, de décomposition de chaque mouvement, chaque son, chaque grain de lumière. Il ne se rappelait plus ses gestes, mais il se souvenait d'éclats de rire, de couleurs très vives, tourbillonnant comme des voiles, de chansons sous son crâne, pareilles à des comptines d'enfants dont il était incapable de fredonner l'air mais qui étaient pourtant en lui. Il entendait la chute d'un flacon, dans son dos, et voyait encore chaque éclat de verre exploser sur le carrelage. Puis un grand courant d'air…

Il se remémorait tout cela, mais pas les soins pratiqués sur sa mère. Que s'était-il passé, ce jour-là, dans le laboratoire ?

Une voix, derrière lui. Grin'ch réapparut soudain dans son champ de vision, le poitrail fendu d'une mince entaille.

— Je me demandais si tu l'avais fait… Embaumer ta propre mère… Maintenant je sais… Merci, David…

Et Arthur disparut, poussé par Emma, qui le dévisagea longuement.

— Espèce de…

Mais David ne termina pas sa phrase. Il y avait quelque chose de bizarre.

Emma, poussant le fauteuil d'Arthur. Alors que ces deux-là se connaissaient à peine. Alors que le vieux ne supportait pas qu'on touche à *Dolor*.

Les pupilles braquées sur la photo de l'entomologiste, David pressentait qu'un piège se rabattait sur lui et sur sa famille. Il était urgent de se mettre à l'abri. Mais impossible de tenter quoi que ce soit avant demain matin.

Encore un après-midi et une nuit à tenir…

28

Pendant plus d'une heure, Adeline avait veillé au chevet de Cathy, Clara dans les bras. Un moment d'une grande intimité, partagé entre les caresses, les murmures, les promesses secrètes… Mais toujours cette terreur qui les enveloppait, cette envie de fuir…

Attendre… Rester ici et espérer le départ… Quitter cet endroit maudit et ces âmes nuisibles… Pour toujours…

— Merci infiniment, chuchota David en rentrant dans la pièce, une couverture enroulée dans les bras.

Adeline se leva et posa l'enfant sur le sol.

— Prenez bien soin de votre famille, répondit-elle, l'air grave. Cathy aura besoin de vous comme jamais lorsqu'elle se réveillera.

David acquiesça en silence, puis il dit :

— Demain, j'espère que vous nous accompagnerez. Nous nous mettrons en route dès le lever du soleil. La marche sera fastidieuse, peut-être même dangereuse, mais je pense que vous y arriverez.

Elle secoua la tête, le front baissé, les mains jointes entre les jambes.

— Moi je ne crois pas… Faut être réaliste… Vous…

Vous n'aurez qu'à prévenir la police... On viendra me rechercher...

David lui prit la main et la fixa intensément.

— Ne dites pas n'importe quoi. Demain matin... Je sais que vous y arriverez... Vous êtes quelqu'un de bien, Adeline...

Il lut dans ses yeux qu'elle le remerciait. Elle sortit sans se retourner.

Après son réveil, Cathy mit cinq bonnes minutes pour retrouver ses esprits. Le flou d'une chambre qui n'était pas la sienne, le trouble d'un visage, dans son champ visuel. Une ronde d'images horribles, sous son crâne. L'enfer.

Elle finit par murmurer, la voix éraillée :

— Comment va Clara ?

David l'aida à se redresser dans son lit. Elle vacilla sur la gauche avant de retrouver un équilibre fragile, puis, de ses doigts tremblants, elle arracha un petit morceau de peau sur ses lèvres. Ses yeux avaient gonflé. Ils le piquaient douloureusement. Sa gorge était horriblement sèche.

— Oh, mon Dieu ! gémit-elle.

Aux pieds du lit à barreaux, Grin'ch était délicatement installé sur une couverture. David lui avait passé le bonnet troué, qui lui donnait son air de boxeur, et noué une écharpe autour du cou de manière à cacher la longue suture qui souriait d'une oreille à l'autre. Le porcelet reposait sur le flanc gauche. La disposition de ses babines lui donnait l'air heureux et insouciant. De sa peau brossée s'exhalait une agréable odeur de parfum, chassant la puanteur du formol.

— J'ai dit à Clara de ne pas faire de bruit, que Grin'ch se reposait parce qu'il partirait très bientôt pour un long voyage à travers la forêt, chuchota David.

Cathy se laissa tomber dans les bras de son mari,

tandis que l'enfant s'approchait doucement du petit animal.

— Je n'arrive pas à croire qu'ils aient pu faire une chose pareille, chuchota Cathy en secouant la tête. Assassiner comme ça une pauvre bête. Cette Emma est un monstre… une cinglée.

— Arthur a acheté son geste, comme il nous a tous achetés.

— Tu savais, toi ? Tu savais qu'il en avait après Grin'ch ?

David lui enveloppa l'arrière du crâne de sa paume ouverte.

— Il m'en avait parlé, pas très longtemps après notre arrivée. Il était vraiment décidé… Je… J'aurais dû te prévenir… Éviter que vous ne vous y attachiez trop… Mais… j'ai eu peur… Peur que tout s'arrête…

— Il… Il est fou, David. Ce type est complètement fou. Et vicieux. Je…

Elle caressa sa cicatrice en boomerang. Ses gestes étaient encore approximatifs.

— Qu'est-ce qu'on va faire ? demanda-t-elle.

Il plaqua son front contre celui de sa femme.

— Demain, si le temps est clair, on se barre dès que le jour se lève. Toi, Adeline, moi et Clara. Je la prendrai dans le porte-bébé. On embarquera les raquettes, de l'eau, de la bouffe et des vêtements. Le 4×4 se trouve à une dizaine de kilomètres d'ici. On l'utilisera comme relais pour se réchauffer et se reposer. Une fois arrivés à la route, on s'abritera dans la voiture d'Emma en attendant que quelqu'un passe et nous dépose au village.

Il s'attendait à une réaction plus expansive. En face de lui, Cathy restait amorphe, comme éteinte.

— Les traces de pneus sont effacées, fit-elle. Avec ce qui est tombé dehors, on ne voit même plus le chemin, il n'y a que du blanc, à l'infini. On risque de se perdre.

Et puis c'est dangereux. Ce… Ce malade qui traîne là, autour de nous.

Il la serra très fort contre lui.

— Écoute, j'ai réussi à rentrer en pleine tempête de neige. Il n'y a pas de raison qu'on n'y arrive pas dans l'autre sens. Et puis, je pense à un truc, on pourrait marquer notre progression… avec des morceaux de tissu… Comme ça, on pourra toujours revenir.

— Quinze kilomètres… avec ce froid… À quelle vitesse on avancera, raquettes aux pieds ? Trois kilomètres-heure ? Ça… ça ferait dix heures, aller-retour… Je ne sais pas si je vais y arriver…

— Ce n'est pas le moment de lâcher, Cathy ! Merde ! Tu étais boxeuse ! La meilleure ! C'est bien enfoui quelque part en toi, tout ça ? Il faut que tu te reposes, c'est tout.

Elle se recroquevilla.

— Je… J'ai l'impression que j'ai plus confiance en moi… Je…

— Tu y arriveras ! Il le faut ! Nous devons absolument partir d'ici. Emma est en train de débloquer. Elle… Je crois qu'elle est malade. Schizophrène, ou un truc dans le genre. Elle prend tout pour argent comptant. Elle amplifie tout jusqu'au délire. Sous l'effet de la colère, elle pourrait faire des bêtises.

Il baissa les yeux.

— Hier, quand je me suis perdu… J'ai… J'ai compris combien vous comptiez pour moi… Je ne veux plus jamais vous laisser… Je veux vous protéger. On va tout reprendre à zéro, d'accord ?

Elle fixait le pansement sur le pouce de David.

— Comment tu t'es fait ça ?

— Tu ne t'en souviens plus ?

— Je… Je sais plus…

— Ce n'est pas important. Dis-moi juste que demain tu me suivras.

— Je vais te suivre… C'est quand même fou qu'il nous faille une telle épreuve pour qu'on se rapproche.

Elle posa le nez sur son épaule, le serrant par la taille, puis releva la tête.

C'est alors qu'elle le vit.

Ses doigts se rétractèrent sur le dos musclé. Ses joues s'empourprèrent instantanément.

L'emballage des comprimés d'Exacyl était placé en évidence sur le dessus de l'armoire. Cet emballage qu'elle prenait toujours soin de plaquer contre le mur, bien au fond.

Elle bafouilla et posa une main sur sa tempe.

— Je crois que j'ai un vertige… Qu'est-ce… qu'il m'a injecté ?

— Un sédatif puissant. Du Valium.

Il suffisait que David se retourne, et tout s'écroulait. Sa vie, son avenir. Il ne pardonnerait jamais. La boîte lui paraissait énorme, disproportionnée, et semblait appeler : « Tourne-toi, David, regarde-moi ! Ta femme te ment ! Tourne-toi donc ! »

— Tu… Tu peux aller me préparer un petit quelque chose ? J'ai… J'ai faim… Je te rejoins… Prends Clara avec toi, s'il te plaît.

Cathy ne put s'empêcher de jeter encore un œil vers la boîte.

David intercepta son regard. Il se mit à pivoter. Elle aurait voulu lui attraper la nuque, la briser, interrompre son mouvement. Mais il était trop tard.

Il allait savoir.

Soudain un cri atroce. Adeline, dans sa chambre.

David se retourna vers la porte.

— Qu'est-ce qui se passe encore ?

Cathy ne suivit pas son mari. Elle se lança en direction de l'armoire, manquant de chuter, se hissa sur la pointe des pieds, s'empara de la boîte de comprimés et la fourra en catastrophe dans sa poche.

Pas le temps de la dissimuler ailleurs.

Des gouttes perlaient sur son front.

Quelqu'un, ici, savait qu'elle avait avorté, à l'insu de son mari.

Quelqu'un qui avait fouillé dans ses affaires, alors qu'elle était enfermée dans l'autre chambre. Quelqu'un de suffisamment vicieux pour inspecter le dessus de l'armoire.

Arthur ne pouvait pas avoir déplacé la boîte.

Emma.

Cette garce connaissait à présent son secret. Elle avait le pouvoir de briser son couple. N'importe quand.

Le cauchemar n'était pas terminé.

Une puissante envie de tuer lui traversa le cerveau. Elle allait le faire, pour sauver son couple. Là, maintenant, elle en était capable.

29

Adeline était plaquée contre la fenêtre de sa chambre. À l'extérieur, un lynx tournait autour des carcasses, le dos bas, les oreilles dressées. Un prédateur sur ses gardes. Le soleil déclinant brossait son poil bleu-gris, ses iris jaunes furetaient au ras de la neige. C'était une bête d'une cinquantaine de kilos, aux pattes larges et disproportionnées, qu'il décrochait de la poudreuse avec cette force tranquille des tueurs aux aguets.

Il flairait la chair fraîche.

Cathy sortit dans le couloir sur la pointe des pieds et longea le mur de droite, là où le plancher craquait le moins. Les autres, alertés par les cris d'Adeline, étaient tous agglutinés à la vitre qui donnait sur le charnier.

Ils ne la remarquèrent pas.

Elle s'enferma dans les toilettes. Là, les dents serrées, elle déchira l'emballage et les plaquettes, fourra le tout dans la cuvette et tira la chasse d'eau. Puis elle resta longtemps sans bouger, le front sur l'inox glacial, les bras pendants, ankylosés.

Plus de preuves.

Mais cela ne suffirait pas. Emma possédait une arme redoutable : elle pouvait parler.

Et elle le ferait. C'était certain. Cathy se rappelait

encore l'acharnement avec lequel cette folle avait poignardé Grin'ch, levant ses yeux noirs vers la fenêtre, la face barbouillée par le sang du porcelet. Une vision cauchemardesque.

Elle retourna discrètement dans sa chambre et ferma la porte. Sa tension artérielle explosait. Elle n'allait pas bien… Vraiment pas bien…

« Que faire ? Putain ! Que faire ? »

Elle fonça sur son armoire, l'ouvrit, renversa les piles de vêtements et se mit à déchirer une chemise de David, de toute sa hargne.

« Regarde ! Elle a fouillé dans nos affaires ! Tu l'as dit ! Cette fille est malade et dangereuse ! Elle a torturé Grin'ch pour nous blesser. Et maintenant, elle te raconte que je prends des cachets parce que je viens de subir une IVG ? Mais c'est du délire ! Tu ne peux pas avoir d'enfants ! Et puis, faut subir une opération ! Se faire hospitaliser ! Explique-moi quand j'y serais allée ? D'ailleurs, ces cachets, où sont-ils ? Pourquoi ne te les a-t-elle pas donnés en mains propres ? Tu ne comprends pas qu'elle cherche à nous éloigner ? Nous détruire ? Elle est cinglée ! Cinglée ! Cinglée ! »

Cathy inspira, expira profondément. Rien n'y fit. Son corps vibrait de part en part, ses veines gonflaient toutes bleues sur ses avant-bras. À peine sortie d'un sommeil forcé, elle allait tomber en hypertension. Il fallait à tout prix se débarrasser de cette terreur qui l'habitait, qu'elle ne pourrait plus cacher longtemps.

Le couloir. Déplacement en crabe, le long du mur de droite. Emma qui se tourne vers Arthur, juste à l'instant où elle passe. Moins une. Le laboratoire, enfin. L'armoire à pharmacie. Les médicaments. Antibiotiques, antiseptiques, laxatifs, Valium liquide, Calmivet… un tranquillisant vétérinaire, qu'ils utilisaient à la SPA. Il en fallait deux pour endormir un berger allemand pendant trois heures, se rappela-t-elle. *A priori*, pas de contre-indication pour les humains. Elle hésita, puis en avala un, sans eau.

« OK… relax, calme-toi. La situation n'est pas si catastrophique », pensa-t-elle. Emma n'avait encore rien révélé à David, elle ne lui avait pas non plus donné la boîte. Peut-être voulait-elle juste s'amuser à lui faire peur, façon Doffre.

Ou alors elle attendait le bon moment pour frapper. À table, ou en traître, dans son dos. N'importe quand. Elle irait voir David, lui parlerait du nombre anormal de serviettes périodiques dans le placard, et elle sortirait une tablette de comprimés d'Exacyl, qu'elle avait dû soigneusement conserver.

Elle ne les laisserait pas partir tranquilles. Impossible.

Cathy sentait que le calmant commençait déjà à faire effet. Ses épaules se détendaient. Un voile léger brouillait son champ de vision. La marée montait. Tant mieux.

Sa montre. Bientôt seize heures. Une soirée, une nuit à tenir… Après… tchao ! Entre deux, il suffisait juste qu'Emma ne parle pas.

Juste faire taire Emma.

Le brouillard s'épaississait. L'envie de s'assoupir. Elle se pinça méchamment les joues.

— Crois-moi, Emma, tu vas la fermer, ta grande gueule… dit-elle dans un souffle.

Des bruits de pas, qu'elle crut entendre dans le couloir. Étaient-ils bien réels ? Elle s'en fichait. Elle commençait sérieusement à perdre conscience.

Elle s'empara avec difficulté des deux plaquettes de Calmivet. Douze comprimés minuscules, qu'il suffirait de broyer et de mélanger au repas de ce soir. L'autre conne s'effondrerait jusqu'à perpète. Net et invisible.

— On peut savoir ce que vous fichez ici ?

Cathy se tourna lentement. Elle avait l'impression que sa vision accompagnait le mouvement de sa tête de façon décalée.

— Mal au… crâne… Ça vous étonne ? répondit-elle à Arthur.

Il jeta un œil vers l'armoire ouverte.

— Les aspirines se trouvent dans la cuisine…

Il glissa sa main sous le menton.

— … Je pensais que vous le saviez.

— Eh bien… non, je ne le… savais pas… On… ne peut pas tout… savoir…

Elle se frotta les paupières. Ça n'allait plus du tout. Une forme opaque s'approcha.

— Il paraît que David et vous avez décidé de mettre les voiles ? demanda Emma. Pas vraiment raisonnable, avec une météo pareille. Et pas très gentil non plus.

Cathy plissa les yeux. Elle crut s'évanouir.

— À quel… jeu jouez-vous ? Qu'est-ce que vous… me voulez ? bafouilla-t-elle. Fichez… nous la paix…

— Vous vous rappelez la plume de Maât ? lui répondit Doffre. L'instrument qui punit le mensonge ? Que répondrait la balance du Bourreau, si on y pesait votre cœur ? Que répondrait-elle ?

Elle n'y comprenait rien. Elle sentait qu'on l'approchait encore, comme pour l'encercler.

— Qu… Quel mensonge ?

— Votre avortement.

— Arrêtez… Arr… êtez…

Arthur lui saisit le poignet et pressa très fort, jusqu'à ce qu'elle ouvre la main. Les deux tablettes de Calmivet finirent sur le sol.

— Tiens donc… miaula la voix derrière elle. On ne chercherait pas à nous nuire ?

Cathy ne répondit pas. Elle avança en titubant jusqu'à la porte. Les parois du couloir semblaient se rétrécir autour d'elle alors qu'elle progressait. Les sons lui parvenaient comme ralentis. Elle finit assise au beau milieu du tapis rouge, à moitié inconsciente.

David accourut. Arthur tendit le bras, lui intimant de se calmer.

— Rien de grave ! s'exclama-t-il en lui montrant les plaquettes. Elle a juste avalé des calmants pour animaux. Heureusement, nous sommes arrivés à temps, avec Emma. Nous avons réussi à l'empêcher de tout ingurgiter...

David attrapa Cathy par les épaules et se mit à la secouer.

— C'est pas vrai... C'est pas vrai ! Mais... Pourquoi tu as fait ça ? Pourquoi ?

— Da... vvvv... Ze...

— Ce n'est malheureusement pas tout, ajouta Arthur en ouvrant la main.

David fronça les sourcils.

— Qu'est-ce que c'est ?

— C'est bien ce que je pensais... Tu n'es pas au courant... C'est pour cette raison qu'elle voulait en finir.

Cathy essaya de lui agripper la cheville.

— Ne... écout... pas... mentent...

— Votre épouse a-t-elle des saignements ? questionna Emma. Prétend-elle avoir ses règles, en ce moment ?

David ferma les yeux, le pouce et l'index sur le front.

— Mais qu'est-ce que vous me faites, là ?

— L'Exacyl est un médicament prescrit pour stopper les saignements vaginaux, expliqua Arthur, qui semblait se nourrir de la souffrance qu'il provoquait.

Il patienta un moment, jouant cruellement avec le silence, puis ajouta :

— On le préconise souvent à la suite d'une grossesse qui s'est mal déroulée ou d'une IVG.

— Une... une IVG ?

— Une IVG… David, ta femme s'est fait avorter juste avant d'arriver ici.

— Non mais vous délirez, là !

Adeline se tenait un peu en retrait, à côté de la porte de sa chambre. Une IVG… Le secret… le secret qui torturait Cathy… C'était ça… Elle s'adossa au mur.

Pourquoi faisaient-ils une chose pareille ? Pourquoi détruire cette famille ?

David s'apitoya sur son épouse, recroquevillée autour de sa jambe. Elle le suppliait. Elle le suppliait de ne pas écouter.

— Non, non, non, répéta David. Vous vous trompez… Ce n'est pas possible… Ce n'est physiologiquement pas possible…

Il s'agenouilla, caressa les cheveux de Cathy.

— Cathy ! Cathy ! Non ! Dis-moi qu'ils mentent !

Elle le fixa de ses yeux devenus vitreux, où des larmes froides se mirent à couler.

Alors, très vite, dans sa tête, tout s'organisa. L'état d'anxiété de Cathy, les jours précédant le départ. Ses prétendus maux de tête. Cette espèce de dégoût sur son visage, chaque fois qu'il la touchait, qu'il s'approchait d'elle. Ses règles qui n'en finissaient pas. Des signes qu'il avait ignorés, qui ne le dérangeaient pas, obnubilé qu'il était par son roman, son ordinateur, sa petite vie rangée.

« Non… Pas Cathy… Pas elle… »

— Tu… dois… pas… les croo… oire… balbutia Cathy, qui tentait de se relever.

David l'empoigna fermement et la tira jusqu'à leur chambre. Il claqua la porte avec le pied et jeta sa femme sur le lit avec une violence dont il ne se savait pas lui-même capable.

Dans le couloir, sans quitter Adeline des yeux, Arthur Doffre massa longuement le crâne d'Emma. Il la fit s'agenouiller, plongea le nez dans sa chevelure.

Adeline retourna dans sa chambre. Elle avait découvert quelque chose dans le regard d'Arthur, tandis qu'il remuait les cheveux noirs. Une flamme rouge et ravageuse. Ce même regard qui avait dû l'habiter quand il avait touché sa toison cuivrée à elle.

L'expression la plus franche et singulière du vice.

30

— Oh ! Ma pauvre… murmura Adeline en caressant les boucles blondes. Dis-moi si je peux faire quelque chose…

Cathy était ramassée en chien de fusil sur son matelas, comme pétrifiée dans la lave. Clara dormait profondément, le bras à travers les barreaux. Ses doigts minuscules effleuraient le groin glacé du petit cochon. La nuit froide et infinie les enveloppait tels de ridicules insectes, qu'une main malveillante n'avait plus qu'à broyer.

Adeline éprouvait une peine sincère pour la femme qui sombrait devant elle. Une ancienne boxeuse, passée dans une lessiveuse. Une femme moralement détruite, à des années-lumière du paquet de nerfs qu'elle avait vu arriver le premier jour, avec son franc-parler et ses remarques saillantes.

Malgré les barrières sociales, les *a priori*, les histoires si différentes de chacun, une complicité s'était créée entre les Miller et elle. Dans cet échange de silence et de compassion, la souffrance de Cathy devenait la sienne.

Des sonorités vinrent briser le calme de la pièce. La rouquine tendit l'oreille, elle ne rêvait pas.

La mélodie lancinante des cordes. Cette musique…

La Jeune Fille et la mort. Il écrivait ! L'embaumeur avait récupéré la machine dans la neige et il écrivait, alors que son épouse était en train de dépérir, là, devant elle !

Quel diable l'habitait ? Comment pouvait-il agir avec une telle cruauté ?

Cathy gonfla la poitrine, réaction organique à cette sonorité qu'elle ne pouvait plus supporter. Ses yeux se remplirent de larmes. Elle bascula sur le côté, tournant le dos à Adeline.

— Il sait tout… souffla-t-elle. Toute la vérité… Et la seule chose qu'il ait trouvée à faire, c'est de partir sans rien dire, sans un regard, sans une explication… Je ne l'ai jamais vu comme ça… On aurait dit un bloc de glace… Ses mâchoires… Il semblait en vouloir à la terre entière.

Elle serra le drap entre ses doigts.

— Il… On aurait dû avoir une conversation… D'habitude, c'est quelqu'un qui écoute, il sait prendre sur lui… Mais là…

Tout se perdait dans sa mémoire. Quand ce calvaire avait-il commencé ? Depuis combien de temps lui mentait-elle, exactement ?

— Ce chalet… Ce que lui demande Doffre, cette histoire de Bourreau… C'est trop… Beaucoup trop… J'ai tout détruit… Tout… Sa confiance…

Adeline contourna le lit et vint s'asseoir devant elle. Elle voulait la réconforter mais se sentait incapable de trouver les mots, comme bloquée.

— J'ai peur, Adeline… Peur de cet endroit… Peur de ce qui va arriver à mon couple… À notre enfant… Je… Je ne le récupérerai pas… Je l'ai trompé froidement… son indifférence me dégoûtait… J'aurais dû continuer à nier…

— Mais non, Cathy… Garder ce secret t'aurait détruite… Il suffit de me regarder… Toi, au moins, tu…

tu t'es libérée de ce poids… Moi, tu sais… ça fait dix-huit ans que mon silence me pèse sur le cœur.

Elle fixait les barreaux du lit de Clara. Sans même s'en rendre compte, elle s'était mise à caresser la main de Cathy.

— Je… j'avais douze ans quand ça s'est produit… Le 9 juillet 1988. Je m'en souviendrai toute ma vie.

Sans bouger, Cathy tourna le regard vers Adeline.

— Cet après-midi-là, mes parents étaient partis faire des courses… Comme souvent, je suis restée à la maison avec mes frères, Éric et Pascal, des jumeaux qui ont deux ans de plus que moi, et Dakari, on l'appelait Dakari… le fils des voisins.

Ses cordes vocales semblaient la torturer à chaque mot qu'elle arrachait à sa conscience. Et pourtant, Adeline raconta.

— Mon… mon père adorait la chasse et les armes à feu. Chez moi, il y avait des carabines et des tas de revolvers sur les murs. Américains, anglais, français… Ma mère, elle… elle avait toujours été effrayée par ça, elle détestait quand il nous emmenait chasser avec lui… Bien sûr, ces armes étaient toutes déchargées, mais elles fonctionnaient à merveille… De temps en temps, il nous faisait tirer sur des boîtes, dans le jardin… Moi, ça me fascinait, cette force jaillie d'un canon, ce pouvoir… Même tuer des animaux, j'aimais ça…

Après une courte pause, elle continua :

— Ses cartouches, il les enfermait dans un coffre-fort, protégé par une combinaison à quatre chiffres. Mes frères ont essayé des centaines de fois de l'ouvrir, sans succès, car mon père changeait le code très souvent… Mais un jour, j'ai eu l'idée de prendre le fard à joue de ma mère et j'ai mis un peu de poudre sur chaque chiffre, avant que mon père parte chasser… Après, j'ai juste eu à relever les touches sans poudre. 1, 3, 8, 9. Il n'y avait plus que vingt-quatre combinaisons à tester. Et en moins de deux minutes, j'ai réussi à ouvrir le coffre. 3891… J'étais très fière de mon coup… Parce que ces armes, je voulais… Je sais pas, je voulais les posséder, je voulais que mes frères fassent quelque chose avec… Qu'ils… Qu'ils tuent des animaux… Je me souviens, je passais mon temps à appeler ça « un coup de maître ». Alors… alors j'ai filé la combinaison à mes frères. En fait, je venais juste d'ouvrir la porte de l'enfer.

Adeline sortit un mouchoir en papier et se tamponna le coin de l'œil. Cathy restait immobile, abattue mais fascinée par son récit.

— Ce fameux jour où mes parents sont partis faire des courses, mes frères et Dakari sont descendus à la cave, avec un Colt, modèle 1889… Et… Et une balle dans le barillet à six coups. Une balle qu'ils avaient prise dans le coffre-fort… Dakari, le petit gros, il… je le vois encore… il ne voulait pas descendre… Mais ils l'ont charrié… et moi aussi, je m'y suis mise… On l'a traité de poule mouillée… Des trucs de gosses qui font qu'à douze ans, tu… tu serais prêt à faire n'importe quoi… Alors Dakari est descendu avec eux… Il était vraiment mort de trouille… Ils lui ont un peu forcé la main… C'est…

Adeline resta là, la bouche ouverte, le front baissé. Cathy dut faire preuve d'une volonté démesurée pour parler.

— Ils t'ont laissée descendre aussi ? demanda-t-elle.

— Ils m'ont ordonné de remonter dans ma chambre… Mais j'ai assisté à tout… Je voulais y assister ! À la cave, il y avait un tas de parpaings en vrac. Je me suis glissée derrière. Les garçons s'étaient assis autour de l'établi de mon père, ils avaient éteint les lumières et allumé une bougie. Leurs… je vois encore leurs visages… Les ombres qui obscurcissaient leurs yeux, leurs pommettes. On aurait dit des fantômes… Et le Colt, au milieu. Ils avaient mis une cassette avec des musiques militaires. C'était en allemand, et ça gueulait… ça gueulait vraiment… J'étais tétanisée… Dakari était juste en face de moi… Je me souviens encore de son regard… Une bête, qui sait qu'on l'amène à l'abattoir, et qui pourtant avance, avance, avance. Éric lui a dit : « Tu es un homme ? Tu es un homme, alors tu vas prendre le revolver et pointer le canon sur ta tempe. Moi et Pascal, on l'a déjà fait. Maintenant, on est tous les deux des hommes ! Mais toi, toi tu dois nous montrer que tu as du cran. On doit tous le faire pour appartenir au groupe. »

Adeline parlait d'un ton détaché, et pourtant, il lui semblait revivre la scène. Les propos, les images, tout lui revenait avec une terrible précision.

— Je me rappelle m'être dit : « Il va appuyer et il va mourir. » C'était… C'était pour moi une évidence… Dakari allait mourir. C'est à ce moment-là que j'aurais dû crier, les menacer de tout raconter, mais… mais je n'ai pas bougé. Je suis restée derrière les parpaings et j'ai continué à regarder par les interstices… J'étais terrorisée, et, en même temps, fascinée… Dakari avait ramassé le flingue, mais son bras tremblait si fort qu'il… qu'il était incapable de le tenir… Alors… il l'a reposé en criant : « Non ! Je ne peux pas ! Je ne peux pas… » Il pleurait… de la morve s'était mise à couler de son nez… Il a voulu se lever… mais Éric, bien plus fort que lui, lui a posé une main très ferme sur l'épaule. « Prends-le ! Prends le flingue et appuie ! » Et la musique qui hurlait dans la radio ! C'était horrible ! Et là, d'un coup, Pascal, fou de rage, lui a collé le Colt dans la main, l'a forcé à le poser sur sa tempe et… tandis qu'Éric le… l'empêchait de… de bouger, il a…

Adeline se tut, puis elle éclata en sanglots.

— … appui… yé sur la… gâ… gâchette… C'est… C'est Pascal et Éric qui… qui ont tué… Dakari… Quand… Quand je… me suis mise… à hurler… ils…

ils m'ont dit que… c'était le gros qui… avait appuyé… que… si je disais la vérité, ils… s'en iraient… pour toujours, que… je ne les… reverrais plus jamais… Alors, quand la police est venue… j'ai… j'ai…

— Tu as menti…

Adeline se moucha. Ses lèvres et ses mains tremblaient.

— Je… ne mentais pas… Du moins… je n'en avais pas conscience… J'ai dit… ce que je croyais bon… Ce dont je… m'étais convaincue… Dakari avait appuyé… tout seul… Une… Une semaine plus tard, j'ai fait ma première crise d'asthme. Il… Il n'est pas une nuit où… où Dakari ne vient pas me hanter, où ces musiques militaires ne circulent pas dans ma tête. C'est ça, garder un mensonge au fond de soi… Ça te ravage le corps et l'esprit… David a raison… Les abcès sont faits pour être percés.

Elle se leva. Ses jambes flageolaient.

— C'est… C'est incroyable, balbutia-t-elle. C'est la première fois que… que je raconte cette histoire à quelqu'un… Après dix-huit ans… Tout est sorti d'un bloc… Exactement comme pour David, quand… quand il écrit ces obscénités… Tu ne me croiras sûrement pas, mais… mais lui et moi, on se ressemble… On a tous les deux quelque chose enfoui en nous… Quelque chose de mauvais… Et… Et je crois que c'est pour cette raison que nous sommes réunis ici…

31

Et la porte s'écarta lentement, en face, dévoilant une botte énorme dans l'embrasure...

Le pas, incroyablement lourd, laissait derrière le Bourreau une mélasse de neige fondue et de sang.

La neige fondue ! Dans sa précipitation, Marion n'avait pas eu le temps d'essuyer ses propres traces.

Il allait la saigner. Lui ~~ouvrir~~ trancher la gorge et la pendre par les pieds. Jusqu'à ce que les bêtes sauvages ~~se réga~~ lui arrachent les intestins, dans une lente torture. Elle gémit en silence.

Les bottes ferrées s'arrêtèrent à cinquante centimètres de son nez. Une main appuya sur les ressorts du lit, juste au-dessus d'elle. De plus en plus fort. Et encore, encore, encore ! Marion se recroquevilla, le poing dans la bouche.

Puis le matelas disparut, happé par une force surhumaine.

Elle put alors voir le visage du monstre,

séparé du sien par le maillage métallique du sommier.

— Garce ! Toutes des garces ! Tu vas comprendre le sens profond du mot souffrance ! cracha-t-il dans un rire puant.

Et il promena sa lame contre les mailles, provoquant un raclement terrifiant.

David tira avec hargne la feuille du chariot, puis en engagea une autre. Il avala successivement trois gorgées de whisky et se frotta le front du dos de la main. Se laisser habiter par Marion. Marion… Il ne devait plus y avoir qu'elle. Plus de Cathy, « Cathy, qu'est-ce que tu as fait ! », ni de Clara, « Ma petite chérie ». Juste Marion.

« Ah tu le veux ton roman ! Je vais te le servir tout chaud. Et tu vas pas être déçu ! Vieux con ! »

Il augmenta le son du lecteur CD. La musique ébranla les boiseries. Le whisky coulait dans ses veines. Il agita les doigts en l'air, devant ses yeux gonflés, et les abattit sur le clavier avec la maestria d'un pianiste déjanté. Au plafond, son ombre était gigantesque… démoniaque.

Il projeta le sommier sur le côté, dans un ~~hurlement~~ grognement de bête, et agrippa Marion par la tignasse. Il la décolla du sol, alors qu'elle fendait l'air de vains mouvements de bras. Elle se mit à le supplier. Ce qu'il adorait, plus que tout au monde.

— Pitié ! Pitié !

Plus elle implorait, plus il jubilait. Son sexe, à trop se tendre, lui fit mal. Il lui arracha les vêtements, la soulevant même par la culotte, puis la traîna dans la neige derrière le chalet, une solide corde enroulée autour du bras. Marion s'accrochait à tout ce qu'elle pouvait. Branches, racines, troncs. À chaque fois, elle avait l'impression qu'il allait lui déchirer les bras. La glace lui brûlait la peau, des entailles superficielles lui ~~entaillèrent~~ quadrillèrent le dos. Une odeur de viande pourrie monta, Marion vomit, alors qu'il lui attachait les deux pieds et lançait la corde par-dessus une grosse branche.

La brune squelettique sentit son corps se décoller de terre. Le sang afflua dans sa tête. Le froid lui dévora les chairs. Elle se courba, s'arqua, hurla, tandis que l'autre était retourné dans ce chalet de mort. Le nylon lui déchirait les chevilles. À ses côtés, des carcasses, noires, décharnées, bourgeonnantes de larves repues. Marion manqua de s'évanouir.

À ce moment-là, elle aurait aimé être déjà morte.

Le pire restait à venir...

Sans même avoir rempli la feuille, il la retira de la machine et il l'empila sur les autres. Puis il s'empara du dossier Bourreau, le regard fou.

« Ah, tu veux du détail ? Je vais t'en donner moi ! »

Je t'en voulais tellement de nous laisser. Je l'ai fait par colère. Par colère uniquement.

Cathy...

Rapport d'autopsie de Patricia Böhme, la dernière victime. Il l'ouvrit avec une froide détermination. Puis se gava des gros plans exposés. Le corps en lambeaux, toutes sortes de couleurs. Vert, bleu, mauve. Du rouge, partout. Visage, cheveux. Il était difficile de deviner qu'il s'agissait là d'une femme.

Juste une terre, labourée à la herse.

Il étala les clichés devant lui, puis ferma les yeux. Des

flashs, des relents de putréfaction, des hurlements. Ceux de Patricia Böhme, au moment où Tony Bourne passait à l'acte de mise à mort, après plus de trois heures de torture moyenâgeuse.

Point final de son rituel, il plaçait la femme juste à côté du cadavre de son mari, lui attachait les membres aux quatre pieds du lit et lui bourrait la bouche de chiffons, afin qu'elle ne puisse plus respirer que par le nez. Sur plusieurs clichés, on voyait la corde de nylon qui avait entaillé les chevilles jusqu'au tendon.

Puis le Bourreau sortait un cierge, qu'il allumait et qu'il penchait juste au niveau des narines. La cire brûlante venait roussir la peau, s'accumulait et durcissait, empêchant peu à peu l'arrivée d'oxygène. Et là, alors que la respiration devenait un effort surhumain, une souffrance, une récompense, il fixait sa victime dans les yeux. Le corps qui se met à réclamer, le battement du cœur qui s'accélère, qui résonne dans les oreilles, de plus en plus fort, l'étau dans la gorge qui se resserre, lentement, à broyer la trachée et exploser les poumons. Et le dernier espoir de pouvoir tout libérer, d'un coup, puis d'aspirer l'atmosphère entière dans un long sifflement libérateur.

Et Bourne qui guettait, qui guettait le moment exact où la Mort venait cueillir sa proie. L'instant précis où l'âme s'arrache du corps.

Là, il possédait enfin sa victime. Et, dans l'incompréhension du monde, devant les yeux de l'enfant épargné, il jouissait.

David attrapa une feuille vierge qu'il chiffonna dans le creux de sa main, les mâchoires contractées. Sans cesse, au travers de ce déferlement d'horreur, la même image revenait. Cathy, en train de s'éclater au pieu avec son meilleur ami. Cathy, qui gémissait. « Encore ! Encore ! Encore ! »

Un premier coup de lame, sur la jambe gauche.

« Tu n'aurais pas dû… Tu aurais dû m'en parler. Cathy ! Qu'est-ce que tu as fait ? »

L'arc de sang qui étoile la blancheur du sol. ~~Marion~~ Emma chercha à lui griffer le visage, hurlant de tout son saoul. Il esquiva et la poussa dans le dos. La corde se balança, le corps squelettique vint percuter des carcasses, dont l'état de putréfaction était tel qu'elles se brisèrent dans un craquement de bois mort. Des tonnes de larves ~~tombèrent~~ gigotèrent dans la neige, par paquets hideux.

Le monstre, vêtu d'un grand tablier vert, se mit à rire, un rire qui n'en finissait plus. Des nuages de brume sortaient de sa gorge.

Emma allait ~~mourir~~ crever. À l'instant précis où il posa la lame sur son téton gauche, elle pria Dieu de lui pardonner le mal qu'elle avait fait autour d'elle.

David tapait si fort sur les touches que ses doigts commençaient à lui faire mal. Elle l'avait trahi, sali. Six semaines ! Six semaines qu'elle traînait son mensonge, alors que lui se cassait à recoudre des cadavres douze heures par jour, qu'il affrontait des enfants démantibulés, des adolescentes explosées à l'héroïne, à peine dix-sept ans, nues, violées. Sans compter le souvenir de sa mère, dès qu'il mettait les pieds dans un laboratoire de thanatopraxie.

Et elle ! Elle, Cathy, qui avait osé !

« Allez ! On va fêter ça au whisky ! Que ceux qui veulent se payer une nuit avec ma femme se lèvent ! »

Bouteille à la main, il se décolla de sa chaise. Son genou percuta la table, un tube à essai explosa sur le sol, il ne s'en rendit même pas compte.

« Venez ! Venez ! Il y en aura pour tout le monde ! »

Soudain, Schubert. L'allegro d'ouverture. Il s'écrasa près du poste, mains bien à plat, le son dans les oreilles, le front sur le bureau, essayant de pleurer, de libérer la rage emprisonnée sous son crâne. Impossible.

Ce n'était pas sa femme qu'il haïssait. C'était lui-même, David Miller.

Les mouches bourdonnaient autour de lui. Il saisit un scalpel et l'enfonça dans le bois, le serrant de toutes ses forces par le manche. Son pouce blessé se remit à saigner.

À l'évidence, il devenait fou, lui aussi. Destruction psychologique. Le spectre du Bourreau se matérialisait dangereusement.

Il se dirigea lentement vers la fenêtre et resta un moment à contempler les ténèbres.

Alors, une certitude l'envahit.

Le Monstre allait revenir.

32

Adeline pointa son nez dans le couloir. *La Jeune Fille et la mort* dans le laboratoire, les voix d'Emma et de Doffre dans le salon…

Chacun restait cloisonné dans son coin. Pas de repas ce soir, aucun échange. Des larmes, de la peur et de la colère. Les signes évidents d'une névrose collective.

Sur la pointe des pieds, la rouquine se faufila dans sa chambre. Elle laissa la porte entrouverte, par sécurité. Elle s'était arrêtée à une décision : ouvrir la malle mystérieuse, combattre son système de fermeture et le vaincre.

Il fallait découvrir ce que le vieux y cachait depuis leur arrivée, pourquoi il la fixait si souvent, l'air lointain. Peut-être la clé de cette histoire de dingues. Elle essaya de la déplacer, la tirant par une poignée, mais n'y parvint pas. Le poids d'un cheval mort. Que pouvait-elle bien contenir ?

Elle s'agenouilla et ausculta le cadenas en U. Cinq molettes sur chacune desquelles étaient gravés les chiffres de zéro à neuf. Cinq chiffres… Pouvait-on choisir la combinaison soi-même à l'achat, comme pour certains antivols ? Elle aurait bien tenté la date de naissance d'Arthur, mais elle ne la connaissait même pas.

Elle essaya en vain le coup de l'oreille sur les molettes, à l'écoute du *Clic* de cinéma, et expérimenta également quelques combinaisons triviales – 11111, 22222, 12345, 54321… –, sans plus de succès. Alors, une pensée franchit la barrière de sa conscience pour finir sur ses lèvres :

— Cinq chiffres, les numéros du Bourreau.

Elle se souvenait de l'acharnement dont David avait fait preuve lorsqu'il retournait le laboratoire à la recherche des signes gravés sur les crânes des enfants. Peut-être, après tout… Il fallait tenter le coup.

Elle sortit discrètement de sa chambre, longea silencieusement le couloir et pénétra dans le laboratoire. Les odeurs médicales lui levèrent l'estomac.

David était écrasé sur sa machine à écrire. La blessure de son pouce s'était rouverte, il y avait du sang partout. Un scalpel planté dans le bois, à sa droite. Des dizaines de photographies étalées devant lui, sur le bureau. Adeline s'approcha. Elle porta la main vers sa bouche, essaya d'ignorer ce que ses yeux voyaient sur le papier glacé et se mit à lire la feuille restée coincée dans la machine.

`Il lui coupa ensuite un morceau de lèvre, le sang lui éclaboussa le visage. Emma n'arrivait même plus à hurler, les flots pourpres coulaient dans ses yeux. Doffre se frotta les mains sur son ~~pantalon~~ tablier barré de traces de doigts ~~rouge~~. Emma ressemblait bien à une ~~grosse~~ truie, une truie nue, qu'on saignait avec la plus primitive des méthodes. Cette garce souffrait, tant mieux. Chacun son lot de ~~souffrances~~ tortures.`

L'expression d'un chaos, d'une folie qu'il recrachait sur le papier. C'était abject. Un mélange d'imaginaire et de réalité. Plus aucune barrière, aucun tabou.

Elle voulut s'emparer du dossier laissé ouvert à gauche de la machine. David lui agrippa soudain le poignet, puis la relâcha. Il était ivre mort. Sans même lui dire un mot, il se remit à taper. Adeline s'écarta un peu, il lui faisait peur. Elle fouilla dans le dossier, plus une seule photographie. Elles étaient toutes là, autour de lui. Elle inspira profondément. Il allait falloir fouiner là-dedans. Supporter la vue des victimes et les gros plans sur leur calvaire. Avec courage, elle se mit à observer chaque cliché, à la recherche de crânes. De crânes d'enfants.

Elle dut se mordre le poing très fort pour ne pas vomir. Elle ne comprenait pas. C'était peut-être cela le pire, en définitive. Ne pas comprendre cet insatiable acharnement de destruction.

— On en est loin, n'est-ce pas ? cracha David en se retournant, l'haleine chargée.

— Loin de quoi ?

— Des Hannibal Lecter du cinéma. Du lissage cinématographique. Ici, tout n'est que furie, une délectation innommable, accouchée de la souffrance et du sadisme. Ôter une vie pour un orgasme, déchirer les chairs pour se masturber avec, éclater les crânes et bander quand le sang jaillit. C'est ça, leur réalité ! Quand je pense que les gens en font des objets de culte, des sujets de discussion, bien au chaud dans leur petite vie tranquille. Certains les admirent, même, vous imaginez ? Voilà ce qu'on devrait leur montrer ! La mort n'est pas ce qu'ils croient, bordel ! Elle est aussi rouge et sanglante que les cuisses de ces pauvres femmes !

Il plongea à nouveau vers la Rheinmetall. Adeline le regarda s'enfoncer dans son récit, abasourdie. Était-il si différent de ces êtres abominables, au fond ? Lui qui se déchargeait sur sa machine, comme eux le faisaient sur des corps en vie. Et si on lui retirait son papier et son crayon ? Quel autre dérivatif utiliserait-il, pour expier le mal et la douleur qui l'habitaient ? Tuerait-il, lui aussi, comme elle l'avait fait avec Dakari ?

Où se situait la frontière ?

Après cinq minutes de voyage dans l'horreur des charpentes mutilées, elle finit enfin par dénicher le premier tatouage. Le crâne rasé d'un enfant. Un numéro inscrit en grand, à l'encre noire. 98784. Elle ramassa le cliché et poursuivit courageusement sa recherche.

Peu après, elle avait découvert toutes les photographies. Les sept clichés.

— David…

— Une seconde, une seconde… J'ai presque fini.

Adeline hésitait à lui parler de la malle. Elle fit quelques pas vers la porte et revint vers lui. À peine s'étaitelle assise à ses côtés qu'il s'écria :

— Et voilà… Fin !

Il regarda en direction des mains de la jeune femme.

— Les photos des enfants ? Qu'est-ce que vous voulez faire avec ça ? Un album de famille ?

— Vous êtes ignoble !

— Ah… les numéros ! Vous aussi vous vous attaquez à la quête du Graal !

Il l'agrippa par le pull, alors qu'elle s'éloignait.

— Attendez ! Attendez ! Ne manquez pas la chute, le clou du spectacle !

— Écoutez, David, je vous signale que votre femme est à l'agonie ! Vous avez peut-être mieux à faire qu'à rester ici à boire et à écrire !

Sans lui laisser le temps de s'échapper, il se mit à déclamer :

— « Doffre trancha la corde de la pointe de son scalpel. Emma chuta la tête la première, la neige amortit la chute et elle roula sur le côté. Des torrents de sang coulaient de sa bouche. Dans le brouillard de sa douleur, elle perçut un cliquetis que n'importe quelle femme pouvait reconnaître parmi mille. Celui d'une boucle de ceinture. Doffre baissait son pantalon, pointant un tout petit sexe. Un sexe ridicule. »

— Vous… Vous êtes pitoyable ! l'interrompit Adeline. Je m'en vais.

Il attrapa de nouveau son pull.

— Restez ! J'ai fini ! J'ai presque fini ! « Au moment où il s'agenouillait pour la pénétrer, elle lui fracassa une pierre pointue sur la figure. L'arcade explosa, il sombra sur le sol, les deux mains devant lui, grognant comme une bête. Emma se redressa, le bloc brandi au-dessus de la tête, et cogna, cogna, cogna. Il vivait encore. Alors elle ramassa le scalpel et lui sectionna le sexe, d'un coup net. Elle le lui fourra au fond de la gorge. "Bouffe ! Bouffe ! Espèce de porc ! Bouffe-toi la bite !" hurla-t-elle en se vidant de son sang. Doffre mourut étouffé, la bite entre les lèvres. Quant à Emma… elle mourut aussi, la bite dans la main. Fin. Roman dédié à Arthur Doffre et à Emma Machin. Votre serviteur, David Miller. »

Il posa les feuilles sur la table et se leva, titubant.

Adeline secoua la tête de dépit.

— Un asile de fous… J'ai mis les pieds dans un asile de fous…

Et elle disparut en refermant la porte derrière elle.

Dans le couloir, elle s'arrêta pour écouter. Toujours les voix d'Emma et Arthur dans le salon.

« Pas mécontente qu'il m'ait trouvé une remplaçante », pensa-t-elle.

Elle plaqua son oreille contre la porte de Cathy. Aucun bruit. La pauvre devait être épuisée et avait dû s'endormir.

De retour dans sa chambre, elle essaya la première combinaison à cinq chiffres. 98784. Rien. Puis 98067, le cinquième des sept numéros tatoués.

Quand la dernière roulette se positionna sur le 7, ses oreilles frémirent. La barre d'acier s'éjecta de son emplacement d'un mouvement latéral. Le déclic se propagea dans tout son organisme.

L'étrange impression d'avoir déjà vécu cette scène.

Alors, elle eut soudain une envie enfantine de refermer le cadenas et d'ignorer ce qui venait de se produire. De se plonger dans son lit et de s'enfouir sous ses draps.

Elle regarda les jeux d'ombres sur le plafond, provoqués par les sapins dans le vent, puis se retourna vers le couloir.

Lorsqu'elle entendit craquer le mur du fond, elle crut mourir de peur.

Elle se concentra sur sa tâche.

Ses phalanges tremblantes chassèrent le cadenas de son emplacement. Elle poussa le loquet métallique. Ne restait plus qu'à soulever le couvercle. Et ouvrir la boîte de Pandore.

La peur d'un monstre aux griffes d'acier, lui tranchant soudain la carotide, la paralysa. Et s'il surgissait de là-dedans ?

« Tu es vraiment stupide, pensa-t-elle. Tu vas quand même pas t'y mettre aussi. »

Un léger grincement.

Elle était accroupie.

La terreur la fit vaciller.

L'image n'eut pas le temps de se figer dans son esprit.

Le cri ne traversa pas son larynx.

Elle se retourna, les yeux écarquillés, la bouche cherchant un oxygène qui n'arrivait plus.

Une crosse de fusil lui percuta l'arcade.

33

Ce fut d'abord l'odeur de brûlé qui arracha David de son sommeil. Il décolla la joue du bureau, l'esprit embrumé, des battements à l'intérieur de son crâne. Dans un mouvement de panique, il se cogna violemment la main contre la machine à écrire.

Devant lui, des flammes, des formes, une silhouette repliée, presque immobile. Lorsque les pupilles de David se contractèrent, que le brouillard éthylique se dissipa, il distingua vaguement une femme maigre. Emma, assise sur le sol, une poubelle devant elle.

Du puits métallique s'élevait une faible lumière.

David secoua la tête, les paumes sur les tempes, s'assurant qu'il ne cauchemardait pas.

Non, la brune maigrichonne se trouvait bien là, à quelques mètres de lui. Elle brûlait des feuilles, la bouche serrée, les lèvres pincées, malgré les boursouflures. Des veines saillaient en racines puissantes sur son cou disproportionné. Elle avait passé son pull lacéré, ainsi que son jean trop large pour ses jambes squelettiques.

La pure réincarnation d'un monstre mythologique.

— Inutile de dire quoi que ce soit, prononça-t-elle

d'une voix très dure, sans le regarder. Ce que vous avez fait est impardonnable.

Des boules de papier étaient disposées devant elle, les unes derrière les autres et régulièrement espacées, façon obsédée du détail inutile. À côté, une pile de feuilles.

— Ce que j'ai du mal à comprendre, c'est pourquoi vous vous en prenez à moi, même dans cet état pitoyable, ajouta-t-elle de cette même voix monocorde. Je vous ai fait quelque chose de mal ?

David se frotta les paupières. Les paroles d'Emma résonnaient douloureusement dans sa tête. L'horloge indiquait deux heures et quart du matin.

— Qu'est-ce que vous fichez ici… marmonna-t-il sans vraiment réussir à prendre un ton interrogatif. Vous allez… dégager, et vite fait…

Elle ne répondit pas. Un silence effrayant. Un vide spirituel d'où pouvait se libérer une violence inouïe.

David se plaqua contre le dossier de son siège. Tout lui revenait en mémoire, crûment. Cathy… L'IVG… Leur dispute dans la chambre. Son délire face à la machine à écrire. La présence floue d'Adeline… Les photographies des enfants, entre ses mains. Son héroïne Marion, cachée sous le lit… Les bottes du Bourreau… Le matelas soulevé… Puis plus rien. En apercevant la bouteille de whisky, il comprit rapidement la raison de son trou noir.

Il jeta un œil sur sa droite. Son tas de pages. Disparu. Il prit enfin conscience de ce qui se produisait en face de lui.

Elle était en train de brûler son livre !

— Imbécile ! Qu'est-ce que vous faites ! hurla-t-il en se redressant.

Il s'apprêtait à lui sauter à la gorge. Mais il s'arrêta net.

L'impression d'une entaille dans le larynx.

À dix centimètres du genou droit d'Emma, le fusil.

Bien luisant. La gueule noire du canon orientée dans sa direction.

Il dessaoula instantanément et eut l'instinct de ne pas paniquer.

Elle continuait à détruire les feuilles. La fumée s'élevait, de plus en plus dense.

— Écoutez, Emma, je… je suppose que vous avez une bonne raison de ruiner mon travail mais… Arthur risque de ne pas apprécier. Ce livre lui appartient.

— Arthur est au courant… répondit-elle.

— Pardon ?

— C'est lui qui a eu cette excellente idée. Arthur a toujours de bonnes idées.

Un rictus de mauvais clown agita sa lèvre épaisse.

— Non ! Arthur y tient plus que tout ! Il n'aurait jamais fait une chose pareille !

— Oh que si !

Elle mentait ! Elle mentait forcément ! Tout son travail anéanti, devant ses yeux. Le Bourreau qui redevenait poussière. Comment Arthur pouvait-il la laisser faire ?

— Nous avons lu et relu très attentivement vos dernières pages, reprit Emma. Celles que vous avez rédigées cette nuit… Et nous avons été incroyablement déçus.

— Ce… Cette nuit ?

Emma commençait à s'agiter. Assise en tailleur, elle oscillait d'avant en arrière.

— Oui, cette nuit. Vous ne pouvez imaginer à quel point vous nous avez blessés.

— Je… n'y comprends rien… Je ne me souviens plus de… de… ce que j'ai tapé, bafouilla David. J'avais beaucoup bu et…

— Ah ! Alors vous rejetez la faute sur l'alcool ! Mais vous êtes quelqu'un de responsable, monsieur Miller ! Personne ne vous a forcé à boire !

Les veines se démultipliaient partout sur son corps.

David croyait voir une déséquilibrée, échappée d'un hôpital psychiatrique.

— Vous avez tenté de me tuer ! continua-t-elle. Et si… si je m'étais écoutée, je vous… je vous… je vous aurais déjà placé une balle au beau milieu du front !

David sentit que ses jambes se mettaient à flageoler. Emma pouvait exploser à n'importe quel moment. Aussi instable qu'un bâton de nitroglycérine.

— Emma, je… je ne saisis pas bien. Comment pouvez-vous dire une chose pareille ? Vous tuer ? Mais…

Emma plaça sa main à plat sur la crosse du fusil. David pensa un instant à plonger sur le côté, mais se ravisa aussitôt. Cette folle devait être aussi souple et rapide qu'un lièvre.

— Écoutez, Emma… ça a peut-être un… un rapport avec ce que j'ai écrit, mais… mais ce n'est que de la fiction ! Ces personnages ne sont pas réels !

— Et moi, je suis quoi ? De l'encre sur du papier ? Vous avez intentionnellement remplacé le prénom de Marion par le mien ! Pour me faire mal !

— Je… Je n'avais plus toute ma tête, improvisa-t-il. Avec… avec l'annonce de mon épouse, ça… ça m'a fait un vrai choc… Je… Je vous en ai voulu, à Arthur et à vous, c'est pour ça que…

Elle déplia violemment la jambe et percuta la poubelle, qui roula sur le côté. Des flocons noirs s'envolèrent dans la pièce.

— Vous m'en avez voulu ? Vous m'en avez voulu de vous dire que votre femme vous avait trompé ? Qu'elle avait avorté dans votre dos ? Mais… Mais vous auriez dû me remercier ! Vous auriez dû m'aimer pour ça !

— Vous… Vous aimer ? Mais, Emma !

La colère qui déforme le visage. Les lèvres qui se chargent d'un voile d'écume. Emma leva le fusil, puis le reposa. Deux, trois fois d'affilée…

Elle se décida finalement. L'arme décolla du sol. Elle

empoigna fermement le Weatherby, le canon braqué vers le bureau.

David comprit qu'il lui restait une fraction de seconde pour sauver sa vie.

— Emma ! Emma ! Vous… Vous avez bien fait de tout me raconter ! Emma, vous… vous avez eu raison !

Elle épaulait.

— Il est chargé à bloc, au cas où vous vous poseriez la question, grogna-t-elle. Quatre balles, les unes derrière les autres.

David estima les possibilités qui s'offraient à lui. Impossible d'atteindre la folle sans contourner le bureau. S'emparer de la Rheinmetall et la lui balancer à la figure ? Elle lui aurait explosé le crâne bien avant.

— Je sais que j'ai eu raison, dit-elle en maintenant sa visée. Mais vous êtes incapable de comprendre ça. Vous n'êtes qu'un sale égoïste !

— Emma ! je n'ai jamais voulu vous…

— Ouvrez le tiroir !

David s'exécuta. Il n'y avait plus que quelques feuilles.

— Prenez la page du dessous et lisez les dernières lignes !

— Emma ! Votre accent allemand ! Où est passé vo…

— Liseeeeeeez !

— Je… Non, Emma ! Je ne veux pas lire. Ce… Ce n'est pas une bonne idée.

L'index sur la détente.

— D'accord ! D'accord !… « Doffre mourut étouffé, la bite entre les lèvres. Quant à Emma… elle mourut aussi, la bite dans la main. Fin. Roman dédié à Arthur Doffre et à Emma Machin. Votre serviteur, David Miller. »

David tremblait. Il posa la page devant lui, sans quitter la Furie des yeux. Elle ne laissait plus passer aucune expression sur son visage, mais ses pommettes saillantes et les mouvements convulsifs de ses mâchoires lui donnaient un aspect terrifiant. Un magma volcanique. Un diable, dans un corps de porcelaine.

— Quand on surprend un chien qui défèque, on l'attrape et on lui plonge le nez dans ses excréments pour s'assurer qu'il ne recommencera jamais.

Puis elle se tut et éteignit la lumière. David fut alors ébloui par le faisceau d'une lampe torche sur son visage. Il ferma à moitié les yeux et tenta de se protéger du rayon lumineux.

Cette fille était folle, d'une folie dévastatrice, guidée par la volonté de détruire. Mais elle ne l'avait pas encore tué… Cette lampe torche, dans la figure… Sinistre présage… Elle allait le faire souffrir.

À ce moment-là, David eut la certitude qu'il était arrivé malheur à sa famille. Tant de silence, autour. Pourquoi Cathy et Clara ne réagissaient-elles pas, malgré les hurlements d'Emma ? Et Adeline ?

— Emma… Dites quelque chose… Je vous en prie… Qu'est-ce que… vous attendez de moi ?

Comment trouver les mots, les gestes qui ne la heurteraient pas ? Comment apaiser cette colère immense ?

Aveuglé, il ne distinguait plus qu'une forme noire.

— Emma, je vais me lever, ramasser cette corbeille et… brûler tout ça. Je… Il faut que je les brûle moi-même. Je vais le faire pour… pour vous prouver que je regrette sincèrement mon erreur. Et je réécrirai cette histoire. Rien que pour vous. Une… Une histoire qui vous plaira…

— Ce serait trop facile, rétorqua-t-elle durement. Il faut que vous pesiez le poids de chaque mot que vous avez écrit. Alors, ces sept pages d'obscénités, vous allez les bouffer jusqu'au dernier gramme de papier.

— Non, Emma ! Je…

La voix jaillie de l'obscurité prit soudain des intonations militaires.

— Un conseil, fermez-la et obéissez. Vous ne pouvez vous en prendre qu'à vous-même. À personne d'autre ! Nous ne sommes pas responsables de vos conneries.

Elle semblait au bord de la rupture. David savait qu'elle était décidée, qu'elle irait jusqu'au bout.

S'il n'obéissait pas, il était mort.

Il ramassa la feuille sur le bureau et en déchira un minuscule morceau qu'il enfonça dans sa bouche. Son palais se tapissa d'un film d'encre écœurant. Il mâcha le papier jusqu'à le liquéfier, avant de l'avaler dans une grimace.

— S'il vous plaît, Emma… C'est infect. Je…

Le pinceau de la lampe se mit à osciller. Emma se leva. David sentit soudain le canon du Weatherby sur son front.

Elle poussa une feuille vierge vers lui.

— Une de plus à chaque fois que vous ouvrirez le bec.

— Non, Emma ! Non ! Je…

Deuxième feuille, en plus des sept qu'il devait ingurgiter.

— Croyez-moi, ça ne me fait pas plaisir de vous traiter de la sorte. Mais si nous ne nous fixons pas de règles, d'ici un mois, ce sera l'anarchie. Nous avons énormément de travail pour y parvenir, David Miller, mais nous y arriverons. Je suis sûre que nous y arriverons…

De quoi parlait-elle ? Elle était complètement tarée. Quel travail ? Parvenir à quoi ? Un mois ! Un mois ! Elle ne comptait pas le tuer ! Elle allait l'empêcher de partir ! Le retenir dans cette prison, d'une manière ou d'une autre. Christian ! Il ne reviendrait peut-être jamais !

Il déchira un autre morceau de papier et avala l'infect mélange d'encre, de bois et de cellulose. Emma s'était de nouveau éloignée, en position de tir.

Pourquoi Arthur l'avait-il laissée brûler le manuscrit ? Par rage ? Lui qui tenait tant à ce livre ?

Il y avait là quelque chose que David ne comprenait pas, la brume était encore trop épaisse. Cependant, une chose était certaine, Arthur utilisait Emma pour le retenir, l'emprisonner, comme il s'en était servi pour tuer Grin'ch. Il profitait de son instabilité psychologique, de ses emportements violents, afin de la manipuler.

Par l'intermédiaire d'une folle que lui seul pouvait contrôler, il marchait et agissait à nouveau.

Bien mieux qu'un simple roman.

Emma, les vêtements lacérés, à bout de force, était arrivée au bon moment. Une malade, genre schizophrène, qui se retrouve nez à nez avec un psychologue, dans l'endroit le plus paumé du monde… Et Emma, qui, à présent, parlait le français le plus pur, sans une pointe d'accent…

Une horrible pensée venait de naître sous son crâne. Elle se dissipa un moment… Sa gorge le faisait souffrir terriblement. L'impression que sa langue avait triplé de volume. Cette torture, qui s'ajoutait à la déshydratation liée aux effets de l'alcool. Il fallait boire. Impérativement.

Réclamer sans parler.

D'un mouvement très lent, il prit le stylo à côté de la machine à écrire et, sur une feuille vierge, il nota : « De l'eau ». Puis il repoussa le papier devant lui, ainsi que le stylo.

Le stylo, parce qu'il voulait vérifier quelque chose. Quelque chose d'impensable et qui, pourtant, pouvait fournir une explication à cette histoire de dingues.

Ses doigts tremblaient. Il glissa ses mains sous le bureau.

Emma approcha d'un pas prudent. L'œil jaune de la lampe se balançait dans l'obscurité. Soudain, David s'étrangla et recracha un mélange d'encre et de pâte gluante.

Elle s'empara de la note, alors qu'il s'étouffait.

« Ramasse ce stylo ! pensa-t-il en crachant encore. Ramasse ce putain de stylo et écris-moi un mot ! Juste un mot ! »

— Et la phrase magique ? se moqua-t-elle en repoussant la feuille dans sa direction.

Il ajouta, en s'essuyant la bouche avec un mouchoir : « … s'il vous plaît. »

— Vous n'aurez pas d'eau, prononça-t-elle d'une voix neutre. La punition doit être appliquée jusqu'au bout.

Il voulut reprendre le stylo mais elle se recula.

— Mangez ! exigea-t-elle en chassant d'un geste violent le tas de feuilles sur le sol. Goinfrez-vous de vos âneries !

Alors qu'elle l'humiliait, elle s'obstinait à le vouvoyer. Le ton était cependant devenu définitivement agressif. Au bord de l'explosion.

Les yeux en larmes, David fourra des lamelles dans sa bouche et il avala…

Emma le regardait sans pitié.

Longtemps après, elle lâcha enfin :

— Je pense qu'on devrait faire une petite escapade dehors, tous les deux. Je crois que je devrais vous pendre par les pieds et vous couper le sexe pour vous l'enfoncer dans la bouche. Oui, c'est ce que nous allons faire.

David avait les mains sur l'estomac. La tête lui tournait, et il avait de la peine à respirer.

— Emma… Vous… Je vous ai obéi… J'ai tout mangé… Jusqu'au dernier gramme… implora-t-il, les lèvres et la langue noires.

— Vous n'avez fait que réagir à la menace. Pour préserver votre vie. Mais vous me prenez vraiment pour une idiote, sale petit égoïste ? Une *Dummkopf* ! Une *i-diote* !

Elle sortit de l'ombre et visa sa poitrine.

— Tournez-vous et sortez de la pièce !

— Emma ! Pitié…

— Tournez-vooooooooous ! hurla-t-elle, défigurée.

Il obtempéra, les bras levés, tandis qu'elle se plaçait derrière lui. Devant, le couloir de la mort. La porte de sa chambre, fermée à clé. Ils s'arrêtèrent devant celle d'Emma. Plus loin, l'éclat de l'acier. Puis deux yeux scintillants.

— Arthur ! Je vous en prie ! Dites-lui de…

Le vieil homme partit en marche arrière et disparut dans l'ombre.

— Arthur ! Arthur !

Un coup de crosse dans les reins le cassa en deux. Emma le propulsa contre la porte.

— Entrez là-dedans !

Il était au sol. Il la supplia du regard.

— Je vous en prie… Ne leur faites pas de mal…

— Tout aurait pu être si simple, David… Mais il a fallu que vous fassiez votre forte tête…

Elle le frappa à nouveau d'un coup de pied phénoménal dans les testicules. Il rampa à l'intérieur de la pièce.

— Arthur va m'aider… Oui, Arthur va m'aider… lui dit-elle. Nous y arriverons, mon chéri… Nous avons tout le temps qu'il faut pour ça…

Elle referma à double tour. David roula sur le plancher, à la limite de l'asphyxie.

Quand il baissa les paupières, dans un éclair de douleur atroce, il comprit la raison de sa présence dans cet enfer de verdure, où aucun de ses cris ne pouvait être entendu.

Un piège démesuré.

On ne viendrait pas le secourir. Jamais.

Il poussa le gémissement d'une bête, qu'on s'apprêtait à abattre.

34

Attachée, les bras en croix, aux barreaux d'un lit.

Vivante. Quelque part.

Le noir, le froid.

La nausée montait. Des odeurs d'excréments, d'urine. Des senteurs de bêtes. À gauche, à droite, sur ce matelas infect, sur les murs. Partout autour.

Adeline voulut hurler, mais aucun son ne sortit de sa gorge.

Un antre. On l'avait enfermée dans un antre glacial. L'image des quatre griffures traversant la poitrine d'Emma lui fracassa l'esprit.

Elle releva la nuque et tourna la tête. Une pièce, un lit au milieu, la silhouette mystérieuse d'un poêle, des vitres en morceaux, une porte ouverte. Et des volets démontés, posés à plat dans le coin opposé.

Les volets du chalet.

Par le carreau, la lune, la forêt, l'hiver, l'Allemagne.

Adeline tenta de pivoter pour regarder au sol.

Partout, des inhalateurs. Des dizaines d'inhalateurs, disposés en arc de cercle sur le plancher, comme les bougies d'un rituel satanique. À portée de main, mais inatteignables. Elle orienta son regard de l'autre côté, même scénario.

Le supplice de Tantale.

Cette fois, Adeline hurla pour de bon. Elle ne reçut pour seule réponse que son propre écho.

Un élan de panique accéléra son souffle. Elle rabattit les pouces aux creux de ses paumes et tira sur ses poignets, de toutes ses forces. Mais les bracelets, ces bracelets d'acier qu'elle avait elle-même apportés pour les jeux sexuels, étaient trop serrés. Et les barreaux, trop solides. Aucune chance de s'échapper.

Une légère stridulation prit naissance à l'ouverture de ses bronches. Une peur violente gonflait dans ses entrailles. Sa langue collecta le sang durci à la commissure de ses lèvres, ses membres se raidirent encore. Elle n'était pas morte, mais une voix, en elle, lui murmurait qu'elle aurait mieux fait de l'être.

Que s'était-il passé ?

Elle se mordit les joues. Une douleur insoutenable lui traversait le crâne. Elle se souvenait de David, hystérique devant sa machine à écrire. Sa bouteille de whisky à moitié vide, ses yeux fous… L'obscurité du couloir, les murmures dans le salon… Elle se rappelait s'être glissée dans la chambre d'Arthur, d'avoir approché la malle… Et après ? Il s'était forcément passé quelque chose ! Qui l'avait frappée ? Pourquoi ?

Et tous ces inhalateurs, autour, comme jaillis d'un cauchemar.

Un vent glacial s'engouffra par la porte. Dehors, le grincement des branches…

La certitude qu'elle se trouvait dans le repaire de la Chose, et qu'elle allait mourir.

Adeline rabattit ses genoux et les regroupa contre son torse. Ses mouvements remuèrent la puanteur, elle se retint de vomir.

Son cœur palpitait. Le sifflement, cette fois, avait pris la tonalité aiguë d'une crise imminente. Ça arrivait. Le raz-de-marée levait son mur destructeur et rien ne pourrait freiner sa colère.

La crise d'asthme.

Désespérément, elle se contorsionna, s'arqua, se tordit la colonne vertébrale pour tenter d'approcher sa bouche de la poche de son jean. Elle imaginait déjà la Ventoline lui soulager les poumons. Si près, elle était si près !

Impossible. Elle ne réussit qu'à se vriller l'épaule droite.

Adeline cria en secouant la tête dans tous les sens.

Cette fois, elle tira sur les menottes si fort que la peau de ses poignets s'arracha.

Dans son larynx, le passage de l'air se fit plus difficile.

« Ils disent que c'est psychologique ! pensa-t-elle en serrant la mâchoire. Des crises d'angoisse, juste des crises d'angoisse ! Tu bloques l'air ! Tu bloques l'air et tu provoques le sifflement. C'est ton cerveau qui dérègle tout là-dedans. Ils te l'ont expliqué des milliers de fois ! Dis à ton cerveau que tout ceci est faux ! Que ça n'existe pas ! Respire, putain, respire ! Dakari… Dakari… Tu dois sortir de ma tête ! Ce n'était pas ma faute… »

Mourir privée d'oxygène, dans le poumon monstrueux d'une forêt. Et cernée d'inhalateurs.

Elle haletait, sa poitrine se levait, s'affaissait, bondissait encore. Le sifflement aigu s'écrasa en un son rauque, court et infiniment répété. Elle sentait sa glotte battre, ses amygdales se rétracter, ses poumons brailler « De l'air ! De l'air ! », alors que ses muscles s'atrophiaient, tels des cordages gonflés d'eau et abandonnés à la morsure du soleil.

Le navire organique se disloquait de part en part.

Puis vint le moment où le flux glacé ne circula plus du tout. Une coupure nette.

Attachée à un lit, en train de s'asphyxier.

Ses veines gonflaient. Dans son cerveau, l'image

d'une truite se débattant sur une étendue herbeuse. Elle tourna la tête sur le côté, la bouche grande ouverte, priant pour que tout se passe vite.

Mais l'agonie dura des siècles.

Le temps se dilatait. Il lui semblait percevoir chaque seconde se décomposer en dixièmes, chaque dixième en centièmes. L'absence d'oxygène devenait insupportable.

Mourir… Pitié, mourir…

Ses pensées devinrent vierges, immaculées. Ses tendons se relâchèrent. Son organisme abandonnait le combat.

Plus tard, beaucoup plus tard, apparut le visage de la mort. Un masque d'os et de chair pendante, perché au-dessus d'elle. Des cavités béantes, un nez plat, presque inexistant. La figure enfantine de Dakari. Dakari, trempé de sueur. Il était là, venu la chercher de ses petites mains potelées.

Ses yeux se fermèrent lentement. Progressivement, la douleur s'estompa. Elle devait être morte, parce que, en elle, les blocages se rompaient. L'air s'engouffrait de nouveau peu à peu sous son palais. Un écoulement tout d'abord limité, qu'elle sentait glisser au plus profond de son système respiratoire. Ça respirait. Ça respirait tout seul…

Elle rouvrit les yeux. Elle vivait ! Plus de sifflement, plus de blocage !

Dans l'euphorie de la récupération, elle rit. Elle rit comme elle n'avait jamais ri.

— Tu n'existais pas ! s'étouffa-t-elle. Ils avaient raison ! Durant toutes ces années, tu n'as jamais existé !

Son rire se termina par une toux ignoble. Elle explosa en sanglots. Toute sa vie n'avait été qu'un leurre, un accident, une simulation.

Un cauchemar éveillé.

Elle ne mourrait pas étouffée, pas cette fois-ci. Mais

combien d'autres morts la guettaient ? Quelles souffrances devrait-elle encore endurer ?

La lune qui jouait avec les nuages lui dévoila une nouvelle esquisse de sa prison. Adeline s'imprégna du moindre détail. Le bois pourrissant de la charpente, laissant entrevoir, juste au-dessus d'elle, la fourrure blanche des amas neigeux. Un fil électrique au plafond, sans ampoule. Les murs, les fenêtres. Le poêle en faïence, noir de crasse. L'ombre d'un outil posé contre. Une hache.

Et ce lit. Ce lit aux solides barreaux de bois.

On l'avait frappée à la tête, traînée jusqu'ici et attachée. Puis on avait disposé les médicaments autour d'elle, peut-être même cette hache, pour ajouter au supplice physique la torture morale. Quel monstre était capable d'une chose pareille ?

Emma… Qui d'autre qu'Emma ?

Son arcade, on l'avait cognée à l'arcade. Elle se rappelait s'être retournée, alors qu'elle se trouvait proche de la malle, qu'elle avait déniché quelque chose à l'intérieur. Quoi ?

Elle leva son épaule gauche et s'y frotta les yeux, qui rougissaient sous le sel des larmes. Elle voulut se redresser, mais la peau de ses poignets la brûla. Elle agrippa un barreau de la main droite et tira à se rompre les tendons. Le bois craqua légèrement… sans se briser. Ses doigts commençaient à geler. Le froid pénétrait aussi les mailles de son pull en laine.

Un frémissement, dehors. La jeune femme se raidit.

— Il… Il y a… quelqu'un ?

« Rien. Sûrement le vent qui agite les branches », se dit-elle.

Elle venait à peine de se rassurer que la neige se mit à crisser. Un bruit de plus en plus distinct.

Envahie par la peur, tremblante, Adeline ne parvenait plus à contrôler le tintement des menottes sur le bois des barreaux. Les odeurs d'urine, la puanteur ambiante. Des lynx ? Impossible. Des animaux sauvages ne squatteraient pas une vieille bicoque. Quoi alors ? Le pauvre arriéré ? Ce Franz ?

— Christian ?

Pourquoi avoir crié ce prénom, alors qu'elle pensait à Franz ? Toujours l'image de cet entomologiste au doigt en moins, dans sa tête. Cette carrure, ce regard. Les quadrillages de plaies, dans les orbites des lapins décharnés… Peut-être pas l'œuvre d'un chasseur.

— Christian ? Répondez, je vous en prie !

Les crissements s'estompèrent un temps, avant de s'éloigner.

Le silence de la grande forêt reprit ses droits.

Une chose était certaine. Qu'il s'agisse de Franz, de Christian, ou de la Chose, il y avait un rapport avec Emma.

Et si c'était cette brune maigrichonne, la dingue qui avait trucidé ces lapins, dérobé les volets, crevé leurs pneus et qui l'avait traînée jusqu'ici ?

Et si le loup était entré dans la bergerie ?

35

— Il s'obstine. Il s'obstine à me haïr. Il me hait. C'est sûr. Je fais tout pour lui et il me déteste. Ça ne marchera jamais. C'est parce qu'il m'a vue. Il m'a regardée, observée, il m'a… Ça… Ça a brisé la vision qu'il avait de Miss Hyde. Je ne lui plais pas. Je m'en doutais. Il n'aurait jamais dû me rencontrer ! Je ne suis pas belle ! Miss Hyde, elle, a du charme, une jolie écriture, elle… elle stimule l'imagination. Mais moi… Une pauvre paumée. On devrait lui dire que je suis Miss Hyde. Arthur, on devrait lui dire. Ce serait une bonne idée.

Arthur força Emma à s'agenouiller devant lui.

— Emma ! s'exclama-t-il d'une voix rude. Je pense qu'il l'a deviné !

— Mais… Mais il aurait dû m'aimer alors, puisqu'il aime Miss Hyde !

Le vieil homme se pencha au-dessus d'elle et lui massa tendrement le cuir chevelu. Longtemps. Très longtemps. Il semblait ailleurs, et heureux.

— Arthur ? Tu dois me dire ce qu'il faut faire… Il faut me dire, Arthur. David… David, je ne veux pas le perdre !

— Laisse-lui le temps de venir à toi, de t'apprécier autrement que par tes écrits. Il s'accroche encore à son épouse, c'est normal. Mais l'image qu'il a d'elle va vite se dégrader. C'est elle qu'il finira par haïr, pas toi.

Il fit un mouvement du menton.

— Donne-moi le vase !

Elle lui tendit la porcelaine rose, puis s'agenouilla à nouveau, avant de se tirer violemment à plusieurs reprises la peau de l'avant-bras.

— Il m'a dit tellement de fois que j'étais importante à ses yeux ! Je... Oh, Arthur, il est si différent aujourd'hui ! J'ai peur...

— « Pour ma plus grande fan », « je vous embrasse », « espérant vous rencontrer un jour ». C'est à *toi* qu'il a adressé ces messages électroniques. Avec le cœur ! Il s'est installé devant son écran, seul, dans la nuit, et il a tapé ces lignes en pensant à toi. À toi et à personne d'autre !

— Justement ! Il m'a trahie ! Il... Il m'a tailladé la figure, il m'a suspendue avec les porcs ! Avant de... de me mettre ton... ton machin dans la main ! C'était écrit, noir sur blanc ! Je pourrais te citer chaque phrase, chaque virgule ! Il... Il a été odieux avec nous !

Arthur lui posa l'index sous le menton pour la forcer à relever la tête.

— C'est pour cette raison que nous sommes obligés de le punir. Et que nous le punirons sévèrement, à chaque fois que ce sera nécessaire...

Elle serra les poings.

— Ces méthodes ne me plaisent pas. Tu le sais, Arthur... Tu sais que quand je suis en colère, je fais des choses pas bien. Et en plus, quand j'ai pas mes cigarettes... Tu m'avais promis de ne pas les oublier... Un rien m'irrite. Tu... Tu dois me protéger de ces accès de violence... Si... Si toi tu ne me protèges pas, qui le fera ? Je... Je ne veux pas retourner à l'hôpital.

Elle se releva et s'éloigna à reculons.

— Emma... Viens là... miaula Arthur.

— Non, Arthur, non ! Je… Je… Je ne lui ferai plus de mal !

Arthur frappa du poing sur le bras de son fauteuil. Emma se raidit et leva vers lui un regard craintif.

— Emma ! Tout de suite !

Elle se mordilla les doigts, hésitante. Ses épaules retombèrent. Elle s'approcha d'Arthur et posa son oreille sur les jambes rigides. Il se remit à caresser son vase. Les flammes crépitaient, furieuses dans l'âtre.

— Tu sais combien je t'aime, murmura Arthur. Comme mon enfant…

Il retourna l'objet en porcelaine de Chine et palpa son bord ovale.

— Je ne veux pas te voir souffrir, poursuivit-il. Mais tu sais bien que ce sont les punitions les plus dures qui font les êtres les plus aimants. David a déjà prouvé à maintes reprises combien tu comptais pour lui. Pourtant, une carapace de fierté et d'orgueil lui interdit de s'ouvrir à toi. Cette carapace, nous allons la briser ensemble. Toi et moi. D'accord ?

Elle acquiesça, au bord des larmes.

— Je sais que tu ressens beaucoup de peine pour Adeline. Que tu étais très en colère quand tu l'as emmenée là-bas. Mais essaie de me comprendre… Adeline, je la connais depuis longtemps, et moi aussi, j'ai eu du chagrin… mais elle n'a pas fait que des choses bien dans sa vie, crois-moi. Elle… C'était quelqu'un de diabolique. Une mauvaise fille dont le seul et unique but était de nous nuire, à tous les deux. Tu le sais qu'elle voulait nous nuire et s'accaparer David, n'est-ce pas ?

— Oui. Oui… Arthur… Je… Je ne sais plus…

— Tu as bien fait, Emma. C'était la seule solution pour vous réunir, Clara, David et toi. Ta nouvelle famille.

Le visage d'Emma s'illumina. Sa famille…

Les phalanges d'Arthur se crispèrent autour de la

nuque de la jeune femme, ses ongles pénétrèrent sa chair. Emma eut mal mais ne dit rien.

— Tu sais mieux que quiconque combien la vie peut être dure et cruelle, poursuivit-il. Que personne ne viendra te secourir si tu t'enfonces. Moi, j'ai toujours été là. Dans les moments les plus noirs. Je t'ai fait connaître David, ses écrits… Je t'ai offert le moyen de l'approcher… Tout ce temps que j'ai passé avec toi, à rédiger les lettres de Miss Hyde… Tu n'oublies pas, n'est-ce pas, Emma ?

— Je n'oublierai jamais…

Arthur baissa les paupières et expira profondément.

— Très bien. Il est primordial que tu fasses ce que je te dirai.

Un craquement de bois mort les fit sursauter. La vibration remonta dans le chêne avant de gagner toute la charpente. Les poutres gémirent.

— Qu'est-ce… que… c'était ? bafouilla Emma, les yeux rivés au plafond.

— Le vent…

— Non ! Non ! C'était…

— Suffit !

Clara se mit alors à pleurer dans sa chambre.

— Le jour se lève déjà ! ajouta-t-il. Va chercher la fille, s'il te plaît, et prépare-lui son lait. Autant que la petite se détende un peu. Tout à l'heure, tu joueras dans la neige avec elle. La mère doit encore être sous l'effet du sédatif, mais prends garde. Elle est très agressive.

— Je sais, répliqua Emma en s'emparant du fusil. Je serai prudente.

Quand elle disparut, Arthur plongea la main à l'intérieur du vase couleur chair et en toucha les parois internes. Tout le haut de son corps se tendit comme un arc.

36

Il y avait d'abord eu la brume. Ce flou nauséeux qui avait accompagné la sortie du sommeil. Puis, très vite, le souvenir de la piqûre dans le dos et ces mots, les derniers qu'Emma avait prononcés avant que la vague de l'inconscience n'emporte Cathy : « Je ne vous laisserai plus lui faire de mal. »

La jeune femme tenta de se redresser. Elle fut prise d'un vertige qui la plaqua de nouveau sur le matelas. Elle se sentait hideuse, sale, en rupture complète avec l'image de la battante qu'elle était jadis. Une éponge. Elle se voyait comme cette vieille éponge qu'on jette sur les rings de boxe, à la fin des combats.

Tout juste réveillée et, déjà, prête à pleurer.

Détruite.

Depuis l'extérieur, lui parvint le son d'une voix qui fit affluer le sang dans ses tempes. Elle réussit enfin à se décoller du lit. La main contre le mur, elle tituba vers la fenêtre. La drogue encore présente dans son organisme rendait sa bouche pâteuse et lui donnait envie de vomir.

Les rayons du soleil transformaient la neige en un miroir aveuglant. Cathy ferma les yeux, éblouie, puis les rouvrit progressivement. Dans son champ de vision, deux silhouettes. Emma et Clara. Sa fille, emmitouflée dans son épais blouson, ses gants, son écharpe et son bonnet Oui-Oui. Et qui riait à pleine gorge, tandis qu'Emma lançait des boules dans les branches et provoquait une pluie de flocons.

Son enfant, aux côtés d'une folle.

Cathy tambourina sur le Plexiglas, hurlant désespérément le prénom de son bébé.

— Clara ! Clara ! Clara !

La fillette se retourna, souriante, lui fit de grands signes de la main, avant de s'élancer à la poursuite d'Emma, de sa démarche maladroite.

Elle tournait le dos à sa mère.

De derrière sa prison de verre, Cathy écoutait son rire éblouissant. À cet instant, elle n'éprouva pas de colère, mais une terreur qui fit exploser un bouquet d'images morbides dans sa tête. David, mort. Adeline, morte. Arthur, brandissant leurs organes sanglants au-dessus de son crâne chauve. Sa gamine, enlevée. Et elle, Cathy, en train de crever dans un cimetière de sapins.

Elle se traîna vers la porte, la bouche ouverte, tordue, les jambes molles, s'agrippa à la poignée, s'y suspendit en suppliant. Puis elle regagna la fenêtre, s'y plaqua, cogna, au-delà de la douleur, à se briser les os, jusqu'à ce que la voix de son mari remonte le conduit auditif et vienne frapper son cerveau. Demi-tour. La porte, à nouveau, le cri du cœur, long, déchirant :

— Daaaaaavid !

Son mari, son homme. Lui, de l'autre côté. Vivant. Vivant !

— Je suis là ! Cathy ! Je suis là !

Il tambourinait aussi. Enfermé ! Enfermé dans une autre chambre ! Elle brailla son prénom cinq, dix fois, tandis que ses genoux s'écrasaient sur le plancher, la clouant au sol dans une position de prière. Sa tête lui tournait.

— Écoute-moi ! Cathy, écoute-moi et calme-toi ! Je… Je suis enfermé dans la chambre d'Emma ! Et toi ?

— Moi aussi ! Elle m'a enfermée aussi ! David ! Elle…

— Écoute ! Tu dois écouter ce que je vais te dire ! Écoute-moi ! D'accord ?

Sa voix était forte et autoritaire. Il devait avoir une solution, une explication. Il avait toujours la solution. Il allait les sortir de là. Forcément ! Tout allait s'arranger. Un cauchemar. Juste un mauvais rêve. Pitié…

— Elle… Elle est dehors avec notre fille ! cria-t-elle. Qu'est-ce qu'ils vont nous faire ? C'est… C'est Clara qu'ils veulent ! Ils vont nous la prendre ! Partir et nous laisser crever ici ! Les vitres en Plexiglas ! Les serrures ! Tout était prévu ! David ! J'ai peur ! J'ai peur !

— Ça n'a rien à voir avec Clara ! Écoute, Cathy, écoute ! Emma, c'est Miss Hyde ! C'est elle qui nous a harcelés, qui a envoyé les lettres ! C'est Emma !

Une gifle en pleine figure. Colombe ensanglantée, menaces, colère. L'enfer parisien, ramené dans l'isolement du chalet.

L'air qui se bloque. Encore des images. Adeline, les sifflements, l'asthme. Cathy cracha sur le sol.

David, qui parle mais qu'elle n'entend plus. Juste le bourdonnement des artères, les soubresauts du cœur.

Du sang coula de son nez. Ça ne lui était plus arrivé depuis son dernier match de boxe, des années plus tôt, au temps de la hargne. Agenouillée, elle laissa le liquide se répandre sur ses doigts écartés, le regard vide, sans réagir.

Dehors, Clara riait plus fort encore.

Miss Hyde, ici. Un traquenard. On les avait piégés. Et maintenant ? Qu'attendait-on d'eux ?

— Cathy ! Cathy ! répétait David, à s'arracher les cordes vocales.

— Je… suis là…

— Tu sais où est Adeline ?

— Non…

— On va s'en sortir, d'accord ? On va…

Un bruit, dans le couloir. Là, juste derrière le mur.

Un silence, puis de nouveau la voix de David.

— Arthur ?

Nouveau silence, avant des coups répétés.

— Arthur ! Ouvrez ! Ouvrez !

Cathy secoua la tête, presque au ralenti. Elle était désespérée.

Mais une force en elle l'arracha du sol. Non… ne pas se laisser abattre ! Comme lorsqu'on va au tapis, et que l'arbitre se met à compter. Sa famille. Rassembler sa famille. Peu importait le reste, leur méchanceté, leur folie. Juste sa famille. À nouveau, ensemble.

Elle hurla :

— Mon enfant ! Rendez-moi mon enfant ! Arthur ! Dites quelque chose ! Dites que vous ne nous ferez pas de mal ! Mon mari ! Ma fille ! David ! David !

Aucune réaction. Pas un mot, pas un souffle. Juste le sifflement électrique du fauteuil roulant. Deux secondes à peine, comme pour les narguer. Arthur venait de se déplacer, mais il était toujours là, à l'affût de leurs paroles, à se nourrir de leur souffrance.

Elle imagina son sourire. Un grand sourire illuminant son visage de pervers d'une joue à l'autre. Alors elle abattit son poing sur la porte avec une telle violence que ses os craquèrent, que sa peau se déchira. Elle cria comme elle n'avait jamais crié.

Mais elle resta debout, forte. Elle ne voulait pas sombrer.

Combattre pour eux. Pour leur amour.

Rester droite, coûte que coûte. Encaisser…

Quand le bruit du moteur s'éloigna enfin, David répéta :

— On va s'en sortir, ma chérie… On va s'en sortir…

Mais le ton était devenu définitivement terne.

37

La lumière du jour avait peu à peu redonné ses couleurs, son relief, à la cabane abandonnée. Adeline voyait à présent les nuages de buée qui s'évadaient de sa gorge à chaque fois qu'elle respirait.

Il y régnait un froid glacial. Elle se tenait là, épuisée, les traits de son visage s'étaient raidis, ses lèvres asséchées et elle ne sentait plus ses doigts, anesthésiés.

Il fallait qu'elle s'échappe.

L'idée de passer une journée complète dans cet endroit puant… puis une nuit… jusqu'à crever, gelée, déshydratée, ou dévorée… Elle ne savait pas comment, mais elle devait s'échapper.

Les barreaux du lit auxquels étaient attachées les menottes étaient plus épais qu'elle ne l'avait imaginé pendant la nuit. Elle essaya une nouvelle fois de mettre à contribution ses poignets meurtris. Elle serra les mâchoires, plissa les paupières et tira avec une rage infinie. En vain.

Trouver à tout prix une autre solution… Son cerveau ne devait cesser de fonctionner, d'élaborer des scénarios, ne serait-ce que pour la maintenir éveillée. Elle se sentait proche de l'abattement. Il fallait résister à la tentation de s'endormir, d'attendre la mort.

La hachette, posée contre le pied du poêle en faïence, laissée là, derrière les flacons de Ventoline, comme une nouvelle provocation.

Elle devait trouver un moyen de s'en emparer.

Impossible. Rigoureusement impossible.

À moins que…

Elle agrippa solidement les barreaux – il lui sembla que ses phalanges allaient se briser en morceaux –, s'enroula sur elle-même jusqu'à ce que ses bottines se posent à plat sur le mur, derrière elle, et poussa de toutes ses forces. Elle ressentit une douleur atroce dans les épaules et les abdominaux.

Le lit ne bougea pas d'un millimètre.

Elle inspira profondément et renouvela l'opération, une, deux, trois fois, en criant entre ses dents. Mollets, quadriceps, au maximum de leur contraction. Dans un léger grincement, les pieds de bois glissèrent enfin sur le plancher. Adeline grogna comme une bête sauvage et continua son effort, aussi longtemps qu'elle le put.

Cinquante centimètres de gagné. C'était suffisant.

Elle resta un moment allongée à récupérer. Puis elle se concentra sur son mouvement et projeta de nouveau ses deux pieds vers l'arrière, par-dessus sa tête. Elle se tordit encore une fois le dos, si fort qu'elle crut bien que sa nuque finirait par se briser. Elle sentit l'odeur de sa propre urine quand son bassin lui frôla le nez, juste avant qu'il ne bascule de l'autre côté des barreaux, dans le mince espace qu'elle venait de créer entre le mur et le lit. La gravité se chargea du reste. La poitrine, les épaules, la tête suivirent dans une roulade. Le faisceau de douleur, lorsqu'elle se racla le ventre puis le visage sur la barre horizontale du lit, lorsque le fil brûlant de l'acier lui mordit une nouvelle fois les poignets, manqua de lui faire perdre conscience.

Mais elle y était parvenue. Toujours menottée au lit, bras en croix, certes, mais debout, en position de force.

Elle se mit à pousser, tirer, diriger le lit, comme un déambulateur géant. Ses muscles froids lâchaient un acide douloureux, l'air glacial heurtait ses poumons telle une pointe de fouet entaillant le derme. À chaque expiration, Adeline s'attendait aux sifflements, aux contractions dans son larynx, à l'arrivée d'une crise.

Après avoir traversé le champ d'inhalateurs, elle réussit à se hisser à proximité du poêle en faïence.

À présent, il fallait récupérer la hachette. Le manche était trop court pour qu'elle pût s'en emparer avec les mains. L'outil chutait, alors qu'elle le levait en équilibre sur le dessus du pied droit, alors que ses doigts gourds effleuraient son bois pourrissant. Mais à force de patience et d'acharnement, elle parvint à le saisir et à le lâcher sur le matelas.

Elle éprouva un puissant sentiment de satisfaction et posa le front sur le battant du lit, sans plus bouger, épuisée, se répétant qu'elle y était presque.

Oui ! Elle allait s'en sortir !

Ses poignets menottés, en sang, ne lui autorisaient aucun mouvement de rotation, aucune prise d'élan. Impossible de cogner comme elle l'aurait souhaité. Il allait falloir scier, avec une lourde hachette rouillée, des barreaux d'un diamètre identique à celui d'un manche à balai. Pas facile, mais faisable. Une heure ou deux, et le tour serait joué.

Les mains d'Adeline avaient bleui. Huit heures qu'elle y était. Les ampoules qui crevaient dans sa paume droite lui arrachaient de longs gémissements. Les muscles de son avant-bras, tétanisés, ne travaillaient plus qu'après un repos chaque fois plus long. À peine dix mouvements latéraux de découpe et la brûlure revenait, plus dévastatrice. Les cheveux lui tombaient sur le visage, et elle ne pouvait même pas les repousser. Elle avait besoin de dormir, de manger, et de boire, surtout. Boire, s'avaler des kilos de neige. Elle ne tiendrait pas beaucoup plus longtemps.

La nuit était tombée. Adeline s'assoupit à plusieurs reprises, à genoux, la tête sur les barreaux, les lèvres violettes. Mais chaque fois elle revenait, reprenait son ouvrage, à l'aveugle, l'oreille attentive aux bruissements extérieurs, sciant, sciant toujours plus.

Encore une demi-heure d'efforts et le barreau céda enfin. Adeline hurla de bonheur. Et elle brandit le poing, s'adressant à cette immensité noire qu'elle pensait avoir vaincue.

Elle fracassa l'autre montant d'un coup de hache.

La liberté.

38

L'œil collé sur le trou de la serrure, Emma ordonna à David de se plaquer contre la fenêtre du fond, les mains bien en évidence au-dessus de la tête.

Troisième apparition de la journée. La première fois, elle lui avait déposé un verre d'eau et une assiette de pommes de terre et de saucisses, avant de disparaître aussitôt, refermant la porte à double tour. La deuxième, un seau et du papier toilette. Elle avait procédé de la même façon avec Cathy, qui s'était jetée à ses pieds, la suppliant de lui rendre Clara. À ce moment-là, David avait eu peine à contenir sa rage. Viendrait bien un moment où la cinglée commettrait une erreur. Alors, il lui sauterait à la gorge, et il serrerait…

Pour l'heure, il obtempéra. Bras en l'air, direction la fenêtre. Emma entra, le Weatherby épaulé. Elle poussa doucement du pied un plateau sur lequel étaient posés le dossier Bourreau, deux tasses de café, du pain grillé tartiné de confiture de myrtilles et une seringue, pleine d'un liquide transparent qui tétanisa David.

À l'extérieur, il faisait déjà nuit.

— Je les ai grillées comme vous les aimez, dit Emma en croquant dans une tranche de pain. Et j'ai ajouté une mince pellicule de beurre sous la confiture. C'est bien comme ça que vous les préférez ? Allez-y ! Faites comme moi ! Mangez ! Je sais que vous en mourez d'envie !

David avait plutôt envie de vomir. Elle le répugnait.

— J'avalerais n'importe quoi, reprit-elle en se léchant les doigts avant d'engloutir son café. Je ne sais pas comment je réussis à tenir sans cigarettes. Pour compenser, je n'arrête pas de boire du café, jour et nuit. Une vraie cafetière… Pareil que vous ! Du coup, je me sens nerveuse en permanence. Limite agressive. Mais il faut me comprendre, je fume depuis l'âge de seize ans.

Devant l'absence de réaction de David, elle désigna le dossier Bourreau. Parler seule lui convenait, pour peu qu'on l'écoutât.

— Arthur insiste pour que vous le lisiez en totalité, parce qu'il paraît que vous avez raté l'essentiel. Je sais pas de quoi ça parle, mais j'ai vu qu'il y avait des photos immondes à l'intérieur. Si je ne vous connaissais pas, Arthur et vous, je vous aurais pris pour de sacrés sadiques !

Elle sourit. De toute évidence, elle avait oublié que la manière dont elle avait mutilé Grin'ch l'élevait au rang de sadique en chef.

— C'est d'ailleurs ce que j'ai pensé de vous, quand Arthur m'a offert *De la part des morts*. Je vous imaginais complètement différent ! Barbu, la cinquantaine, un peu torturé sur les bords… À la Jack Frost, quoi !

Elle avait incliné le regard, soudain toute timide.

— Alors, je me suis dit qu'il fallait que je connaisse l'homme, découvrir le monstre qui pouvait écrire des horreurs pareilles… J'ai su que vous seriez au salon Pol'art Noir, et…

Elle se mit à rougir.

— … j'y suis allée. Je sais, j'aurais dû venir vous parler, mais… mais je n'ai pas osé…

David la fixait sans desserrer les lèvres.

— Je me suis contentée de vous observer, longuement… Le samedi et le dimanche. Je vous ai même photographié, sans que vous vous en rendiez compte… J'avais vraiment honte… Et puis j'étais en colère… En colère de ne pas avoir franchi le pas…

Après un silence, elle ajouta :

— Ça aurait peut-être tout changé…

David s'en voulait de ne pas avoir repéré plus tôt à quel point elle était cinglée.

— Qu'est-ce que vous voulez, Emma ? demanda-t-il froidement. Où est Adeline ? Pourquoi nous retenir prisonniers ? Notre fille ! Rendez-nous notre enfant !

Emma posa le plateau sur le lit, sans lâcher le fusil.

La seringue roula légèrement.

David songea à sauter sur Emma. Juste le matelas à franchir. Elle n'aurait pas le temps de réagir. Il bloqua sa respiration, fléchit imperceptiblement les jambes. Deux mètres. Seulement deux mètres.

Il allait le faire.

— Clara joue avec Arthur… dit Emma. Il est très tendre avec les enfants.

Il s'arrêta net dans son élan.

— D'ailleurs si vous vous comportez correctement, elle retrouvera sa mère très bientôt. Mais si vous essayez de… de me jouer un mauvais tour ou de me… Enfin, vous voyez…

Elle parut gênée.

— … Arthur pourrait lui faire du mal… J'ai juste à… à crier un coup… Il a une sacrée force dans les doigts, Arthur. Quand j'étais petite, il nous amenait des noix, et il les brisait comme ça, rien qu'en fermant le poing !

Elle mima le geste de la main gauche, la mâchoire serrée.

— Qu'attendez-vous de moi ? fit David.

— Juste… discuter un peu. Est-ce déjà trop vous demander ?

Un craquement, dans le couloir. Elle se retourna brusquement, jeta un œil vers la porte et s'y précipita, l'ouvrant au maximum, puis la refermant, dans un geste qu'elle répéta dix fois. Même mouvement millimétré, même série de petits pas, même temporisation. « Trouble obsessionnel compulsif », songea David. La scène dura une bonne minute.

— Je ne supporte pas de me trouver trop longtemps dans une pièce où la porte est fermée, avoua-t-elle d'une voix craintive. Vous… Vous devez me prendre pour une cinglée…

Elle s'était mise à trembler. David se sentait incapable d'agir.

— Non, Emma. Je ne vous prends pas pour une folle.

— Arthur m'a expliqué que c'est à cause de mon enfance. Des choses qui se seraient passées… Moi, la psychologie, ça m'échappe, tout ce que je sais, c'est que je déteste les portes et les volets. J'aurais trop peur d'être enfermée…

— Et moi, Emma ? Qu'est-ce que vous croyez que je ressens ? Je suis enfermé !

Elle baissa les yeux.

— Je sais, David, j'en suis désolée. Mais vous ne m'avez pas laissé le choix… Vous me rendiez malheureuse. Et vous vouliez partir… Me quitter, si lâchement !

David s'approcha d'elle. Elle se cabra.

— N'essayez pas ! ordonna-t-elle en réarmant sa visée.

Il agita ses mains devant lui, pour essayer de la calmer.

— Emma… Vous n'avez pas le droit de me retenir ici contre mon gré. Ce n'est pas comme ça que je vais vous aimer…

Elle haussa les épaules.

— Je sais que vous adorez Clara, que vous ne voulez pas la blesser en quittant votre femme. Mais moi aussi, je l'adore ! Et elle m'aime bien ! Si vous aviez vu comme on s'est amusées tout à l'heure ! Elle oubliera très vite votre… sa mère !

— Mais enfin, Emma…

— Je comprends aussi que vous n'osiez pas tout me dire, l'interrompit-elle, que c'est difficile… Mais… J'ai vu comment vous m'avez regardée, quand je suis arrivée dans le chalet. Ce mélange de surprise et de fascination. Puis votre incursion nocturne dans ma chambre, alors que tout était fermé…

— Mais… C'est vous qui aviez laissé la porte ouverte ! Vous venez de dire que vous ne supportiez pas l'enfermement !

La remarque ne sembla pas la perturber outre mesure.

— Oui, oui… Vous vous êtes glissé près de moi… Votre chaleur, votre tendresse… Puis, vous m'avez embrassée… Ça, vous savez vous y prendre.

— Je ne vous ai jamais embrassée, Emma !

— Ça m'a fait tout drôle, vous savez ? J'attendais ce moment depuis si longtemps… David Miller, rien que pour moi… Pour moi… celui qui m'écrivait ces messages magnifiques. Ces mots, je les connais par cœur…

David eut un regard de dégoût, qu'elle ne remarqua pas.

— Puis c'est moi que vous avez voulu choisir, pour aller chez Franz, avant que… cette sale rouquine prenne ma place… Vous voyez, je n'oublie pas ! Je me souviens aussi de cette terrible journée où vous êtes parti à la recherche de ma voiture. Je crois que je ne vous ai jamais tant aimé qu'au moment où je vous ai vu revenir, couvert de neige. Votre regard, je me rappelle encore votre regard…

Elle retint son souffle.

— Vous pouvez bien me le dire, maintenant…

Il secoua la tête, incapable de retenir plus longtemps les paroles qui lui brûlaient les lèvres.

— Mais vous êtes complètement folle. Folle et obsédée !

Il comprit trop tard qu'il n'aurait jamais dû prononcer ces mots. Quand il aperçut le sourire qui se forma sur ses lèvres, il sut qu'elle était parfaitement capable de le torturer. Ou même de le tuer. Le tuer pour qu'il l'aime enfin.

— Les cigarettes me manquent, vous n'imaginez pas à quel point ! Arthur devait m'en rapporter dans sa malle, mais il a oublié. Lui qui n'oublie jamais. On dirait… je sais pas… qu'il l'a fait exprès…

Elle se tripota le bout des lèvres, très rapidement.

— Je vous ai pourtant prévenu que ça me rendait nerveuse ! Et vous, vous m'insultez !

Le volcan entrait en éruption.

— Arthur m'avait dit que vous tenteriez de me blesser… Que… la coquille était solide… Mais je m'y suis préparée, David… Je commence à m'habituer à votre ton méprisant… Et je tiendrai le coup, le temps qu'il faudra…

Elle ouvrit la bouche et fit « Haaaa ! » très doucement. Puis elle recommença, à peine plus fort. « Haaaaaaaa ! »

— Emma, arrêtez ! Je vous en prie !

— Vous savez ce qui se passera, si je crie vraiment ?

Elle posa calmement le fusil devant David, croisa les bras, puis se tourna et aboya en direction de la chambre de Cathy.

— Vous aussi, vous savez ? Vous savez, n'est-ce pas ?

Elle partit d'un rire diabolique.

— C'est si fragile, la nuque d'un enfant… Crac !

Elle hocha la tête, défigurée par la haine.

— Alors, ce fusil, David, vous ne le prenez pas ? Allez-y ! Allez, sale morveux !

David fit deux pas en arrière, lui intimant de se calmer.

— Prenez-le ! Espèce de porc !

Il était incapable de faire un geste.

— On croyait peut-être qu'on allait me baiser si facilement !

Elle finit par désigner la seringue.

— Je suppose que vous savez comment on procède !

— Emma, je vous en prie. Non…

— Attention, David… Je vais crier…

David s'empara de la seringue et l'approcha de son bras droit.

— Emma… Je… Je regrette. Je veux discuter avec vous. Je…

— Évidemment… Maintenant que vous m'avez insultée ! Vous auriez pu facilement éviter tout cela. Mais je pense que vous retiendrez la leçon. Vous êtes intelligent, vous apprenez vite.

— Je ne recomm…

— Haaa ! Haaaaaa !

Il planta l'aiguille dans son avant-bras, sans injecter.

— Dites-moi au moins de quoi il s'agit !

De l'autre côté du couloir, Cathy suppliait en hurlant.

S'immoler ou faire exécuter sa fille…

Le liquide disparut dans son organisme.

L'effet fut immédiat. Le brouillard. David voulut s'abandonner à l'appel du sommeil mais la délivrance n'arriva pas. Juste cet ignoble écran grisâtre. Il se sentait mou et vulnérable. Il s'effondra sur le lit, les yeux grands ouverts.

Il resta conscient tout le temps où Emma le caressa. Une haleine infecte lui fouetta les narines. Elle l'embrassait sur les lèvres.

Malgré tous ses efforts, il ne parvenait pas à faire un seul mouvement.

Elle lui chuchotait à l'oreille.

— Je sais que tu m'aimes quand tu me regardes de

cette façon… Regarde-moi, regarde-moi encore… Tu vas m'aimer, David… Je sais que tu vas m'aimer…

Il lui sembla l'entendre répéter ces mots, cent, mille fois, là, tout près. Il sentit les doigts d'Emma se rétracter sur ses omoplates.

Un muscle chaud pénétra entre ses lèvres écartées et vint s'enrouler autour de sa langue. Il eut l'impression que le baiser répugnant dura des heures.

Puis, quand elle descendit en direction de son pantalon, il bascula la tête et fixa désespérément la porte fermée, de l'autre côté du corridor.

39

David se réveilla en sueur. Très vite, l'idée qu'il venait de sortir d'un mauvais rêve s'estompa. Le cauchemar n'était pas en lui, mais hors de lui, là, de l'autre côté de cette porte.

Il chercha à tâtons sur le mur, derrière le lit, et appuya sur l'interrupteur.

Un bref regard sur sa montre. Cinq heures du matin. Pas un son dans le chalet.

Il se jeta sur sa tasse de café froid, posée au pied du lit, et dévora ses tartines. Il n'avait pas particulièrement faim, mais il fallait chasser cette sensation de salissure qui lui imprégnait les lèvres. Elle l'avait embrassé, humilié, violé. Il se rappelait cette puanteur en lui, alors qu'il se trouvait immobilisé, drogué. Il cracha sur le sol, se frottant la bouche avec dégoût.

Il se leva sans faire de bruit et, légèrement nauséeux, essaya sans succès d'ouvrir la porte. Il colla son oreille contre le bois. Arthur était-il là, derrière, recroquevillé ?

David se mit à tourner en rond. Il fallait trouver le moyen de foutre le camp d'ici, à tout prix. Réveiller Clara et Cathy, et déguerpir au plus vite… Puis se cacher, se réchauffer mutuellement, se serrer les uns contre les autres. Atteindre le 4×4, avant de foncer vers la route. Délivrance. Et, enfin, appeler les flics, tous les flics du monde…

Comment faire ? Assommer Emma à sa prochaine visite avant qu'elle hurle ? Trop risqué. La moindre erreur, et Arthur tordrait le cou à Clara. Ce salopard le ferait.

Quel lien l'unissait réellement à cette folle ? Il la connaissait depuis toute jeune. Était-il possible qu'il fût… de sa famille ? Ou alors son psychologue ? Et qu'il ait organisé cet effroyable traquenard pour servir leur folie commune ? Pour que, pleine d'espoir et d'illusions, elle se libère de sa souffrance ?

David se rappelait les longs moments qu'ils passaient à deux, tard dans la nuit, à comploter au pied de la cheminée. Cette terreur muette qui semblait s'emparer d'Emma, cette réaction d'orpheline à chaque fois qu'Arthur s'éloignait d'elle. Son besoin permanent de se sentir rassurée et de se laisser guider.

Père-fille, ou maître-esclave ? Qui était le plus détraqué ? Il pensa à Charybde et Scylla, monstres mythologiques qui dévoraient les marins circulant entre leurs rochers. Arthur était dangereux, mais Emma pouvait l'être deux fois plus. Au prochain pas de travers, David savait qu'elle n'hésiterait pas à lui faire mal. Très mal.

Jusqu'où iraient-ils ? Et où pouvait bien être Adeline ? Et si…

Plus que tout au monde, il éprouvait l'envie de serrer son épouse dans ses bras. Tout oublier. Tout recommencer. Se faire pardonner son manque d'attention, son égoïsme. Les avoir amenées ici, sans garanties, tout ça pour… des rêves de gloire, d'argent.

Indirectement, il leur avait tranché la gorge. Exactement comme Emma l'avait fait avec Grin'ch. Cathy et

Clara. Son sang. Il appuya ses poings contre la porte, submergé par une vague de colère et d'impuissance.

Sur la commode, le dossier Bourreau. Le nœud de cette aventure machiavélique. Ou alors un simple traquenard, pour l'occuper ? Juste un prétexte pour l'amener ici ? Fou de rage, il s'en empara et le lança par terre. Les feuilles, les photographies se dispersèrent sur le sol. Les victimes, qui le fixaient, qui hurlaient, qui, après plus de vingt-cinq années, semblaient crier encore : « À l'aide ! Aidez-nous ! Par pitié ! »

Il se plaqua les mains sur les oreilles, la mâchoire contractée. Pourquoi ces voix, dans sa tête ? « Aidez-nous ! Aidez-nous ! » Ces flashs sanglants qui le harcelaient depuis l'adolescence ? Cet univers macabre qui l'entourait, depuis tant d'années, et qui, à présent, refermait ses griffes sur sa gorge ?

Il détourna le regard du sol… mais une intuition le poussa à scruter de nouveau les éléments épars.

Les photographies des crânes tatoués.

Elles manquaient.

Il s'agenouilla, fouilla, remua. Rien. Les gros plans avaient bel et bien disparu. Alors, une image furtive lui revint en mémoire. Adeline, les clichés des sept enfants dans la main, alors qu'il… alors qu'il écrivait ce qu'Emma l'avait par la suite forcé à avaler.

David frotta son front humide avec le drap. Adeline… Adeline était venue dans le laboratoire avec une idée précise en tête, cette nuit-là. Elle avait fouillé dans le dossier à la recherche de ces mômes… En quête d'un numéro. Le cinquième des sept nombres.

Et aujourd'hui, elle avait disparu.

David ramassa les faces ensanglantées, les membres lacérés, et les fourra entre les pages dispersées.

S'il voyait juste, et si Adeline l'avait trouvé, il ne manquait plus que deux numéros. Deux numéros avant de clore la série du Bourreau, de fusionner avec sa triste destinée. D'aboutir… Aboutir à quoi ? Le monstre allait-il jaillir des entrailles de la terre et leur arracher les tripes ?

Un traquenard… Il s'agissait nécessairement d'un traquenard. Tout cela paraissait fantastique, incompréhensible… Mais si Emma était arrivée avec ce nombre, 98784, au bout des lèvres, c'était forcément parce que Arthur le lui avait demandé… Toute cette histoire devait suivre une logique.

La logique d'un piège invraisemblable.

« Que sais-tu que j'ignore encore ? se demanda-t-il en pensant au vieux sadique. Pourquoi me donner ce dossier alors que tu te fiches du livre ? Alors que le Bourreau n'était qu'un vulgaire prétexte pour m'amener dans les bras d'Emma ? »

Emma d'un côté, le dossier Bourreau de l'autre… Emma, le Bourreau… Le Bourreau, Emma…

Tout était là, devant lui, et il ne voyait rien. Absolument rien.

Il s'assit en tailleur sur le lit, le dossier sur les genoux.

Rapport d'autopsie de Bourne. Relevés chimiques, toxicologiques… Ouverture de sa poitrine en Y. Organes prélevés, crâne scié, dure-mère percée, cerveau exposé, coupé en tranches.

Bourne avait été retrouvé pendu, dans son garage, complètement nu. Une corde – celle dont il se servait pour ligoter ses victimes – autour du cou, il était monté sur une chaise, l'avait accrochée à une poutre et avait chassé la chaise d'un coup de pied.

Les résultats remontés du laboratoire de toxicologie ne mentionnaient aucune trace d'alcool ni de stupéfiants dans l'organisme. Bourne s'était supprimé froidement, avec la rigueur qui le caractérisait. Le légiste avait noté l'absence de sillons digitaux à l'extrémité de ses phalanges. Dans le garage, les techniciens chargés des relevés avaient retrouvé des feuilles de papier de verre sur lesquelles Bourne s'était frotté les doigts. Un trait qu'il avait en commun avec d'autres tueurs en série. La volonté de pouvoir toucher sa victime sans laisser la moindre trace. Cette sensation de peau contre la peau, sans la barrière des gants en latex.

David s'attarda sur les photographies du cadavre de Bourne. Les lividités noires s'étalaient des coudes jusqu'au bout des doigts, et des genoux aux pieds. Les ecchymoses au niveau des articulations prouvaient que Bourne, dans sa phase d'agonie, s'était balancé au bout de sa corde et cogné au mur, juste derrière lui, cherchant probablement à se raccrocher à la vie au moment d'être emporté dans l'au-delà.

Gros plan sur le visage de l'homme, les yeux ouverts. Le blanc de l'œil parsemé de petites taches, témoins de son décès par asphyxie. La langue gonflée, hors de sa bouche.

Traversé par un frisson, David se frotta les côtes.

« Qu'est-ce que tu viens faire dans ma vie ? pensa-t-il. Pourquoi moi ? Pourquoi ici ? Pourquoi, après tant d'années ? »

Il observa les autres clichés de cette silhouette svelte mais extrêmement musclée, aux pectoraux clairement dessinés. Un obscur caissier de grande surface qui s'entretenait en jouant des poids et haltères dans sa cave, qui cultivait l'énergie nécessaire pour assommer puis torturer ses proies. Force morale, force physique.

David tiqua, au moment où il s'apprêtait à tourner le feuillet. Il approcha ses yeux au plus près du corps de Bourne.

Biceps, triceps, quadriceps…

Muscles saillants, puissants.

Entretenus. Entraînés.

Un entraînement qui devait solliciter énormément le muscle cardiaque. Or Bourne consultait chez Doffre précisément parce qu'il comptait de manière obsessionnelle ses battements cardiaques, qu'il faisait tout pour les réduire, les économiser.

Plus de deux ans sans sport, à restreindre au maximum son activité physique… Son corps aurait dû perdre de sa masse musculaire.

David fouilla dans les photocopies des notes dressées par les inspecteurs. Inventaire du contenu de la cave… Quarante-cinq revues pornographiques. Sadomasochisme, fétichisme, zoophilie, bondage. Divers instruments sexuels, du gode aux bracelets en cuir. Puis, un banc de développé couché, un autre à abdominaux, une presse à jambes, cent trente-cinq kilos de fonte, en disques de un, deux, cinq et dix kilos… Quatre bouteilles d'eau minérale, dont trois vides. Et, entre autres… un tube d'Osmogel acheté la semaine précédente – il était même noté l'adresse de la pharmacie –, entamé au quart. Utilisé pour le soulagement musculaire.

David se mouilla les lèvres du bout de la langue et plongea le nez dans les feuilles du rapport d'autopsie. Pesée, puis dissection du cœur. Il balaya la rubrique plusieurs fois. Ventricule gauche… Oreillette droite… Valves, aorte… Nulle part, on ne parlait de souffle au cœur ou de déformation du myocarde. Un « détail » qui n'aurait certainement pas échappé aux yeux d'un légiste.

Bourne s'entraînait chaque jour, dans sa cave. Et Bourne n'avait jamais eu de problème cardiaque, comme il le prétendait.

David sentit sa gorge se resserrer. Il tenait enfin quelque chose.

Il leva un regard craintif lorsque craqua une lame de plancher, dans le couloir. Il éteignit prestement sa lumière et se glissa sous ses draps, retenant son souffle.

Plus rien. Fausse alerte. Il ralluma, le front trempé.

Il s'empara des bristols vert pomme. Tout premier bilan d'Arthur. Première rencontre avec Bourne. Écriture calme et appliquée.

25 juin 1977

Tony Bourne souffre d'un souffle au cœur depuis l'âge de dix ans. Depuis peu, une douleur dans la poitrine l'a persuadé que son cœur allait s'arrêter de battre...

... Il refuse d'informer les médecins, de peur d'une greffe... Il rejette toute idée d'intrusion d'un élément étranger dans son corps...

... La totalité de notre entretien a été consacrée à son myocarde. D'ailleurs, il n'a cessé de promener sa main sur son torse, instinctivement, le regard souvent lointain. Il a peut-être la phobie de son propre organisme...

Les autres fiches reprenaient plus ou moins la même thématique. Cette histoire de greffe. La manie des chiffres. La volonté de tout peser, de dénombrer. Et la peur grandissante de se déplacer, par souci d'économiser ses propres battements cardiaques.

David se plaqua les mains sur le visage et expira bruyamment. Durant tous ces entretiens, Bourne avait menti à Doffre.

Et, à la vue du rapport d'autopsie, des notes des policiers, Doffre l'avait forcément découvert. Qu'avait-il alors ressenti ? De la colère ? De la rancœur ?

Pour quel motif Bourne était-il allé le voir, dans ce cas ? Pourquoi avoir inventé cette incroyable histoire de battements détraqués ? Pourquoi un psychologue ?

Pourquoi Arthur Doffre ?

C'était incompréhensible. Purement et simplement incompréhensible. La théorie des pulsations cardiaques sur les crânes des enfants semblait pourtant si plausible ! À présent, tout s'effondrait. Retour à la case départ.

David revint aux photocopies des notes concernant l'environnement de l'assassin. Petit pavillon, gazon parfaitement entretenu et coupé à ras – le souci de la précision –, dans un quartier tranquille. Très peu de meubles, une télévision, une radio, des piles de quotidiens. Une maison des plus normales pour un célibataire, et une hygiène de vie soignée. Poubelles toutes vides, lit fait au carré. Dans sa chambre, la balance de Roberval et la plume de Mâat. Aidés de Luminol, les techniciens de la police scientifique avaient réussi à détecter, sur les plateaux en cuivre, du sang vieux de plusieurs mois, appartenant au même groupe que celui de la dernière victime, Patricia Böhme. Les outils de torture, les cordes et les bougies servant à asphyxier ses proies étaient précieusement étalés sur une table basse, tous orientés dans la même direction, bien parallèles, et positionnés à proximité du lit. Probablement un moyen de prolonger les fantasmes, de ramener les cadavres sous ses draps.

Contrairement à la plupart des tueurs en série, Bourne n'était pas un collectionneur. Aucune photographie, nul souvenir – mèche de cheveux, bijoux, partie corporelle – de ses victimes. Entre ses crimes, sa jouissance passait uniquement par la vision de ses instruments. Et la préparation de son carnage suivant.

David continua à examiner toutes ces preuves qui accablaient Bourne, qui effaçaient l'humain et dévoilaient le monstre. Une bête solitaire, un reclus, qui, pourtant, avait rassuré, appuyé, aimé son psychologue durant son séjour à l'hôpital, au point de se suicider après avoir été cruellement rejeté. Bourne, dont l'aversion profonde pour les femmes n'était plus à démontrer, avait-il pu tomber amoureux de Doffre ? Ce qui fournirait le motif de ces séances… Une espèce d'Emma au masculin, prêt au mensonge le plus saugrenu – cette invention des battements cardiaques – pour approcher l'objet de son amour : Arthur Doffre.

Non… Aucun rapport écrit, aucun livre ne faisaient mention de tendances homosexuelles à son sujet. Jamais d'amies, certes, mais jamais d'amis non plus. Cette hypothèse ne tenait pas la route.

Mais alors, pourquoi ces séances ? Pourquoi ?

« Tout est une question de point de vue, et d'influence », avait dit Doffre avec insistance, le premier soir, avant de parler du Bourreau.

Tout est une question de point de vue… Changer d'angle de vision… Renverser les *a priori*… Ne pas se laisser *influencer* par ce qui paraissait évident… Et qu'est-ce qui paraissait évident ? Que Tony Bourne mentait.

Inverser les rôles. Peut-être n'était-ce pas Tony Bourne qui avait entretenu le mensonge. Mais Arthur Doffre.

David s'empara de toutes les fiches cartonnées, s'assit sur le plancher et les plaça en arc de cercle autour de lui, dans l'ordre chronologique. Il vérifia la cohérence des dates, relut consciencieusement les résumés des séances.

L'ensemble se justifiait à la perfection. La thèse de la phobie de Bourne ne présentait pas la moindre faille. Les détails cités par Arthur étaient crédibles, on ne pouvait plus vraisemblables.

Et pourtant, l'un des deux avait menti. Lequel ?

David se dit qu'il avait peut-être manqué un indice dans le journal intime de Doffre, rédigé sur son lit d'hôpital. Il rouvrit donc le vieux cahier d'écolier et le parcourut en partant de l'hypothèse qu'Arthur mentait au sujet de Bourne.

Il tomba alors à nouveau sur les pages où était répété le mot « Mort ». Le coup de blues d'Arthur, ses plaintes et lamentations. Puis les descriptions précises des visites de Bourne, dont l'état de santé, selon Arthur, s'améliorait, alors que lui s'enfonçait. Avec, toujours, cette écriture tremblotante, fracturée. Des « e » grossiers, des « a » malmenés. Bel exploit tout de même, en fin de cahier, pour un droitier contraint d'être gaucher, nota David. Arthur avait vite appris, et écrivait presque à la perfection après trois mois d'hospitalisation.

Le jour n'allait pas tarder à se lever. David se frotta les paupières, s'empara d'une fiche verte, rédigée avant l'accident, et la plaça en vis-à-vis du cahier. L'écriture, sur le bristol, était fluide, sans rature – jolis « a », « e » parfaits, voyelles arrondies. Pas vraiment différente de celle de la fin du cahier, en définitive. Degré d'inclinaison identique, même manière de lier les lettres, longueur de la barre des « p » ou des « t » semblable.

Étrange, car l'une était tracée de la main droite, et l'autre de la main gauche.

David posa soudain le bristol et mima, l'index pointé devant lui, l'écriture de la lettre « t ». Ce geste, il le répéta cinq fois d'affilée.

Le bras du « t », que le droitier trace de gauche à droite.

Il avala sa salive.

Son regard se porta à nouveau sur le papier cartonné vert. Puis sur le cahier.

Son doigt se mit à trembler.

Il venait d'avoir la certitude d'une chose : c'était Arthur qui mentait.

Sur les bristols vert pomme, Doffre avait tracé ses barres de « t » de droite à gauche, comme le font les gauchers, comme il l'avait fait sur son journal intime, à l'hôpital. Le sens du tracé se devinait à l'infime point d'encre initial, abandonné à droite par la plume. Il en allait de même avec les accents, ainsi qu'avec les lettres rondes – les « o », les « a » –, tracées à l'envers.

Tous ces bilans avaient été rédigés de la main gauche.

Et donc, après l'accident.

Dès sa sortie d'hôpital, avant que les flics ne débarquent chez lui, Arthur avait pris sa plus belle plume, inventé une phobie au Bourreau 125 et rédigé brièvement ces dizaines de bilans, dont les derniers se limitaient à de simples flèches de tendance – sûrement par manque de temps. Une hallucinante histoire de souffle au cœur apportant une explication aux tatouages sur les crânes des enfants. Et légitimant ainsi leurs rendez-vous au cabinet, dont la police avait pris connaissance lorsqu'elle s'était intéressée aux mouvements sur le compte bancaire de Bourne, après son décès.

Aux yeux des flics, Bourne consultait pour soigner sa phobie.

Mais en réalité, Doffre et Bourne ne s'étaient pas rencontrés pour un quelconque problème psychologique.

David y était presque, il le sentait.

L'influence… L'arum, la tache verte abdominale, la scie électrique…

Et si Doffre s'était servi de Tony Bourne ? S'il l'avait guidé dans ses actes, lui avait indiqué la manière de procéder, de progresser dans ses crimes ? Et si ces deux-là avaient *travaillé* ensemble, dans un but commun : le meurtre ?

Arthur Doffre avait-il fabriqué le Bourreau ? Et Arthur Doffre s'en était-il débarrassé par la suite, le forçant à se suicider grâce à l'influence qu'il exerçait sur lui ? Parce que, immobilisé sur son lit d'hôpital, il se sentait lui-même déjà mort ?

Ça se tenait. Ça se tenait drôlement.

L'intelligence de l'un, au service de la démence de l'autre.

Le vice à l'état pur, cloué dans un fauteuil roulant.

Comprendre l'influence et percevoir autrement.

Professeur Doffre… Élève Bourne.

Professeur Doffre… Élève Emma.

Le professeur vieillit, mais pas l'élève.

Doffre, replié derrière sa profession. La psychologie… Un vivier où puiser des esprits malades, malléables. Puis jouer de leurs faiblesses, les travailler à sa guise… Et frapper, frapper par la seule force des paroles.

Combien de personnes psychologiquement fragiles Doffre avait-il manipulées ? Combien de meurtriers avait-il fabriqués ?

Combien de meurtriers…

Emma était de ceux-là. Une obsédée amoureuse, de la pire espèce. *Furor amoris.*

Et bientôt, elle tuerait, dans un seul but : assouvir les fantasmes de Doffre.

David eut envie de hurler. Hurler à se déchirer le larynx.

Enfermé, avec sa fille, sa femme détruite, dans un chalet où personne ne pouvait les entendre crier.

À la merci du pire esprit que l'humanité puisse engendrer. Et de son esclave malade.

Entre les bras du Mal…

40

Complètement nue, Emma longea le corridor sur la pointe des pieds. Son David avait besoin de sommeil, et en aucun cas elle ne voulait le réveiller. Une fois dans la salle de bains, elle entreprit de laver énergiquement toutes les parties de son corps. Au milieu de la nuit, Arthur s'était mis à la caresser avec insistance, alors qu'elle lui tournait le dos, somnolente. Après toutes ces années, le vieil homme était devenu pour elle bien plus qu'un simple médecin. Il l'avait soutenue, suivie, conseillée… Elle ne parvenait pas à le voir autrement que comme une personne proche et aimante, prête à tous les sacrifices pour l'aider, elle, Emma Schild.

Aussi n'avait-elle osé s'éloigner lorsqu'il avait allumé la lumière, glissé les doigts sur ses seins, et qu'elle avait senti son truc se durcir sous les draps. Puis, très vite, il lui avait agrippé les cheveux pour qu'elle se retourne et avait poussé sa tête vers le bas, vers… sa chose, sans jamais cesser de gémir, tandis que ses ongles lui lacéraient le dos, et qu'il fixait la malle ouverte, déplacée au centre de la pièce. Elle ne comprenait pas bien qu'il puisse s'extasier devant un tel contenu. Et pourquoi l'avoir remplie aux trois quarts de parpaings ? C'était complètement débile. Arthur avait parfois des comportements bizarres.

Elle fit couler de l'eau dans sa bouche et la recracha aussi fort qu'elle le put. Elle aimait Arthur, mais pas comme ça. S'il recommençait, elle… elle…

Non, elle ne lui dirait rien, comme elle n'avait rien dit cette nuit. Comment oserait-elle ? Elle lui devait tout, et… et il lui faisait si peur, parfois.

Elle s'habilla, vaporisa un peu de *Loulou* sur le haut de sa poitrine, puis se regarda dans le miroir. Ce matin, avec les habits de Cathy Miller, son pantalon côtelé noir, son sous-pull beige et son pull à col roulé mauve, elle se sentait belle. Encore une merveilleuse idée d'Arthur. Pourquoi n'y avait-elle pas pensé d'elle-même ? David apprécierait, à coup sûr, même si ces vêtements étaient beaucoup trop larges.

Elle fit rouler l'alliance de Cathy entre le pouce et l'index et l'enfila à son annulaire. « Trop grande ! Évidemment ! Tu le fais exprès, salope ! » maugréa-t-elle en songeant à la femme Miller. Pas bien grave. Elle l'enfonça autour de son majeur et la contempla sous tous les angles.

Une fois dans le salon, elle s'accroupit devant la cheminée et remua avec un tisonnier les dernières braises avant de chausser les après-ski de Cathy. Elle irait chercher du bois, puis préparerait un solide petit déjeuner avec tout ce que David aimait. Son bol de café brûlant, son pain beurré, sa confiture de myrtilles. Elle se rendait compte à quel point leurs goûts en commun étaient nombreux. Décidément, le destin faisait vraiment bien les choses.

Arthur lui avait dit que si David se comportait bien, elle pourrait le laisser prendre une douche chaude. Elle n'oserait pas aller le troubler dans son intimité, bien sûr, elle n'était pas de ces filles-là ! Mais s'il lui demandait gentiment de le rejoindre…

Elle pouffa, mit son blouson et jeta un œil par la fenêtre. Les rouges naissants annonçaient une journée glaciale mais magnifique. Peut-être pourrait-elle proposer à son amour une randonnée, pendant qu'Arthur s'occuperait de Clara ? Longer le torrent, en direction des montagnes, découvrir ensemble ces endroits féeriques… Fixer sur pellicule leurs premiers souvenirs de vacances. Elle était persuadée que, plus tard, ils riraient aux larmes des circonstances de leur rencontre. Il n'y avait pas beaucoup d'amoureux qui pouvaient se vanter d'avoir vécu une aventure aussi originale ! Elle avait quand même failli y rester, dans cette marche forcée ! Et s'infliger soi-même ces griffures, tout cela parce que Arthur voulait que les Miller ne soupçonnent rien !

Elle l'avait franchement mérité, son David, à présent !

Elle se répéta que les êtres faits pour se rencontrer finissent nécessairement par se rencontrer. Aux pôles, au pied d'un volcan, ou ici, en pleine Forêt-Noire. Elle n'était pas sur le chemin de David par hasard.

Après avoir enfilé ses gants et son bonnet, elle déverrouilla la porte d'entrée, qu'elle ouvrit puis ferma une dizaine de fois, réajustant chaque geste au millimètre jusqu'à ce que l'harmonie globale du mouvement lui convienne, et se laissa submerger par le baiser vivifiant de la forêt. Elle inspira profondément, les bras écartés, un sourire radieux sur les lèvres.

— Merci, Arthur ! s'exclama-t-elle en sautillant.

Soudain, devant son regard, un éclair noir déchira l'azur à une vitesse ahurissante.

Elle poussa un cri avant de sombrer, les deux mains en avant.

Son nez se brisa dans une gerbe de sang.

41

Armée de son bâton, haletante, Adeline chevaucha le corps inanimé et se rua à l'intérieur du chalet. Personne dans le salon.

Son regard se porta vers le dessus de la cheminée. Plus de fusil.

La peur au ventre, elle serra son gourdin de ses deux mains et s'élança dans le couloir. Agir vite, très vite ! Emma, avant de s'effondrer, avait eu le temps de crier, donc de donner l'alarme.

« Les Miller. Seigneur, les Miller ! Faites qu'ils soient encore en vie ! » se répétait-elle.

Tapis rouge, obscurité. Portes fermées, sauf celle d'Arthur. Elle s'y précipita mais s'arrêta net à l'entrée, pétrifiée. Le vieil homme avait rampé jusqu'à la fenêtre et saisissait déjà le Weatherby.

En un instant, malgré sa position allongée, il bascula sur le côté et pointa le canon dans sa direction, calant la crosse contre son torse.

— Sale garce ! vomit-il en serrant les dents.

D'un bond, Adeline recula, se colla contre le mur du couloir et claqua la porte. Une première détonation retentit, immédiatement suivie d'un fracas, quelque part dans le plafond.

— Cathy ! Cathy ! s'écria-t-elle.

— Ici ! brailla David. Ici !

Adeline se retourna.

— Ici ! fit à son tour Cathy. Ouvre !

Les voix sortaient de partout.

— Les… Les clés ! Où sont les clés ?

— Sur Emma ! cria David en cognant sur le bois. Qu'est-ce qui se passe ? Adeline !

Sans même répondre, elle fonça vers l'extérieur. Le corps d'Emma, immobile. Son visage maculé de sang. Ses poches. Intérieures et extérieures. Blouson, jean.

— Où sont les clés, espèce de tarée ? grogna-t-elle en secouant la masse inerte. Où sont ces putains de clés ?

Elle relâcha Emma et retourna à l'intérieur.

« Tout sauf la chambre, tout sauf la chambre d'Arthur », pria-t-elle en cherchant dans le salon. Table basse, dessus de cheminée, étagères. Rien.

Elle lorgna dans le couloir. Impossible de bloquer la porte de Doffre, qui s'ouvrait vers l'intérieur. Les clés, vite ! Avant que cette larve parvienne à sortir et à tirer sur tout ce qui bouge.

— Tu vas le regretter ! rugit-il. Pauvre fille des rues !

Et ça cognait, partout. Toujours plus. David, Cathy… et Clara à présent, qui se mettait à pleurer.

Enfin, dans le plus gros des brocs en faïence, sur le muret de la cuisine… un trousseau… Délivrance.

Tapis rouge, encore. Plaquée au mur, elle essaya d'enfoncer une des clés dans la serrure d'Arthur, les doigts encore gelés et tremblants.

Pas la bonne.

De l'autre côté, des grincements d'acier et des crissements de cuir. Le fauteuil roulant !

Les clés suivantes, vite ! Pas plus de succès. Panique. Chute du porte-clés. Recommencer. Quelle clé ? Quelle clé, bon sang ?

Le moteur électrique ! Ce bruit de mort, qu'elle aurait reconnu entre mille. Ça s'approchait, ça s'approchait !

Adeline tremblait tellement qu'elle dut s'aider d'une main pour diriger l'autre. Pas le choix. Il fallait se placer face à la porte fermée. Il tirait, elle était morte.

Et il allait tirer.

Le mécanisme de la serrure s'enclencha au moment même où Arthur actionnait la poignée.

Enfermé.

— Noooon ! hurla Doffre. Je vais te saigner, salope !

Une détonation assourdissante. Un trou énorme, au-dessus de la poignée.

Adeline se traîna vers la porte de Cathy, chancelante. Elle commençait à voir des papillons noirs.

Elle s'écroula et se releva.

Que se passait-il ?

Ses mains sur sa poitrine, son ventre, ses jambes. Elle s'attendait à voir son sang couler, à crever, persuadée qu'il l'avait touchée.

Il ne pouvait en être autrement.

Et ça hurlait, ça hurlait de partout. Les cris, les coups, les clameurs désespérées.

Elle se redressa.

— J'arrive, Cathy ! J'arrive !

Clé, serrure. Combinaison gagnante.

Les deux femmes échangèrent à peine un regard. Cathy aperçut les poignets d'Adeline, mauves, en sang, cerclés de menottes. Elle se mit à courir dans le couloir, terrorisée, Clara dans les bras.

— Daviiid !

L'enfant gémissait, agrippée au cou de sa mère.

— Retourne dans la chambre et habille-la chaudement ! Habillez-vous tous ! brailla Adeline en s'attaquant à la porte de David. Arthur a le fusil ! Vite !

Nouveau coup de feu. Explosion de métal. La poignée gicla et rebondit sur le sol.

David, libéré. Il plongea dans les bras de sa femme et embrassa son enfant, l'étreignant de toutes ses forces. Pas une parole, juste des regards. Ils se lâchèrent très vite, conscients que l'urgence était ailleurs.

— Où est Emma ? questionna David.

— Dehors ! Je l'ai assommée. Je… Je ne sais pas si elle est encore en vie !

Une fois dans le salon, David boucha le couloir avec le canapé, contre lequel il poussa deux lourds fauteuils.

— La cuisine ! Cathy, prends de la nourriture, de l'eau ! Adeline, vous devez manger quelque chose ! Vous ne tenez plus debout ! Que vous est…

— Ça va aller, répondit-elle en s'emparant d'un sac, d'un bonnet et d'une paire de gants.

Au fond du couloir, la porte s'ouvrait. David aperçut les roues du fauteuil et la pointe lustrée d'un canon.

Dans un geste de panique, il récupéra ses vêtements d'hiver sur le portemanteau et se rua dans la cuisine.

Bruit du moteur électrique.

— Miiiiiiiiiiller !

Sac ouvert. Briques de lait, eau, biscuits, chocolat, jambon, saucisson, fourrés pêle-mêle. Adeline vida le contenu d'une bouteille d'eau. Des filets de liquide coulaient le long de son menton.

— Le porte-bébé ? beugla David en s'habillant.

— Dans la chambre !

Il serra les dents.

— On fera sans ! Je la porterai !

Mission impossible. Tous le savaient, personne ne releva. Parler, se poser des questions, c'était briser l'espoir.

— Miiiiiiiiller ! Où crois-tu aller ?

David passa le sac sur son dos.

— On va foncer à l'extérieur. Arthur est bloqué par le canapé, il ne pourra pas viser si on se baisse, d'accord ? On sort, on court jusqu'au chemin. Dans une dizaine de mètres, le calvaire sera terminé. Il n'y aura plus qu'à marcher.

— On va y arriver ! répliqua Cathy en le regardant dans les yeux. On va y arriver, tous ensemble !

David expliqua à Clara qu'elle devait marcher à quatre pattes jusqu'à la porte, que c'était un nouveau jeu. Elle réclama Grin'ch et son papa lui dit qu'elle le retrouverait dans les bois, si elle obéissait.

— J'ouvre la marche, vous me suivez, OK ? Chérie… tu mets Clara juste devant toi. Ne la lâche pas, surtout.

Ils se mirent à quatre pattes, les uns derrière les autres, et avancèrent.

— Miiiiiiiller ! Miiiiiiiller ! Vous n'y parviendrez jamais ! les maudit Doffre. Vous ne savez pas qui je suis ! Vous m'appartenez ! Vous m'avez toujours appartenu ! Adeliiiiiiiiiiine !

Il ouvrit le feu. Un coussin explosa dans un nuage de plumes. La balle se logea au centre d'une poutre verticale.

Clara hurla.

David accéléra, il tira sur la poignée puis se laissa rouler vers l'extérieur, immédiatement suivi par les autres. Il claqua la porte dans une expiration victorieuse, dos plaqué contre le mur de rondins.

— On a réussi !

Une autre balle fusa au-dessus d'eux. Ils se baissèrent et se dirigèrent vers la gauche.

Adeline se figea brusquement avant d'agiter la tête dans tous les sens.

— Em… Emma ! bafouilla-t-elle en désignant les taches de sang en direction de l'abri à bûches. Elle est par… par…

Cathy était tétanisée.

— C'est pas vrai ! C'est pas vrai ! s'exclama David.

— La tronçonneuse ! cria Adeline. Merde !

Il y eut un silence, puis David ajouta :

— Je vais fermer la porte ! Ça la retardera si elle veut récupérer le fusil !

Il enclencha prudemment la clé dans la serrure et verrouilla.

— Allez, on y va ! ordonna-t-il en prenant la tête du cortège.

Doffre ne pouvait plus les atteindre mais tous étaient conscients de ce qui les attendait.

La marche.

Ils s'éloignèrent au pas de course, en file indienne. Le froid leur coupait la respiration.

Soudain, le roulement gras et sourd d'une tronçonneuse s'éleva des profondeurs. Un bourdonnement saccadé, incisif, avide de mordre.

Cathy se retourna, le visage déformé par une grimace.

— Continue ! Avance ! ordonna David.

Après une course qui parut durer une éternité, ils s'arrêtèrent pour reprendre leur souffle. David posa Clara. Cathy s'agenouilla à ses côtés, le visage rouge sang. Adeline, dix mètres derrière, blanche, frôlait la rupture physique.

Puis, en contrechamp, le chalet, tout petit, traversé par son immense chêne. Dans l'éclat du soleil, tous virent Emma, à l'entrée, qui brandissait l'engin au-dessus de sa tête.

— Daviiiiiiiid ! criait-elle dans le lointain. Daviiiiiiiid !

Et elle s'élança dans leur direction.

Ils s'immobilisèrent. Saisis par la peur.

Mais, brusquement, Emma fit demi-tour, avant d'abattre la tronçonneuse sur le bois de la porte d'entrée, dans un horrible rugissement.

David voulut soulever Clara mais Cathy l'en empêcha.

— Laisse-la-moi… peina-t-elle à prononcer. J'ai

encore… du souffle… Plus vite… Il faut aller plus vite… Elle est partie chercher… le fusil…

David acquiesça, eut un regard pour Adeline, pliée en deux, et reprit la tête du groupe.

— Emma… Elle est blessée et elle… perd du sang… fit-il. Elle… Elle… ne nous rattrapera pas… Comment va… votre respiration… Adeline ?

— Je… J'en… sais rien… Pas terrible… Mais… il n'y aura plus… de crise… d'asthme… Plus jamais…

Après une interminable ligne droite, le sentier virait vers la gauche et se rétrécissait fortement. Ils attaquèrent une pente, puis dévalèrent un raidillon, soulevant des gerbes de neige craquante.

David fut subitement happé par une force souterraine.

Son genou droit disparut sous la poudreuse.

Il hurla.

42

— At… tention… Ne… bougez… plus… parvint à dire David, le visage décomposé, les dents serrées.

Immobilité totale. Juste les soubresauts des poitrines en feu et les sifflements des gorges.

David creusa autour de sa jambe en gémissant, et dévoila les mâchoires d'un piège à loup, rabattues autour de sa cheville. Cathy écrasa sa fille contre son torse dans un geste de terreur.

— L'endroit… en est… criblé ! souffla Adeline en s'approchant avec prudence. Cette… neige… tassée ! Ces… traces de… pas ! Elle… a déplacé… tous les pièges… ici !

Elle s'agenouilla et essaya d'écarter la dentition acérée. David hurla de douleur.

— On… n'arrivera pas… à le débloquer. C'est un… mécanisme spécial… Il… Il faut… le levier qui… qui s'adapte…

Cathy colla Clara entre les bras d'Adeline et se pencha au-dessus de son mari.

— Non ! Mon chéri ! Mon chéri ! On doit… On doit…

Elle leva un regard perdu autour d'elle. Des troncs, rien que des troncs.

— Il faut le sortir de là ! Adeline ! On doit le sortir de là ! Tout de suite ! Adeline !

David tenta de se courber, mais cet infime mouvement remua l'acier sous sa chair et il manqua de s'évanouir. D'un geste très lent, il attrapa le blouson de Cathy et le ramena à lui.

— Tu… Tu vas… prendre le sac et vous allez… courir… Courir aussi… longtemps que… vous le pourrez… Quand vous serez… à bout… vous marcherez… Le plus… vite… possible…

David faisait tout pour ne pas grimacer.

— Écoute-moi ! Vous… allez… rejoindre… la route et… appeler… des… des secours… Ça… ça va bien se passer…

Cathy lui caressait le visage, refusant d'entendre ses paroles. Adeline s'était mise en retrait et occupait Clara pour lui cacher ce terrible spectacle.

— Non ! Non ! Jamais ! protestait Cathy. Je ne te laisserai pas !

— Adeline… fit David. Vous devez… partir… Toutes les… trois… Ou… Ils vous tueront… Ils vous tueront… Moi, ils… ils ne me feront rien… Elle ne… vous poursuivra pas… C'est moi qu'elle veut… Ça va aller… Ça va aller…

Dans un accès de désespoir, Cathy se jeta sur la mâchoire et tenta de toutes ses forces de l'écarter. David lâcha une écume blanchâtre, ses yeux se révulsèrent.

— Arrête ! hurla Adeline en se précipitant pour la secouer par le bras. Tu vas le tuer !

— Non ! répétait Cathy. Non ! Non ! Non !

Puis le silence. Le vomissement lointain de la tronçonneuse avait cessé. Emma avait sûrement déjà récupéré le fusil.

— Tu… dois penser à… notre fille… Clara… Ma Clara…

Ses yeux humides vers ceux d'Adeline.

— Je vous… en prie… Emmenez-les… Sauvez-les… Faites-le… pour… ma fille… Elle doit… vivre ! vi… vre…

Clara échappa à la surveillance d'Adeline et vint se serrer contre lui.

— Oh ! Ma chérie… parvint-il à murmurer, dans un ressac de douleur.

Adeline décrocha avec tristesse l'enfant du cou de son père.

La séparation fut une déchirure.

David sut qu'il ne la reverrait plus jamais.

Il repoussa Cathy de ses dernières forces, avant de s'aplatir dans la neige, les bras écartés.

— Dé… gagez !

— Noooon !

Une détonation retentit. Un coup de fusil en l'air, annonçant l'ouverture de la chasse.

— Daviiiiiiid !

Cathy tressaillit.

La mort dans l'âme, Adeline ramassa le sac et reprit Clara dans ses bras.

Cathy se jeta une dernière fois vers son mari et abandonna la tétine de leur bébé au creux de sa main. La tétine croquée par le petit Grin'ch.

Les sanglots éclatèrent plus fort. David releva la tête alors que ses amours disparaissaient derrière les pentes enneigées, contournant le chemin et ses pièges diaboliques. Cathy fixa son mari aussi longtemps qu'elle le put et se mit à courir, sans plus jamais se retourner.

Les hurlements de Clara finirent par se perdre dans l'immensité.

David sentit les perles de sel se figer au bord de ses yeux. Vint le moment où il n'entendit plus que le battement de son cœur.

Puis, ce bruissement caractéristique des pas dans la neige.

Le monstre approchait.

Il allait souffrir. Puis mourir.

Il songea à sa famille… Son épouse et son enfant, heureuses, quelque part. Clara grandirait. Elle vivrait et elle grandirait.

On se rapprochait de lui, d'un pas déterminé, celui d'un bourreau paré pour l'office. Puis il aperçut, au-dessus de lui, cette face en sang, au nez décalé, qui bleuissait déjà.

— S'il vous… plaît, Emma, ne me fai… faites pas… de mal, gémit-il en essayant de relever la nuque. Je vais vous… aimer… Je vais vous aimer… aussi fort… que je le… pourrai…

Elle se redressa et poursuivit son chemin, le fusil sur l'épaule.

— Pi… tié ! Emma ! Lai… ssez-les ! Lai… ssez-les ! Je… vous… en prie…

Il ne sut combien de temps s'écoula avant qu'une violente claque le ramène à la conscience. Ses cheveux étaient prisonniers du gel, ses lèvres collées par le froid. Il ouvrit les yeux, elle se tenait au-dessus de lui, dans une espèce de flou, les gencives luisantes, un rictus monstrueux aux lèvres. Elle tendit la main au ciel puis lâcha de petits cylindres métalliques qui vinrent lui frapper le front. Il tourna la tête, la joue gauche enfoncée dans la glace.

Devant son nez, trois douilles vides, encore fumantes, à l'odeur de poudre entêtante.

Il voulut crier mais n'eut, au fond de la gorge, que l'écho de sa propre détresse.

Sa main tenta de frapper devant lui, dans un mouvement désespérément ralenti.

Emma esquiva puis se baissa au niveau de la jambe prisonnière. Elle appuya de toute sa hargne sur les mâchoires puissantes, dans un grognement bestial.

Cette fois, David accoucha d'un cri qui transperça la forêt, avant de s'évanouir de nouveau.

— Je croyais en toi. J'ai tout sacrifié pour toi. Mes nuits, mon métier, mon avenir… Arthur et moi, on va te faire passer l'envie de t'échapper.

Quand elle le tira par les pieds, la tétine resta dans la neige, à proximité des douilles vides… Les trois douilles vides…

43

— La gamine ! Idiote ! Qu'est-ce que tu as fait de la gamine ?

À bout de souffle, Emma abandonna le corps inanimé de David sur le plancher, au milieu du salon.

— L'enfant ! Où est l'enfant ?

Arthur se dirigea vers elle et la gifla avec une incroyable violence. Emma se retrouva à terre, les mains sur le visage. Son nez pissait le sang.

— Je… n'ai pas eu le choix… Je n'arrivais pas… à les rattraper… Alors… j'ai… j'ai tiré… Plusieurs fois… La mère portait sa fille… La balle les a transpercées… toutes les deux… Je… Je suis désolée… Arthur…

Elle pleurait, recroquevillée comme un chien. Hors de lui, Arthur la tira par les cheveux, lui saisit la main et la glissa dans son entrejambe.

— Caresse ! ordonna-t-il, tandis qu'elle s'agenouillait. Caresse ! Sale traînée !

Emma obtempéra, effondrée, terrorisée. Elle fixait son David, partagée entre la colère et un sentiment de tendresse infinie. Arthur se mit à lui palper le crâne, maladivement, comme s'il l'épouillait. Elle sentait son souffle tiède au-dessus d'elle, tandis que la chose gonflait, entre ses cuisses immobiles.

— Il faut qu'il paie ! s'écria-t-il. On va devoir lui faire mal ! Dis-moi que tu vas lui faire mal ! Dis-le-moi !

— Je... Je ne sais pas... bafouilla Emma. Arthur... Qu'est-ce qu'on a fait ?

Il lui attrapa le menton, puis lui écrasa les joues, la forçant à le regarder.

— Qui décide de ce qui est bien ou mal ici ? Qui ?

Un filet rouge vint mourir sur les lèvres d'Emma. L'os de son nez était complètement décalé, lui donnant l'air d'un personnage jailli du pinceau de Picasso.

— C'est... C'est toi... Tu décides de tout, Arthur...

— Il a désobéi ! Et tu sais ce qu'on fait aux enfants qui désobéissent ?

— On les enferme dans les caves, et on les punit ! On les punit pour qu'ils ne recommencent plus !

Elle cracha sur le sol et se redressa.

— Il m'a désobéi ! Il est machiavélique ! Je vais lui faire du mal ! C'est la seule façon !

— Bien. Maintenant tu vas rapporter le contenu de ma malle ici, sur la table. Fais ça ! Vite ! Tu me dois tout. Tu me dois ton enfance, ta jeunesse, ta vie. Alors fais ça pour moi ! On va le punir, tous les deux !

Emma réagit au quart de tour. Elle se dirigea avec résolution vers la chambre. David avait voulu fuir ! L'abandonner, alors qu'il prétendait l'aimer ! Il avait menti, pendant tout ce temps ! Les lettres, les déclarations ! Mensonges ! Mensonges !

Des flammes dévastatrices envahirent l'intérieur de son corps. Elle ne sentait même plus la douleur de son nez broyé.

Punir.

Quelques secondes plus tard, elle déposait sur la table basse ce qu'Arthur lui avait demandé.

— Et maintenant, tu vas l'attacher à l'arbre avec la corde ! De la neuf millimètres ! Tu sais pourquoi, de la neuf millimètres ?

— Non…

— Le meilleur des liens. Souple et solide, disponible partout en grande surface. Qui aurait pensé à ça, hein, qui ? Ce sens infini du détail, c'est pour ça qu'*il* ne s'est jamais fait attraper.

Il tendit son index.

— Mais avant, tu vas le déshabiller. Déshabille-le !

Emma se laissait guider par les paroles d'Arthur. Le déshabiller, pour l'humilier. Arthur avait raison. Comme ça, David comprendrait la leçon !

La cheville était sérieusement amochée. Elle avait gonflé, le sang avait coagulé à l'endroit de la morsure. Maintenant, il ne pourrait plus jamais s'enfuir. Emma se sentit soulagée. Il serait à elle, pour la vie.

Arthur lui indiqua la manière exacte de nouer les liens. Poignets croisés par-devant, six tours de corde. Puis elle redressa le corps et le ligota à l'arbre.

— Tu n'aurais pas dû, répétait-elle inlassablement. Tu n'aurais pas dû… Elles sont mortes, et c'est de ta faute. Uniquement de ta faute.

Arthur l'appela à lui et lui glissa deux pilules dans la main. Elle les avala, sans broncher. Il lui saisit à nouveau les cheveux, et la tira vers l'arrière.

— Tu me fais mal… fit-elle en retenant son cri.

Il la lâcha, l'œil sur la table basse. Le contenu de la malle. La petite pochette en cuir… Et…

David remua la tête. Arthur claqua des doigts et s'adressa à Emma :

— Tu restes dans la chambre jusqu'à ce que je t'appelle. Je dois lui parler. Savoir s'il t'aime vraiment. Si nous ne nous sommes pas trompés…

Emma posa la main sur sa poitrine.

— J'ai… J'ai le cœur qui commence à battre très vite ! Arthur !

— C'est parce que tu es très énervée. C'est très bien ainsi… Et maintenant, va dans la chambre !

Elle s'éloigna. Arthur s'approcha de David et lui murmura à l'oreille :

— Vingt-sept ans que j'attends ce moment. Vingt-sept longues années à me tourmenter… dans ce corps démoli… Tu ne peux pas imaginer ma souffrance… Ce bras manquant, il me fait encore si mal, parfois. Mes pieds me grattent en permanence. Mes doigts se raidissent, bouffés par l'arthrite. Mais aujourd'hui, tout va changer… Je vais enfin atteindre le nirvana… Cette exaltation suprême de tous les sens. Exécuter la huitième œuvre. Boucler la boucle. Grâce à toi, mon enfant… Et à elle…

44

Il était encore en vie.

Il était encore en vie et la déchirure qui grandissait dans son ventre décuplait l'infernale douleur.

Elles ne pouvaient pas être mortes. Pas elles.

Ses chéries.

David releva le front. Ses cheveux noirs, ses iris brillants contrastaient avec la maigreur blanche de sa poitrine. Nu, serré entre les cordes, il se sentait anéanti, vidé de sa substance.

— Noooon ! gémit-il d'une voix qui se brisa dans des vagues de sanglots.

Et, tandis que sa tête trop lourde tombait, que les larmes ruisselaient sur ses joues, que sa cheville le brûlait de douleur, son regard atterrit sur la table basse, ramenée juste devant lui.

Il faillit retomber inconscient.

Sous son crâne, toutes les victimes du Bourreau se mirent à hurler. Il vit leur sang se répandre, entendit leurs plaintes, leurs longs cris étouffés.

Ces horribles crimes, il les revécut un à un, comme s'ils avaient été enfermés en lui, depuis tout ce temps.

Leur souffrance devint la sienne.

Ses jambes se dérobèrent sous lui. Seules les cordes

solidement enroulées autour de son torse l'empêchèrent de s'effondrer.

Il se dressait là, en face de lui.

Le Monstre, jailli d'entre les morts. L'âme du Mal.

Doffre, le Bourreau 125. Une seule et même personne.

— Nooooon ! répéta David.

Le Bourreau 125 s'empara de la pochette de cuir posée au bord de la table et l'ouvrit délicatement. Avec une minutie extrême, il disposa les instruments tranchants devant la balance de Roberval, tous dans la même direction et parfaitement parallèles. Un scalpel, un bistouri, une paire de ciseaux, une tenaille et des pinces de manucure, de tailles variées. Sur la gauche, le cuivre de la plume de Maât brillait d'une lumière froide.

— Oh ! Mon Dieu ! Qu'est-ce que vous avez fait… Qu'est-ce que vous avez fait…

David répétait cette même phrase inlassablement. Il ne parvenait plus à réfléchir. Plus rien n'existait, plus rien ne s'ordonnait.

C'était inconcevable.

Le Bourreau se toucha le sexe et caressa le vase couleur chair.

— Il faut que ça dure, fit-il dans une grimace. Il faut que la jouissance se prolonge. Faire venir, puis laisser repartir. Appeler et repousser l'excitation, sans cesse, suivre le mouvement infini des marées.

Il rejeta la tête vers l'arrière et inspira profondément, avant de retrouver un visage plus détendu.

— C'est tellement difficile, ajouta-t-il. Une souffrance qui devient plaisir, un plaisir qui retourne à la souffrance la plus originelle. C'est pire qu'une drogue. Dix fois pire… Et dix fois meilleur.

David était incapable de prononcer un mot. Les images des maris mutilés tournoyaient dans sa tête, auxquelles se mêlaient les visages de sa femme et de sa fille. Il soufflait péniblement et essayait de remuer ses liens.

— J'aime percevoir cette terreur ! clama le tueur en s'approchant. Celle qui se reflète dans tous les regards. Cette même peur, intemporelle, inaltérable, qui remonte du fond des temps. Ton regard, ils l'ont tous eu avant de mourir. Oh, David ! La plus grande jouissance n'est pas dans l'acte final, mais dans tout ce qui mène à cet épilogue. La domination. La destruction. Ce moment où les victimes retournent au stade primitif, où elles redeviennent… des bêtes !

Sa main s'attardait sur les contours du vase.

— Il n'y a plus que cela qui m'aide à tenir, avoua Doffre en désignant l'objet rose. Sais-tu ce que je vois en ce vase ? Sais-tu ce qu'il représente pour moi ?

Il décocha un rire bestial.

— Un vagin ! Un vagin de pucelle ! Et ce bras de fauteuil roulant ? Et ces brocs en faïence ? Réponds, David ! Tu en es capable ! Toi, le spécialiste des tueurs en série !

— Bou… Bourne… bégaya le jeune homme.

— Ah ! Bourne ! Bourne, Bourne, Bourne…

Doffre laissa échapper un ignoble ricanement.

— Bourne n'aurait pas fait de mal à une mouche. C'était un pervers inactif, juste bon à fantasmer devant les rubriques nécrologiques ou les photos de chairs mortes. Ce goût morbide le torturait, il se dégoûtait lui-même… Et pourtant, chaque jour, il avait besoin de sa dose d'abject. C'était sa nature, sa personnalité, et il n'y avait aucune thérapie pour ça. Sauf la mienne. Ma thérapie. L'emmener là où il n'était jamais allé…

Il s'empara d'un scalpel et fit jouer la lame dans la lumière.

— Je l'ai aidé à plonger dans l'esprit du Bourreau, dans mon esprit. Je l'ai nourri de mes histoires, je l'aidais à se représenter les scènes de crime, à sentir l'odeur des chairs qui s'ouvrent sous le fil du bistouri. Je l'ai transporté dans l'univers du Bourreau exactement de la même façon que je l'ai fait avec toi. Il a transpiré, vibré, joui à sa place, à *ma* place. Je ne le guérissais pas, j'empirais son état ! Il devenait dépendant… dépendant de l'horreur.

— Mais… Mais pourquoi ? Je veux… comprendre…

— Pourquoi ? Pourquoi ! Mais parce que tout passait dans ses yeux ! Les meurtres, les cris, la douleur ! À chaque fois que je le rencontrais, avec sa frange parfaite, son strabisme, sa cicatrice, je l'imaginais découper les chairs, humilier les victimes ! Et il m'en parlait ! Il me parlait de tout ça au cabinet… Il allait même jusqu'à se frotter les doigts sur du papier de verre ! Il s'était procuré une balance et fabriqué une plume de cent vingt-cinq grammes, comme le Bourreau ! Et il racontait ce qu'il croyait vivre, et que moi je vivais réellement ! Il ravivait les braises ! Grâce à lui, j'agissais, sans cesse, même quand je ne tuais pas. Sans cesse… Nous formions le duo parfait…

D'un geste sec, il planta l'instrument dans le bois de la table.

— Et après l'accident, le Bourreau est mort… poursuivit David en secouant la tête. Et donc Bourne devait partir avec lui…

— Forcer Bourne à se suicider… Faire le deuil du Bourreau en lui inventant une histoire et un personnage… Le faire disparaître aux yeux du peuple, des médias… À mes yeux… Satisfaire la police, avec cette histoire de souffle au cœur… Donner un sens à ces numéros gravés sur les crânes, afin de clore l'affaire… J'ai rédigé toutes ces fiches d'analyse en deux nuits, et puis j'ai brûlé tout ce qui concernait le vrai Bourne, le petit obsédé sexuel. La police a tout gobé, même son voisinage l'a enfoncé. Ils étaient tellement pressés de classer le dossier ! De faire taire les grondements qui s'élevaient de la rue !

Il serra le poing.

— Oui, forcer Bourne à se supprimer ! Je devais chasser le Bourreau, l'éliminer ! Il ne devait plus exister ! Mais c'était impossible ! Il a toujours fait partie de moi ! Je suis ce qu'il est ! Je suis le Bourreau, même dans un fauteuil ! Le Bourreau ne pouvait pas mourir ! Il était invincible !

Plus aucune émotion dans les prunelles de Doffre. Aucune tristesse, aucune joie. Une froideur absolue.

— Il me fallait une raison de vivre. Il me fallait des objectifs. Dignes de ce que j'ai toujours été… Satisfaire les appétits du Bourreau, continuer à respirer, malgré *Dolor*…

— Alors… Alors, après que la DST vous… vous a forcé à disparaître, vous avez… repris votre activité de psychologue, de manière non officielle… Vous avez modelé des esprits malades… Vous… Vous avez agi non plus sur le terrain, mais… depuis votre fauteuil roulant… Combien ? Combien d'Emma, de Bourne avez-vous manipulés et détruits ? Combien ?

— Suffisamment pour avoir eu l'impression de continuer à marcher.

David était dévasté, tout tourbillonnait autour de lui.

— Vous les avez tuées… Vous avez tué ma famille… Ma femme… Mon enfant…

— Tu ne peux imaginer combien de personnes j'ai tuées. Ça va au-delà de tes capacités.

David éprouva ses liens à se faire saigner les poignets.

— Tu vas te blesser plus encore, ricana le Bourreau. Ce serait bien dommage.

— Alors tout… tout était faux… Les entomologistes, les carcasses…

Doffre hocha la tête avec délectation.

— Ce chalet m'appartient. Tu es dans un décor. Ta famille, Adeline et toi n'avez été que des jouets, des objets de désir, que je me suis procurés pour passer un bon moment.

Il désigna le mur du fond.

— C'est Christian qui a installé les carcasses, posé pour la photo… C'est lui qui a pénétré ici, qui a dépecé les lapins et placé la herse. Les entomologistes n'existent pas, il n'y a jamais eu de programme *Schwein*, ni de Franz. Et ces numéros, que tu étais si fier d'avoir découverts, sur le chêne, la photo, etc., ont été créés de toutes pièces. On a même coulé de l'argent dans l'inscription en haut de l'arbre ! Pour Christian, il s'agissait d'ordres, qu'il a exécutés, voilà tout. Pour moi… préparer tout cela… c'était comme une première mise à mort, une jouissance infinie ! Ce pauvre Christian est persuadé d'avoir mis un écrivain dans l'ambiance, afin que ce soi-disant écrivain ait une imagination plus fertile ! Puis il est tranquillement retourné chez moi, il n'est au courant de rien, il attend sagement le vingt-huit février… la fin de mes vacances…

Il rit grassement.

— Tu es un écrivain pitoyable ! Ton récit est archinul ! Cette femme, qui s'enfuit dans la forêt, qui se cache sous un lit ! Que du cliché, du bas de gamme ! *De la part des morts* est une catastrophe ! Tu n'aurais jamais réussi à rien !

— Vous êtes…

— La seule chose de véridique, dans cette histoire, c'est l'amour qu'Emma ressent pour toi. C'est moi qui lui ai transmis ton livre, qui l'ai mise sur ta route, qui ai forgé Miss Hyde. Elle t'aime, David. Elle t'aime au point de te tuer. Au point de s'infliger des griffures, de se persuader qu'elle a été poursuivie par une Chose, de crever d'épuisement… Tout ça pour pouvoir se pâmer dans tes bras. Elle est allée jusqu'à déplacer ses meubles, pour que son lit soit orienté dans la même direction que le tien, pour se donner l'illusion que tu étais sans cesse à ses côtés. Tu es partout chez elle. Sur ses murs, en face de ses miroirs, elle a affiché des agrandissements d'articles parus sur toi, ça en devient ridicule, on ne te reconnaît même pas tellement la qualité est mauvaise ! Tu sais, elle a déjà envoyé trois types à l'hôpital et brisé les deux jambes d'un autre… à chaque fois en provoquant des accidents. Chute dans les escaliers, objets qui tombent, cachets dissimulés dans la nourriture avant qu'ils prennent la route… Et Dieu sait si elle les aimait, eux aussi ! Elle ne te lâchera pas ! Et crois-moi, tu l'as sacrément mise en colère !

— Vous n'avez… pas le droit !

— J'ai droit de vie et de mort ! Je me suis toujours servi, autant que je le voulais. Prendre la chair, quand j'en avais besoin. La chair humaine ! Le nirvana ! Qui pouvait m'en empêcher ? Le pouvoir, David ! Je possédais ! J'ordonnais ! Je dominais !

Il garda le silence une dizaine de secondes, loin, très loin d'ici.

— Nous y voilà enfin… soupira-t-il. C'est maintenant, David. Les années passent mais l'excitation reste, pareille à la douleur du membre fantôme… Je ne sais pas… Ça va au-delà de l'entendement…

— Vous… Vous ne pouvez pas faire ça… Arthur… Vous…

Doffre agita son index devant lui, dans un mouvement d'essuie-glace.

— C'est Emma qui va le faire. Ce sont toujours elles qui l'ont fait ! Tu ne peux pas imaginer de quoi les femmes sont capables pour ne pas mourir… Oh ! Et si tu avais pu voir leurs regards, quand je tenais leurs enfants dans mes bras ! C'est…

Il ne termina pas sa phrase. Il savourait.

— Ces enfants… fit David. Vous… devez me dire… Les numéros… sur leurs crânes… Que… Que représentent-ils ?

Arthur fit courir sa langue sur ses lèvres, fixant sa proie avec l'œil du prédateur.

— Il s'agissait bien des battements cardiaques. Dire que tu y étais presque, David. Tu y étais presque…

— Ces battements cardiaques… c'étaient les vôtres…

— Soixante-dix pulsations en moyenne, sur vingt-quatre heures, la première fois où j'ai agi. Puis soixante-huit, puis soixante-sept… Mon pouls n'a jamais dépassé les quatre-vingt-dix pulsations par minute quand j'ai exécuté les Böhme. Je maîtrisais tout ! Ma hargne, ma colère. Et je m'améliorais, à chaque fois ! J'approchais de la perfection…

Il se caressa le pantalon, les yeux au plafond.

— Et puis, graver ces chiffres c'était… c'était leur laisser ce que j'avais de plus précieux, alors que je leur prenais ce qu'ils avaient de plus cher. Mes pulsations cardiaques, contre leurs parents. Je gravais le sceau de mon organisme sur leur crâne, tandis que mes mains s'imprégnaient de leur sang. Ces bébés m'appartenaient ! Ils m'ont vu torturer leur père, assassiner leur mère ! Tu imagines ?

Il posa son index sur sa tempe.

— C'est imprimé dans leur subconscient ! J'existe dans leurs cauchemars, je sais qu'ils sentent encore, au plus profond d'eux-mêmes, la moiteur de la chambre quand le sang a giclé, et que des cris viennent les hanter, jour et nuit. Ces mêmes cris que tu entends en permanence…

David aurait voulu se recroqueviller dans un coin et se boucher les oreilles.

— Dumortier, Lefebvre, Potier, Pruvost, Cliquenois, Aubert, Böhme. Je connais chacun de ces enfants. Et eux aussi me connaissent… Je leur parle, de temps en temps… Il y a plus de vingt-cinq ans, je leur ai donné un peu de moi-même, de ma colère, de ma douleur. Ils ont ça dans leurs tripes. Eux l'ignorent, mais moi je le sais. Qu'y a-t-il de plus jouissif, de plus abouti que cette ultime prolongation de l'acte ?

Doffre dépassait tout ce que David avait pu concevoir en termes de sadisme. Sa cruauté s'était propagée dans les veines des enfants qui avaient grandi, évolué, mais qui avaient vu l'horreur et la gardaient en eux. L'impression de reconnaître un visage, sans l'avoir vraiment déjà croisé. Un sentiment de mal-être perpétuel. Des images sanglantes, les harcelant au fond de leur âme, sans qu'ils en comprennent la raison. Des êtres déréglés. Quelle avait pu être leur existence, après un tel drame ?

— C'est… C'est impensable… murmura David. Mon Dieu…

— La graine du Mal… J'ai planté en eux la graine du Mal qui, lentement, a germé…

Le Bourreau s'approcha et promena ses doigts sur les hanches nues.

— Tu sais ce qui m'a mis dans cet état ? Un accident de voiture, un stupide accident de voiture alors que… je venais d'assister à la crémation des Böhme ! J'étais tellement excité… un peu ailleurs, si tu veux, alors… je n'ai pas pu éviter la collision… Ma voiture a été retrouvée en bouillie sur une berge du Rhin. Jambes broyées… Et tu connais la meilleure ? Quand les pompiers m'ont retrouvé, ma main droite avait été arrachée, et emportée par les flots ! C'était précisément sur la main droite que je me tranchais le bout des doigts, avec une lame de rasoir. La gauche, elle, portait toujours un gant en latex. S'ils avaient découvert cette main, ou si elle n'avait pas été arrachée, ils auraient pu se poser des questions à l'hôpital, enquêter et tout comprendre. Formidable ironie du sort, n'est-ce pas ?

David détourna la tête, tandis que Doffre le caressait.

— Ne me touchez pas ! Vous me répugnez. Vous n'êtes qu'une erreur ! Une triste erreur de la nature !

— Oh si ! Je vais te toucher, David Miller. Je vais te toucher, tout le temps qu'il faudra. Te toucher et te regarder mourir. Me délecter de votre douleur commune, pendant que son bras te charcutera et que son esprit t'adulera.

Il fixa l'arcade de David, de ses yeux infiniment noirs.

— Tu n'as donc toujours pas compris la raison de ta présence ici ?

David lui cracha à la figure. Doffre s'essuya calmement.

— Parce que tu te doutes bien que ce n'est pas pour tes capacités littéraires ?

— Arrêtez. Pitié…

— Tes parents t'ont-ils expliqué, pour cette cicatrice en boomerang ?

David agita la tête, soufflant très fort par le nez.

— Que t'ont-ils raconté ? Que tu t'étais cogné sur un coin de table en étant petit ? Ou que tu étais tombé sur un caillou ? Dis-moi David ! Dis-moi !

Pas de réponse. Arthur se déplaça jusqu'à la table basse, s'empara d'une tondeuse à cheveux et de deux miroirs.

— D'où crois-tu que vient ton goût pour ton métier exécrable ? Toutes ces images noires que tu extériorises par la plume ? D'où vient ta souffrance ? Et ces cauchemars ? Ces cauchemars innommables, qui ont cisaillé ta jeunesse ?

Il présenta la tondeuse dans sa paume ouverte.

— Cette blessure, c'est moi qui l'ai provoquée. Je t'ai laissé tomber, et tu as heurté l'un des plateaux de la balance de Roberval. Regarde le plateau, il est légèrement tordu. Oh, David ! Tu étais si petit !

David ne tenait plus debout. Les cordes s'enfonçaient dans sa chair.

— Vous… Vous dites n'importe quoi…

— Tes parents adoptifs ont tout fait pour te protéger, ils ne t'en ont bien évidemment jamais parlé. C'était une consigne des hautes instances. Une famille prête à tout plaquer et déménager souvent, pour garder l'enfant… Pour s'assurer que personne ne lui révélerait la vérité… Ils ont même modifié ta date de naissance de quelques jours, pour éviter qu'elle coïncide avec celle de l'enfant Aubert… Tu n'es même pas toi-même, David !

— Non… Ce n'est pas…

— Tu permets ? Baisse la tête. Tu vas savoir. Tu vas enfin connaître la vérité. Et t'apercevoir que ton destin, c'est moi qui l'ai tracé… Comme j'ai tracé celui de Brassart, l'ouvrier qui a assassiné sa femme et son fils, avant de se flinguer. Brassart… Il était si fragile… Je le vois encore, avec son revolver. Il m'a suffi de quelques rencontres… lui glisser les bonnes idées, au bon moment…

— Mon Dieu…

— Baisse la tête !

David fléchit les jambes et obtempéra. Les larmes affluèrent encore, coulant silencieuses sur ses joues. Doffre rasa l'arrière du crâne, au niveau de l'occiput, puis il posa le premier miroir sur ses jambes, et maintint l'autre derrière la tête de sa victime.

Des traces laiteuses, presque effacées, imprégnées dans sa chair. David plissa les paupières. 9… Puis, oui, ça ressemblait à un 7… Puis 8, 7, 8…

97878.

Le sixième enfant.

Le trou noir.

Il revint à lui en hurlant quand le Bourreau appuya sur sa cheville, provoquant des jaillissements de sang.

— Ne pars pas, David ! Ça n'est que le début ! Tu

comprends mieux, à présent, pourquoi je suis venu te chercher, toi, et pas un autre ? J'étais déjà en toi, David ! Dans ta chair !

Il ricana encore.

— Mon cœur était quasiment au repos quand j'ai tiré une balle dans la tête de ton père, devant tes yeux. Tu me fixais avec une telle intensité ! Tu as tout mémorisé. On dit qu'à cet âge-là, les souvenirs ne persistent pas. J'ai l'intime conviction du contraire. Tout est précieusement stocké au fin fond de ton être… Et aujourd'hui, je vais revivre avec le fils ce que j'ai vécu avec les parents. Boucler la boucle, même si ta fille n'est plus là pour assurer la continuité. Oh ! J'aurais tant aimé planter la graine du Mal dans sa petite cervelle…

Il leva le bras en l'air.

— Vingt-sept années à attendre ce moment !

Il opéra une marche arrière, se saisit du fusil et se dirigea vers le couloir.

— Emma ! Viens me rejoindre ! Nous allons commencer !

45

Mourir. Partir. Les rejoindre. Les rejoindre dans la torture, la rupture du corps, mais les rejoindre quand même.

David pria pour que le ciel abrège sa souffrance.

Mais il ne croyait plus aux prières.

On allait le découper, lui prélever de la chair. Vivant.

Ses jambes plaquées contre le tronc froid se raidirent lorsqu'il perçut les grincements dans le couloir.

Ça arrivait, prêt à accomplir l'office.

Le Monstre. La Chose. L'esclave.

La malheureuse.

Emma ne s'était pas occupée de nettoyer le sang qui avait durci au bord de ses narines, ni de redresser l'os de son nez. La partie gauche de son visage avait enflé jusqu'à venir fermer son œil. Des taches sombres maculaient le col du pull mauve et s'étaient même répandues le long de son pantalon.

— Emma, écoutez-moi ! Il vous tuera, vous aussi ! s'écria David. Nous faisons partie d'un jeu ! Un jeu de mort !

Doffre se tenait un peu en retrait, le fusil posé derrière lui, à proximité de la cheminée. Son œil noir balayait la silhouette masculine avec délectation, sa langue venait parfois mouiller ses lèvres, tandis que ses doigts caressaient le bras tiède de *Dolor*.

— Vous n'êtes que mensonge ! répondit Emma en lui crachant à la figure. J'ai cru en vous ! J'ai vraiment cru en vous ! Mais vous n'êtes pas différent des autres ! Vous êtes un salaud !

Elle le gifla dans un beuglement rauque.

— Avec ceci... dit Arthur en désignant les instruments de torture. Il faut arracher le péché de ses entrailles, lentement, très lentement... Tu dois laisser ton empreinte sur son corps, lui infliger la douleur qu'il t'a fait subir depuis des semaines. Pour qu'il n'oublie jamais. Fais-le ! Et pose chaque morceau de chair sur la balance, jusqu'à l'équilibrer. Ôte-lui cent vingt-cinq grammes de méchanceté et de mensonge. Il te suppliera... Emma ! Il te suppliera comme il ne t'a jamais suppliée. Et il te respectera. Fais-le !

Doffre prononçait des paroles qu'elle n'entendait déjà plus. Elle considéra la table basse et se saisit soudain d'un bistouri à lame courbe.

— Arthur a tué mes parents ! lâcha désespérément David. Il a massacré mes parents alors que je n'avais pas trois ans ! Christophe et Jacqueline Aubert ! Vous devez me croire !

Emma serrait le manche en inox et menaçait David avec la lame.

— Vous croire ? Mais comment osez-vous ? hurla-t-elle.

— Il a tué six autres familles avec ces instruments ! Emma ! Toutes ces photos que vous avez vues ! Ces morceaux de membres découpés ! Le dossier ! Le dossier du Bourreau 125 ! C'est lui, le Bourreau 125 !

Doffre exultait. De plus en plus agité sur son fauteuil, il semblait revivre les scènes du passé. Les massacres, les plaintes, les cris, les supplications...

— Je ne vous pensais pas si hypocrite, dit Emma en s'approchant de David. Je devrais vous couper la langue.

— Les photos ! Les photos des enfants ! Vous les avez forcément vues !

Il baissa la tête.

— Regardez ! Regardez mon crâne ! Le numéro ! 97878 ! Le sixième enfant ! Allez chercher la photo du sixième enfant !

Elle fronça les sourcils quand elle aperçut la surface rasée, puis les marques laiteuses. Les chiffres effacés se lisaient encore distinctement.

— Tu l'as rasé ? demanda-t-elle à Arthur. Mais pourquoi ?

— Découpe ! Découpe ! ordonna-t-il.

La tête inclinée, elle sortit de sa poche les photographies qu'elle avait ramassées après avoir assommé Adeline. Elle regarda les clichés, puis le crâne de David. Même position… Même taille… Elle les passa en revue une à une… Même numéro.

Emma se tourna vers Arthur.

— Mais… Qu'est-ce qu'il raconte ?

Elle cherchait un élément de ressemblance avec David, mais on ne voyait pas le visage de l'enfant.

Le Bourreau vint lui arracher les clichés des mains et les jeta sur le sol avant de lui saisir le poignet.

— Tu ne comprends donc pas qu'il se moque encore de toi ? Qu'il utilise le prétexte des enfants pour t'attendrir ? Ce tatouage, il se l'est fait lui-même ! Il est tellement obnubilé par cette histoire de fous ! Ça lui bouffe la vie, tu le sais ! C'est un démon !

Il la repoussa vers David avec fermeté.

— Il te ment ! Il te ment comme il t'a toujours menti !

Emma se raidit et pointa le bistouri devant elle.

— Vas-y ! brailla le Bourreau. Découpe ! Découpe et pose sur le plateau !

— Non, Emma ! Pour l'amour de Dieu, ne faites pas ça !

Dans un geste de furie absolue, elle lui planta le bistouri dans la cuisse droite. David se tordit de douleur, alors qu'Arthur se cabrait sur son siège, traversé par un courant de plaisir.

— Pourquoi, David ? cracha-t-elle de son haleine rance. Pourquoi faut-il que tout se termine toujours de la même façon ? Pourquoi vous n'êtes pas capable de m'aimer ?

David gémissait, le visage décomposé, pendant qu'elle prélevait un infime pavé de chair.

— La… balance ! haleta le Bourreau. Pose dessus ! Et recommence ! Recommence, jusqu'à l'équilibre ! Il te hait ! Il était prêt à fuir et à te laisser crever dans la neige, comme une chienne ! Te laisser crever !

Emma ne contrôlait plus ses nerfs, ni les battements de son cœur. Les cachets… Qu'est-ce qu'Arthur avait bien pu lui donner ? Elle était en sueur. La voix d'Arthur s'éloignait et revenait plus forte encore. Une seule envie. Courir se fracasser la tête contre un mur. S'infliger des coups de scalpel. Frapper.

Elle se trancha la main en criant :

— Voilà ce que vous me forcez à faire ! Je vous demandais juste de m'aimer ! M'aimer ! C'est si compliqué ?

Elle propulsa l'instrument sur le plancher et resta là, à regarder le sang couler. Puis elle fixa curieusement Doffre, les yeux embués de larmes.

— Continue ! grogna-t-il. Tranche-lui un orteil ! Tranche-lui un orteil et pose-le sur la balance !

Elle s'empara de la tenaille, les mâchoires serrées.

— Emma… Il va vous tuer… Il va boucler la boucle… Après les parents, les enf…

Il se redressa subitement.

— Sept ! s'écria-t-il, regardant la chevelure noire alors qu'Emma s'était baissée et approchait l'outil de son pied gauche. Sept !

Elle marqua une nette hésitation. Doffre perdit instantanément son rictus.

— Sept quoi ? demanda-t-elle en relevant la tête.

— C'est pour cette raison qu'il vous a choisie, vous ! Les enfants perdus qui s'entre-tuent ! L'ultime aboutissement ! Le septième numéro se cache sur votre crâne ! Vous êtes l'enfant Böhme, dont les parents ont été tués en mars 1979 ! Vous êtes née aux alentours du 4 mars 1979 ! Ils ont modifié notre date et lieu de naissance pour qu'on ne fasse pas le rapprochement ! Vos vrais parents s'appelaient Patricia et Patrick ! Vous avez été adoptée. Petite, vous déménagiez souvent ! Avez-vous déjà vu des photos de votre mère enceinte ? De vous, nourrisson ou à l'âge d'un an ? Non, je suis sûr que non ! Emma ! Vous aussi, vous avez ce numéro sur le crâne ! Vérifiez ! Vérifiez au moins ça ! Je vous en prie !

Emma se redressa. Sa paume gauche était en sang. Son cœur continuait à s'emballer.

— Ne l'écoute pas ! vociféra le Bourreau. Tranche-lui la langue !

— Arthur ! Mais comment il sait pour… ma date de naissance, et les déménagements ? Je… Je n'en parle jamais !

Ses yeux étaient rivés au sol, cherchant le cliché du septième enfant.

— La tondeuse, Emma ! Rasez-vous l'ar…

Le Bourreau enfonça son index dans le trou de la cuisse.

— Ferme-la, petit enfoiré de mes deux !

David hurla, arqué contre le tronc.

— Vas-y ! répéta le tueur en se retournant vers Emma. La chair ! Prélève la chair !

Emma secoua la tête, les photographies devant elle, complètement affolée. Arthur lui attrapa les cheveux.

— Qui commande ici ?

Elle encercla les poignets de Doffre, la bouche grimaçante. Pour la première fois, il sentait de la résistance.

— Qui commande ?

Elle ne parvenait pas à se défaire de son étreinte. Elle s'élança vers l'avant, abandonnant une poignée de cheveux entre les doigts du Bourreau.

— Il faut que… que je vérifie ! s'écria-t-elle.

— Reviens ici !

— Tu dis qu'il ment et je te crois… Arthur ! Je te crois vraiment ! Mais…

Elle serra le poing.

— … on va voir… Oui, on va voir.

Elle s'empara des deux miroirs et précipita la tondeuse sur ses cheveux.

— Emma ! répétait Doffre de son ton le plus autoritaire. Emma ! Emma !

Il fit marche arrière et cogna contre la table basse.

— Le fusil ! s'écria David. Il va chercher le fusil ! Emma !

Mais elle ne l'écoutait pas, occupée à se raser la tête. Dans le miroir, le chiffre se dessina lentement, sur la masse blanche de son crâne.

Ses yeux s'écarquillèrent.

Elle tomba à genoux, la photographie du septième enfant entre ses mains tremblantes.

Ce môme était une fille. Une fille aux courts cheveux bruns, de tout juste deux ans.

Emma hurla.

Puis elle observa David. Cette même marque dissimulée sous sa chevelure, depuis toutes ces années…

Ils étaient ces enfants photographiés, ces bambins qui

avaient vu leur père et leur mère mourir dans des souffrances inhumaines. Elle s'était alors retrouvée chez des gens qui ne l'aimaient pas, qui avaient fini par la maltraiter, l'enfermer à la cave ou dans des pièces aux portes et aux volets fermés.

Des parents qui n'étaient pas les siens.

Et elle resta là, inerte, à essayer de comprendre comment Arthur avait pu la tromper à ce point. C'était trop difficile, inimaginable. Non ! Arthur ne pouvait pas ! Lui qui s'était toujours occupé d'elle, depuis son plus jeune âge !

Les numéros. Les enfants. L'histoire de ce tueur. Les crânes rasés.

Elle s'élança sur David, un scalpel au poing, tandis que le Bourreau levait déjà l'arme de son bras puissant.

David baissa les paupières quand l'instrument tranchant s'abattit dans sa direction.

Emma cisailla les liens, tellement paniquée qu'elle entailla également la chair des poignets. Les cordes cédèrent. Plus rien ne retenait David à l'arbre, il chuta sur le plancher et replia ses mains sur sa cheville blessée.

Quand il leva les yeux, Doffre était en position de tir.

— C'est maintenant que le cercle se referme, dit-il le doigt sur la gâchette. Que la dernière page se tourne… Vous représentiez tant à mes yeux ! Vous portiez en votre sein la graine du Mal, que j'avais délicatement déposée, et qui commençait tout juste à germer ! Vous étiez… mes enfants !

Emma s'avança vers Doffre, le scalpel à la main. Son visage n'était plus qu'une gigantesque boursouflure. Elle se mit à rire. Un rire grave, qui remontait du plus profond de ses entrailles.

— Tu ne nous auras pas tous les deux ! Il n'y a plus

qu'une balle dans la chambre ! Une seule et unique balle ! Qui vas-tu choisir ? Lui ou moi ?

— Reste où tu es ! Salope ! hurla-t-il, alors qu'elle n'était plus qu'à deux mètres de lui.

Elle s'immobilisa et s'adressa à David.

— Je suis désolée, mon chéri… Pour tout…

Elle explosa en sanglots.

— Mais je… je t'ai tellement aimé ! Tu ne peux imaginer à quel point !

Puis elle plongea vers l'avant, dans un ultime vagissement, les mains brandies au-dessus de la tête.

La détonation retentit.

— Nooooon ! hurla David.

Emma fut propulsée sur le côté par l'impact de la balle et s'effondra la tête la première dans l'âtre de la cheminée, provoquant une gerbe de braises qui s'éparpillèrent sur le plancher. Des bûches enflammées roulèrent sur le sol et embrasèrent instantanément le tapis.

Doffre appuya encore sur la gâchette, le canon braqué sur David.

Plus de balles…

— Petit connard !

David se releva, vacillant, en larmes, en sang. Autour de lui, le feu se répandait.

Doffre jeta le Weatherby et tenta de faire marche arrière, mais David attrapa le fauteuil et le fit basculer, dans un grognement rauque.

Le Bourreau se retrouva sur le sol, telle une vulgaire larve. Il cherchait à agripper la roue, à se redresser. Alors David lui écrasa les doigts de tout son poids, en hurlant.

— Crève ! Crève ! Crève !

Doffre dévoilait ses gencives, les yeux rouges de haine.

— Personne ne les ramènera ! Personne ! vociféra-t-il en regardant sa main broyée.

Derrière lui, le chêne libéra un grincement qui remonta le long de son écorce et gagna la charpente, dans un tremblement épouvantable.

Le chalet semblait se disloquer.

David tourna la tête. Emma était en feu. L'odeur de viande cuite devenait irrespirable.

Avançant avec peine dans des nuages de fumée, il ramassa ses vêtements et s'habilla en hâte.

Les jambes du Bourreau s'enflammaient. Il fixait David, l'écume aux lèvres.

— Tu ne peux pas me tuer ! Je reviendrai ! Je reviendrai hanter tes nuits !

Sa peau commençait à se rétracter. Sa prothèse se mit à fondre.

Le chêne grinça de nouveau.

Un front rouge et orange remontait le couloir, s'attaquant aux chambres.

David se traîna jusqu'à la porte.

Il se tourna une dernière fois vers le Bourreau 125, avant de l'abandonner aux flammes.

Puis il partit s'asseoir contre un arbre, au bord du chemin.

La neige l'accueillit silencieusement. Il croisa les bras et rentra le menton dans son blouson.

Il ne pourrait jamais atteindre la route.

Le feu trouait la charpente, libérant d'immenses tourbillons noirs. Le chêne s'embrasa jusqu'à sa plus haute branche. Autour, les épaisseurs blanches se transformèrent en une large mélasse grisâtre. David plissa les paupières, sa vue se brouillait. Dans la fumée opaque, échappée du chêne, il voyait des visages martyrisés, s'élevant comme des traînées de cire. Des sculptures trouées d'yeux hagards, de bouches hurlantes. Des faciès agonisants. Par dizaines. Ils disparaissaient dans le ciel gris, pareils à des mirages éphémères.

Puis, tout s'évanouit dans un grand baiser de cendres.

David se rappela ceux et celles qu'il avait aimés. Son épouse, sa fille. Ses parents biologiques, qu'il n'avait connus qu'au travers de leur souffrance.

Bientôt, il les rejoindrait. Il suffisait de rester là, et d'attendre.

ÉPILOGUE

Un an plus tard

Au moment où le bus s'arrêta, la jeune femme déplia une dernière fois la feuille chiffonnée qu'elle serrait entre ses mains. Il était encore temps de faire demi-tour, de rentrer à Paris.

Non. Il fallait aller jusqu'au bout et libérer toute cette douleur. Elle replia le papier sur lequel était indiquée l'adresse et le fourra dans sa poche.

Une fois à l'extérieur, elle remonta le col de sa veste, enfila rapidement son bonnet et s'enfonça dans les grandes rues de Brest. Le vent glacial et salé craché par l'océan lui piquait le visage.

Le bâtiment lui apparut enfin. Un long vaisseau noir, marbré en façade, aux larges vitres teintées. La femme inclina le menton, un temps figée devant l'enseigne, puis se décida à entrer.

— J'aimerais voir David Miller, s'il vous plaît, demanda-t-elle à l'accueil.

L'homme la regarda avec attention avant de lui objecter que c'était impossible. Miller réalisait un soin ; personne, hormis le personnel, ne pouvait pénétrer dans le laboratoire.

— C'est très important, insista-t-elle. Je viens de Paris.

— Vous êtes ?

— Une amie…

Un court silence.

— C'est un spectacle difficile à supporter, vous savez ?

— J'ai déjà vu bien pire, répondit-elle. Dix fois pire…

— Dans ce cas… Venez avec moi.

Ils descendirent au sous-sol. Au fond, le grondement de la ventilation. Et l'odeur. Cette épouvantable odeur d'antiseptiques.

— Vous êtes bien certaine ? s'enquit l'employé, se rendant compte que la femme mince aux joues creusées et aux cheveux courts tournait presque de l'œil.

— Certaine… Vous pouvez me laisser, s'il vous plaît ?

Il finit par s'éloigner. Une fois seule, elle posa la main sur la poignée, sans oser la tourner.

David entailla la gorge d'une incision médiane très précise. Le défunt étalé sur la table de soins était arrivé en fin de matinée, décédé d'un anévrisme au cerveau, dans les vestiaires de son club de boxe. Il sentait encore la sueur grasse, cette odeur que Cathy avait promenée tant de fois, après ses entraînements, voilà si longtemps.

Ce môme, la Faucheuse l'avait rappelé sans raison. Il n'avait pas vingt ans.

Que fallait-il chercher à comprendre ?

Ce soir, après le travail, David irait au cinéma, c'était décidé. Une sacrée aventure que de mettre le nez hors de son petit appartement, de profiter des lumières de la ville et d'échapper un temps à la routine de ses journées.

Peut-être ferait-il demi-tour, au dernier moment, mais au moins, il aurait essayé.

Il fallait essayer.

Dans son dos, la porte métallique du laboratoire libéra un courant d'air frais. Il se retourna, peu habitué à être dérangé en plein travail.

Le scalpel maculé qu'il tenait dans la main chuta sur le sol.

Ses jambes flageolaient tellement qu'il dut prendre appui sur le coin de la table. Ses lèvres s'écartèrent imperceptiblement, puis se rapprochèrent aussitôt.

Elle avait changé. Son ample chevelure de feu avait laissé place à une coupe dynamique, aux fines mèches acajou collées sur les tempes. Elle portait un tailleur crème, très sobre, sous une longue veste en cuir souple.

Sonné, David ôta son masque vert.

— A… Adeline ?

Le mot peina à sortir, comme suspendu dans le temps. Adeline… Qu'il était douloureux de prononcer ce prénom. C'était comme rouvrir une cicatrice à peine recousue.

La jeune femme retint son souffle. Elle savait qu'elle pouvait exploser, n'importe quand. Fuir loin d'ici, dans le tumulte de la ville.

À force de volonté, elle finit par avancer, resta un temps face à lui, au bord des larmes, avant de le serrer dans ses bras. De toutes ses forces.

— Oh, David… chuchota-t-elle dans le creux de son oreille.

David inspira profondément. La chaleur d'un corps, tout contre lui. Ça faisait si longtemps…

— Comment m'avez-vous retrouvé ? questionna-t-il d'une voix tremblante, par-dessus son épaule.

— Je me suis doutée que vous auriez poursuivi ce métier, même après le…

Elle se recula un peu.

— Votre… Votre ancien patron m'a dit que vous étiez parti pour la Bretagne. Alors, de fil en aiguille, en appelant des dizaines d'établissements funéraires…

David se dirigea en boitillant vers la table inoxydable et couvrit le visage du défunt. Une boule montait dans sa gorge.

— Mais pourquoi ? Après un an ?

Il lui tournait le dos, ses yeux ne fixaient plus aucun point précis. Il cherchait désespérément à s'occuper les mains.

— Vous saviez, David… Vous saviez et vous ne m'avez rien dit…

Il se dirigea vers la poubelle, à l'autre coin du laboratoire, et y jeta de l'essuie-tout. Des gouttes perlaient sur son front.

— Vous… Vous dire quoi ? Je n'ai plus rien à dire sur ce qui s'est passé. Elles sont mortes, tout cela est… est enterré.

Il posa les mains à plat sur le mur, la tête baissée entre les épaules.

— Vous n'auriez jamais dû atteindre cette route… Vous n'auriez jamais dû prévenir la police… Il fallait me laisser… Me laisser avec elles… On m'a… ramené à la vie alors qu'elles étaient parties.

Il secoua la tête.

— Adeline… Vous devriez rentrer chez vous. Tout oublier… Ne remuez pas le passé… Ce sera mieux pour nous deux.

Quand il se retourna, Adeline triturait ses gants, l'air grave.

— C'est trop tard, David… C'est trop tard ! hurla-t-elle.

— Oh non, c'est pas vrai ! s'écria David en se précipitant vers elle.

Ils s'enlacèrent encore. Adeline lui attrapa le poignet et l'orienta vers l'arrière de son crâne.

— C'est là qu'il se cache… 98101… Le numéro du cadenas que j'ai ouvert, dans la chambre de Doffre… Ce numéro… tatoué en tout petit, à peine perceptible…

Elle inspira bruyamment, au bord de la rupture.

— C'est… C'est pour cette raison que vous avez refusé que je vous rende visite à l'hôpital, après le drame. C'est aussi pour ça que… que vous avez disparu subitement, sans laisser de traces, ni d'adresse. Vous vouliez me protéger ! Vous aviez compris, et vous vouliez me protéger !

David lui caressait le dos. Elle poursuivit difficilement :

— Avec la découverte des… des corps carbonisés, avec notre version des faits, le passé psychiatrique d'Emma et… et sa relation avec Doffre, les flics en ont conclu qu'il s'agissait d'un gigantesque traquenard qu'ils vous… vous avaient tendu, une espèce de folie commune qui s'est terminée en un massacre. Ce qui n'est rien d'autre que… la vérité. Nous avons simplement relaté la vérité, n'est-ce pas ? N'est-ce pas, David ?

— Rien que la vérité…

— J'étais vraiment à côté de la plaque ! Je n'avais que ma vision naïve d'un couple complètement timbré… On m'a assommée, enfermée, puis il y a eu… notre fuite… Mais jamais… jamais je n'ai su qui était Arthur Doffre. Contrairement à vous…

Adeline s'écarta brusquement.

— Doffre était le Bourreau 125 ! Et nous, les enfants de ses victimes ! J'avais le droit de savoir, David !

— Et pourquoi ? Pour qu'il vous détruise votre vie, à vous aussi ? Tout a brûlé, le dossier, les photos ! Il fallait laisser ça enterré ! Pourquoi avoir cherché ? Comment avez-vous su ?

— Pour quelle raison Doffre était-il venu me chercher, moi ? Qu'est-ce que je venais faire dans une histoire qui n'était pas la mienne ? Je ne pouvais pas être une simple figurante ! Alors, je me suis dit que nous avions forcément quelque chose en commun. J'ai ressassé tout ça des mois et des mois. Il y avait ces nombreux déménagements, dans notre enfance. Puis nos cauchemars... Et notre âge, très proche... Mais... je n'arrivais toujours pas à comprendre... Puis... Puis je me suis souvenue de l'une de ses phrases, tandis qu'il me racontait l'histoire d'un arbre mourant. Une seule et unique phrase, qui m'a fait tout saisir d'un coup.

Elle sortit un mouchoir de sa poche et frotta le maquillage qui coulait sous ses yeux.

— Cette nuit-là, dans le lit, il avait parlé d'un aboutissement. Il disait que la raison de sa présence était de « voir germer les graines de ses propres semences... ».

— Adeline...

— C'était tellement évident ! Nous étions ces graines, David ! Cette chose que nous avions en commun, c'était le Mal ! Vous, avec vos macchabées, vos récits sordides. Vous qui avez embaumé votre propre mère... Emma Shild, perturbée depuis l'adolescence, schizophrène, obsédée, dangereuse ! Et moi, moi qui aimais tuer les animaux, moi, attirée par les armes à feu, moi qui n'ai rien dit quand Dakari est mort devant mes yeux...

David lui passa la main dans les cheveux, la respiration lourde.

— Vos parents s'appelaient Pierre et Janine Pruvost... Les miens...

— ... Christophe et Jacqueline Aubert... Le Bourreau nous a volé nos vies, David. Il a façonné nos destins... Et nous sommes aujourd'hui... des orphelins.

Elle fouilla dans sa poche, émue, tremblante, et en sortit un petit objet de plastique, qu'elle tendit à David.

— Je... Je tenais à vous la rapporter...

Il eut un sourire triste, et s'empara avec délicatesse de la tétine de Clara. Il la porta sous son nez, puis la serra au creux de sa main.

— Sortons d'ici, murmura-t-il. Je crois que nous avons tous les deux besoin d'un peu de temps…

NOTE DE L'AUTEUR

Les fermes entomologiques existent bel et bien. En Suisse, par exemple, des cochons sont effectivement accrochés au bout de cordes, et des chercheurs les utilisent pour mener des études sur les différents stades de décomposition des tissus. Quant au docteur Bill Bass, dans le Tennessee… il préfère travailler avec des cadavres humains, au cœur de sa « ferme des corps ». La réalité dépasse parfois largement la fiction.

Retrouvez Franck Thilliez sur son site Internet : www.auteursdunord.com

REMERCIEMENTS

Mes remerciements se portent tout d'abord vers mon éditeur, pour son formidable travail autour de ce roman. À Yann qui, encore une fois, s'est plongé avec passion au plus profond de ces pages, pour en extraire la juste substance.

À Vivianne dont l'aide précieuse m'a permis de creuser avec précision la psychologie de mes personnages, et d'approcher au plus près de la vérité.

Merci aussi à Gilles, Christine et Olivier, dévoreurs de livres, qui ont apporté la pierre définitive à cet ouvrage.

Jeux sanglants

(Pocket n° 13053)

Le commissaire Sharko ne vit plus : sa femme, Suzanne, a disparu sans laisser de traces. Depuis six mois, aucun signe de vie, aucune demande de rançon. Fou d'angoisse, hanté par des visions d'horreur, l'homme brisé va céder la place au flic : la découverte d'un cadavre de femme atrocement mutilé va le lancer sur la piste d'un meurtrier particulièrement retors. Et le plonger dans des ténèbres bien plus profondes qu'il n'aurait osé l'imaginer...

Il y a toujours un Pocket à découvrir

Aux confins de la folie

(Pocket n° 13121)

Après la mort de sa femme et de sa fille, difficile pour le commissaire Sharko de se remettre au travail. Mais un meurtre atroce, à la limite du rite barbare, va le ramener violemment à la réalité : une femme est retrouvée morte, nue et agenouillée dans une église. Elle n'a pas de blessures apparentes, mais ses organes semblent avoir explosé de l'intérieur. Serial killer ? Secte apocalyptique ? Épuisé, blessé, Sharko entame un long voyage vers les tréfonds de l'âme humaine.

Impression réalisée par

CPI
Brodard & Taupin

52906 – La Flèche (Sarthe), le 29-05-2009
Dépôt légal : août 2007
Suite du premier tirage : juin 2009

POCKET – 12, avenue d'Italie - 75627 Paris cedex 13

Imprimé en France